Bibliografische Information der Deutschen Nationalbibliothek. Die Deutsche Nationalbibliothek verzeichnet diese Publikation in der Deutschen Nationalbibliografie. Detaillierte bibliografische Daten sind im Internet über http://dnb.d-nb.de abrufbar.

Für Fragen und Anregungen
info@m-vg.de

Wichtiger Hinweis
Ausschließlich zum Zweck der besseren Lesbarkeit wurde auf eine genderspezifische Schreibweise sowie eine Mehrfachbezeichnung verzichtet. Alle personenbezogenen Bezeichnungen sind somit geschlechtsneutral zu verstehen.

1. Auflage 2024

Türkenstraße 89
80799 München
Tel.: 089 651285-0

Die amerikanische Originalausgabe erschien 2023 bei MARGARET K. McELDERRY BOOKS, einem Imprint von Simon & Schuster Children's Publishing Division unter dem Titel *Last Violent Call.*
Published by Arrangement with TRIADA US, INC., Sewickley, PA 15143 USA.
Dieses Werk wurde vermittelt durch die Literarische Agentur Thomas Schlück GmbH, 30161 Hannover.

Übersetzung: Carolin Moser
Redaktion: Sabrina Cremer
Umschlaggestaltung: Isabella Dorsch, dem Original nachempfunden
Umschlagabbildung: © 2023 by Janice Sung
Satz: Christiane Schuster | www.kapazunder.de
Druck: GGP Media GmbH, Pößneck
Printed in Germany

ISBN Print 978-3-95761-241-0
ISBN E-Book (PDF) 978-3-95762-374-4
ISBN E-Book (EPUB, Mobi) 978-3-95762-375-1

CHLOE GONG

WELCH UNVERHOFFTE WAHRHEIT

LAGO

Welch elende Angelegenheit

Für Juliette und Roma

1

SEPTEMBER 1931

Zweimal Klopfen bedeutete »Die Luft ist rein« und dreimal Klopfen »*Dorogaya*, um Himmels willen, ich habe keine Hand frei«. Dieses System hatten sie eingeführt, da Juliette Cai die schlechte Angewohnheit hatte, sich auf ihren Ehemann zu stürzen, wenn er durch die Haustür kam, selbst wenn er bloß ein paar Stunden weg gewesen war, um Einkäufe zu tätigen. Nur eine Kombination aus Glück und Geschicklichkeit hatte es Roma einmal erlaubt, sie mit einer Hand aufzufangen, ohne die Tüten Birnen in seiner anderen Hand fallen zu lassen.

Draußen näherten sich Schritte. In der Küche schlug die sonnenblumenförmige Uhr vier Uhr nachmittags. Roma hatte diese Zeit für seine Rückkehr veranschlagt. Er war nur in die nächste Kleinstadt gefahren.

Doch als Juliette von ihrem Schreibtisch aufsah, schob sie nicht schnell ihren Stuhl zurück, um auf Romas Klopfen zu warten. Sie bewohnten eines der wenigen niedrigen Wohnhäuser in Zhouzhuang, die sich an den Rand des schmalen Kanals pressten. Manchmal erwachte Juliette am Morgen vom Echo des plätschernden Wassers, wenn Boote die Durchgangsstraße benutzten. Dann tappte sie in Nachtwäsche nach draußen, wo die Sonne gerade erst über die Häuser am anderen Kanalufer spähte, die Keramikziegel der Dächer in zartes Gold getaucht waren und die Wölbungen von den Spiegelungen des träge strömenden Wassers erhellt wurden. Zwitschernde Vögel und anregende Luft, verstärkt durch die absolute Ruhe des Orts zu dieser Stunde.

Doch ihr Haus war auch das einzige am Rande des letzten Kanals, bevor alles zu Wasser und feuchtem Wald wurde. Die Ortsmitte bestand aus einer Reihe Häuser, deren Türen meist offen standen und wo Nachbarn plauderten. Dagegen überquerte selten jemand die hohe Steinbrücke, um den äußeren Weg zu nehmen, sofern er sich nicht dem Haus nähern wollte, das sich neben die Trauerweide duckte. Dessen Fenster waren mit kugelsicherem Glas ausgestattet und es hieß, dass dort ehemalige Bandenmitglieder aus der Stadt wohnten.

Als Juliette jemanden an der Hauswand entlangschlurfen hörte, zog sie das Messer aus der Scheide an ihrem Bein, marschierte zur Tür und stieß sie auf.

Dem Fremden blieb kaum eine Sekunde Zeit, um zusammenzuzucken, bevor sie die Klinge auf seine Kehle richtete.

»Ich habe dir doch gesagt, dass du hinter mir bleiben sollst. Ich sollte dich von meiner Frau in Stücke schneiden lassen, allein dafür, dass du ein solcher Plagegeist bist.«

Die Stimme kam aus einiger Entfernung, wo eine Gestalt die Kanalbrücke überquerte, die Hände in den Hosentaschen. Er hatte zu sprechen begonnen, lange bevor er die Szene sehen konnte. Denn Roma Montagow wusste, dass Juliette ihn am Klang seiner Schritte erkennen konnte und es nicht gut aufnehmen würde, wenn sie eine andere Person vor dem Haus hörte.

Roma sprang von der Brücke, kam herüber und tippte Juliettes Ellbogen an, als er nahe genug war. »Glücklicherweise ist sie ach so friedliebend und gutwillig.«

Juliette war gnädig, zog ihre Klinge zurück und schenkte dem Fremden ein Lächeln. Er wirkte jung, nicht älter als siebzehn, und trug ein graues Oberteil, das feiner war als das, was sie für gewöhnlich in dieser Gegend sah.

»Tee?«, fragte sie.

»O mein Gott«, flüsterte der Junge, die Augen entsetzt aufgerissen. »Sie hätten mich beinahe getötet.«

»Falsch.« Juliette war bereits wieder im Haus und drehte die Papiere auf ihrem Tisch um. Sie ging weiter in die Küche und schob mit dem Fuß ein Holzscheit aus dem Weg, sodass es näher am kalten Kamin lag. Routiniert stellte sie den Wasserkocher auf den Herd und holte drei Tassen aus dem Schrank, die sie auf dem blau lackierten Tisch aufreihte. »Du wärst schon längst tot, wenn ich dich umbringen wollte.«

Roma schob den Besucher in die Küche. Er zog einen Stuhl vom Esstisch heran und der Junge fiel schwer hinein. Als der Wasserkocher pfiff, holte Juliette das kochende Wasser vom Herd, während Roma nach den Teeblättern auf der Ablage griff. Er ließ sie von links in die Tassen fallen, während sie von rechts eingoss, sodass sie sich in der Mitte trafen, wo Roma sich vorlehnte und sie auf die Wange küsste.

»Hattest du drei schöne Tage ohne mich?«, fragte er auf Russisch. Der Junge am anderen Tischende schwieg, doch richtete sich neugierig auf. Er schien Roma nicht zu verstehen, doch gab sein Bestes, der Unterhaltung trotz allem zu folgen.

»Ich habe vor Langeweile den Verstand verloren«, erwiderte Juliette, ebenfalls auf Russisch. »Ich glaube, ich hatte innerhalb von fünf Stunden die gesamte Buchhaltung erledigt und deine Socken geordnet.«

Roma unterdrückte ein Lächeln. Er versuchte, vor dem Jungen ernst zu bleiben. Er hasste es, vor Fremden Humor zu zeigen. Weshalb Juliette es sich zur Aufgabe gemacht hatte, ihn absichtlich zu triezen.

»Das tut mir schrecklich leid. Wir müssen dir nächstes Mal mehr Arbeit besorgen.« Er zog ihr ebenfalls einen Stuhl heraus, dann nahm er ihr den Wasserkocher ab und stellte ihn wieder auf den Herd. »Wir können deinen Verstand nicht an Socken verschwenden.«

In den Jahren, seit sie ihr Geschäft aufgenommen hatten – sofern man einen illegalen Waffenring als Geschäft bezeichnen konnte –, trafen Juliette und Roma ihre Kontakte für gewöhnlich gemeinsam, huschten mit einer Tasche aus dem Haus und stiegen in ihr Auto, als wäre jede Fahrt über die Ortsgrenze hinaus ein großes Abenteuer. Doch dieses Mal hatte ein Zulieferer sie am selben Tag treffen wollen, an dem eine Sendung aus der Stadt eintraf, daher war Juliette zu Hause geblieben, um sicherzustellen, dass die Liefermenge stimmte, während Roma zu dem Treffen gefahren war. Er konnte ohnehin besser verhandeln, daher überließ sie ihm gern das Reden. Laut einem Mann, mit dem sie nicht mehr zusammenarbeiteten, war Juliette »furchterregend« und hatte »einen Hang dazu, Drohungen auszusprechen«.

Er hatte nicht per se falschgelegen, doch das machte ihn nicht höflicher.

»Sockenordnen war nicht so schlimm, sobald ich den Dreh heraushatte«, sagte Juliette. »Mir war nicht klar, dass du so große Füße hast.«

Roma verschluckte sich an seinem Tee. Schnell stellte er seine Tasse ab, bevor er etwas verschütten konnte, und hustete einmal. Juliette griff mit unschuldigem Blick nach ihrer eigenen Tasse und trank einen Schluck.

»Dich wird freuen, zu hören, dass auch ich keine besonders spannende Zeit hatte«, erwiderte er, als er sich erholt hatte. Zu seinem Glück hatte er das Husten überspielen können. »Bis sich auf dem Rückweg Julun hier vor das Auto warf.«

Der Junge horchte bei der Erwähnung seines Namens auf. Er wusste nun, dass sich die Unterhaltung um ihn drehte.

»Ich hatte mich schon gefragt, warum du einen Streuner aufgelesen hast.« Juliette sprach nun wieder Chinesisch und streckte Julun die Hand hin. Sie brachten so gut wie nie jemanden in ihr Haus, daher musste es sich hier um etwas anderes handeln als die übliche Klientel. »Ich bin Mrs. Mai.«

Mai. Die einfachste Kombination von Cai und Montagow, vielleicht der am wenigsten originelle Versuch in der Geschichte der

Neuanfänge und der Verwendung eines Decknamens. Roma und Juliette waren bereits zu oft wegen der Frage aneinandergeraten, wessen Nachname bei einem Doppelnamen zuerst genannt würde. Nicht, weil jeder mit dem eigenen beginnen wollte, sondern gerade andersherum. Juliette wollte eine Montagow sein. Roma bestand darauf, dass dieser Name zu viel Ballast mit sich brachte. Ihr gefiel der Klang von Juliette Montagowa, denn es war sein Name und allein das zählte. Doch in Zhouzhuang war ein chinesischer Name unauffälliger. Romas Gesichtszüge ließen ihn als Halbchinesen durchgehen und ansonsten würden noch mehr Leute über ihre Identität argwöhnen und darüber, wovor sie davonliefen.

»Mai tàitài«, sprach Julun sie höflich an und schüttelte ihr die Hand. »Ich brauche Ihre Hilfe. Ich nehme an, dass Sie hier die Entscheidungen treffen. Bitte.«

Juliette warf Roma einen Blick zu. »Hast du das gehört? Er denkt, dass ich das Sagen habe.«

»Tu nicht so schockiert.« Roma legte den Arm um die Rücklehne ihres Stuhls. Er riss einen der losen Fäden von ihrem Kleid. Seit ihrer Flucht aus Shanghai war ihre Garderobe deutlich unauffälliger geworden, doch Juliettes Definition von unauffällig schloss komplexe Stickereien ein. Roma wandte sich wieder Julun zu und sagte: »Erzähl ihr, was du mir erzählt hast.«

Julun zögerte und rutschte auf seinem Sitz vor. Die Stuhlbeine kratzten quietschend über die Dielen.

»Ich habe gehört, dass Sie diejenigen sind, zu denen man kommt, wenn man Waffen braucht. Ich … ich will welche kaufen, aber habe nicht die nötigen Mittel.« Er sah in seinen Schoß hinab. »Ich hatte gehofft, Ihnen eine Art Tausch anbieten zu können. Ich bin ein wirklich guter Bote.«

Juliette blinzelte und sah ihn neugierig an. Eine Strähne fiel ihr in die Augen. Sie wollte sie sich aus dem Gesicht pusten, doch ihre Haare waren inzwischen zu lang dafür, fielen ihr über die Schultern, wodurch sie sich die Strähne nur an die Wange klebte.

»Wir stellen im Moment niemanden ein.« Sie spürte, wie Roma ihr mit dem Finger über den Arm strich, die Berührung gelassen, eher ein Instinkt als eine bewusste Handlung. Die Stille zog sich hin. Juliette schüttelte ihre Haare zurecht. »Aber ich will wissen, warum du Waffen kaufen willst. Du gehörst nicht zu unserer üblichen Klientel.«

Julun warf Roma einen Blick zu. Er musste sein Geheimnis bereits preisgegeben haben, wenn Roma gewillt gewesen war, ihn herzubringen, um Juliettes Meinung zu hören.

»Meine Verlobte wird bedroht.«

Ah. Juliette seufzte leise und lehnte sich auf ihrem Stuhl zurück. Natürlich würde etwas in der Art bei Roma Mitgefühl wecken. Er und sein weiches Herz. Sie liebte ihn so sehr, dass es wehtat.

»Sie ist nicht von hier«, fuhr Julun fort. »Sie floh vor drei Jahren aus Wladiwostok und kam nach Shanghai, bevor sie sich weiter ins Landesinnere begab.« Er griff in seine Hosentasche und zog ein Bild heraus.

Offensichtlich hatte Roma es noch nicht gesehen, denn er lehnte sich ebenfalls vor und zuckte sofort überrascht zusammen. Seine Reaktion war kaum wahrnehmbar, doch seine Hand lag noch auf Juliettes Arm und sie fühlte seine Anspannung wie ihre eigene.

Juluns Verlobte sah aus wie Alisa, Romas kleine Schwester.

Es gab genug Unterschiede, die deutlich zeigten, dass es sich um jemand anderen handelte, doch auf den ersten Blick hätte Juliette sie verwechseln können, von den blonden Locken bis zu den tief liegenden dunklen Augen mit den Lachfältchen.

»Ich bin alles, was sie hat«, schloss Julun leise. »Ich hatte gehofft, dass Sie mir helfen könnten. Wenn nicht mit Waffen, dann …« Der Junge verstummte. Anschließend sanken seine Schultern herab, seine ganze Kraft verließ ihn. »Jemand aus ihrer Vergangenheit kontaktiert sie immer noch. Wenn Waffen keine Option sind, hatte ich gehofft, Ihren Schutz kaufen zu können.«

Roma sah endlich von dem Foto auf, eine Braue hochgezogen.

»Das hast du auf der Fahrt nicht erwähnt.« Er klang verdutzt. »Welche Art von Schutz könnten wir bieten? Wir führen ein kleines Unternehmen, keine Sicherheitstruppe.«

Julun schluckte schwer. Er griff wieder in seine Hosentasche. Dieses Mal zog er etwas heraus, das ein Zeitungsausschnitt zu sein schien.

»Sie boten einst Schutz an, nicht wahr?« Langsam entfaltete er das Blatt. Zuerst kamen zwei Porträts zum Vorschein, dann die Überschrift in Großdruck darüber:

In Erinnerung an die unglücklichen Liebenden von Shanghai

Juliette Cai & Roma Montagow

1907 – 1927

»Juliette Cai und Roma Montagow, Erbin der Scarlet Gang und Erbe der White Flowers, die Kinder sich befehdender Familien, in einen blutigen Krieg hineingeboren, die allem trotzen, um den Teufelskreis zu durchbrechen und zusammen zu sein.« Julun sprach jedes der Worte mit Nachdruck aus. Als hätte er sie vor langer Zeit gehört und sagte sie jetzt aus dem Gedächtnis auf. »Ich hatte gehofft, dass gerade Sie mich verstehen würden.«

Auf den skizzierten Porträts waren sie verblüffend gut getroffen. Juliette griff nach dem Zeitungsausschnitt und hielt ihn ins Licht der Nachmittagssonne, suchte nach etwas, das sie glaubhaft bestreiten könnte.

Sie fand nichts. Es waren ihre Gesichter, da bestand kein Zweifel. Doch Roma schenkte den Porträts keine Beachtung.

»Du irrst dich«, sagte er. »Ich habe den Namen Roma Montagow noch nie zuvor gehört. Der Tratsch aus der Stadt gelangt nicht bis nach Zhouzhuang.«

»Was?«, rief Julun bestürzt. »Aber Sie haben gerade noch Russisch gesprochen.«

»Habe ich das? Ich kann mich nicht daran erinnern.«

Julun wandte sich Juliette zu, ungläubig öffnete und schloss er den Mund. Er wies hinter sie. »Sie haben da ein Gemälde von Shanghais *Wàitān.*«

Juliette reckte den Kopf, um den Rahmen hinter ihr anzublinzeln, als hätte sie nie erkannt, was er enthielt. Ihre Cousine Celia hatte ihr das Gemälde gekauft, nach Juliettes Geständnis, dass sie den Bund zu vergessen begann, den Geruch nach Meersalz, das Knarzen des Holzstegs unter ihren Füßen. Shanghai war eine Küstenstadt, ein offener Hafen, pulsierend mit unentwegter Betriebsamkeit. Ständig fuhren Schiffe ein und Bewegung peitschte mit solcher Geschwindigkeit durch die Straßen des Bunds, dass die Stadt ihre Höchststände im selben Atemzug wie ihre Tiefpunkte erlebte. Zhouzhuang war das genaue Gegenteil. Es versprach einen still daliegenden sicheren Hafen, das gemächliche Strömen des Wassers formte Schutzschichten zu allen Seiten.

»Was für ein hübscher Zufall«, sagte sie, um Romas Bluff aufrechtzuerhalten. »Wir stammen allerdings aus Harbin, nicht Shanghai.«

Langsam schob Juliette Julun den Zeitungsausschnitt zu. Er wirkte nicht überzeugt, doch er konnte nicht beweisen, dass sie logen, konnte sie nur geradeheraus dessen bezichtigen.

»Wenn ich die Überschrift richtig lese, sind diese Leute schon lange tot«, sprach sie sanft. »Hier.« Weil ihr der Junge leidtat, griff Juliette sich einen Stift von der Ablage hinter ihr und schrieb die Nummer des öffentlichen Telefons an den Rand des Zeitungspapiers. »Ruf uns an, wenn du die Mittel für richtige Geschäfte hast. Doch wir sind nicht diejenigen, nach denen du suchst. Es tut mir leid.«

Die Entschuldigung war ernst gemeint. Sie hatte einst geglaubt, dass sie mit der Scarlet Gang enorme Macht erben würde, dass sie denen helfen könnte, die Hilfe brauchten, und die niedertrampeln würde, die ihr wehtun wollten. Doch solche Macht sollte nicht in den Händen einer Person liegen und eine solche Position führte nur zu einer endlosen Liste an Feinden, die ihr schaden wollten. Sie hätte nicht in Worte fassen können, wie viel lieber ihr ein Leben ohne die Scarlet Gang war, und doch würde sie stets den leisen Schmerz im Herzen fühlen, wenn sie etwas nicht mehr mit einem Fingerschnipsen möglich machen konnte.

Julun nahm den Zeitungsausschnitt entgegen und steckte ihn zusammen mit dem Foto seiner Verlobten zurück in seine Hosentasche. Seine Unterlippe zitterte. Bevor das noch mal passieren konnte, brachte er seinen Gesichtsausdruck unter Kontrolle und nickte.

»Ich begleite dich nach draußen.« Roma stand auf und legte Julun eine Hand auf die Schulter, bevor er den Tisch umrundete. »Schaffst du es zurück nach Hause?«

Julun stand ebenfalls auf. Er wirkte niedergeschlagen. »Natürlich, machen Sie sich um mich keine Sorgen. Es tut mir leid, dass ich Sie belästigt habe.«

»Ach, eine Abwechslung hin und wieder tut uns ganz gut.« Sie verschwanden ins Wohnzimmer. Die gemurmelte Unterhaltung zog sich noch einige Minuten hin, bevor die Haustür geöffnet und wieder geschlossen wurde.

Juliette seufzte, stützte die Ellbogen auf den Tisch und legte das Kinn in die Hände. Sie saß noch immer so da, als Roma in die Küche zurückkehrte, und sah ihn an. Er lehnte sich in den Durchgang und zog eine Augenbraue hoch, wie um zu fragen, warum sie ihn anstarrte, doch sie sah nicht weg. Es gefiel ihr, ihn anzuhimmeln, ohne sich Sorgen machen zu müssen, dass man sie dabei erwischen könnte. Es gefiel ihr, ihn unerwartet auf dem offenen Markt zu entdecken, loszurennen, ihn von hinten überraschend anzugreifen und dafür ein Lachen zu ernten anstelle einer Kugel. Ihre Vergangenheit machte jeden Moment ihrer Zukunft zu etwas Neuartigem und sie würde nie genug davon bekommen, ihn am Morgen zu wecken, indem sie ihn mit Küssen überhäufte und darauf wartete, dass er sich zurückzog, bevor sie bereit war, damit aufzuhören. Doch er weigerte sich stets, sich zurückzuziehen, und streckte ihr stattdessen mit einem breiten Grinsen das Gesicht entgegen.

Sie hatte erwartet, dass der süchtig machende Wonneschauer nach dem ersten Jahr abklingen würde. Vielleicht sobald sie sich an ein Leben ohne Angst gewöhnt hatten, ohne die Last zweier Familien und einer ganzen Stadt auf ihren Schultern. Doch die Last würde nie verschwinden, genauso wenig wie das Wissen, dass sie Unglaubliches erreicht hatten, indem sie Frieden gefunden hatten. Manchmal schreckte Juliette noch auf, wenn ein Restaurantbesitzer eine Metallschüssel fallen ließ, überzeugt, dass in der Ferne Schüsse abgegeben wurden und sie einen Kampf zwischen Bandenmitgliedern beenden musste. Selbst wenn sie schnell erkannte, dass es keinen Grund zur Angst gab, blieben ihre Gedanken den ganzen Tag lang diffus, ihre Handflächen feucht und ihr Magen verkrampft, bis sie sich ablenken konnte.

Manchmal erwachte Roma noch mitten in der Nacht und schrie panisch nach Juliette, als hätte man sie ihm im Traum entrissen, und obwohl Juliette neben ihm war, sein Gesicht mit den Händen umfasste und flüsterte: »Ich bin hier, mein Geliebter, alles ist gut«, spürte sie bis zum Morgengrauen das Rasen seines Herzens unter ihrer Hand und keiner von beiden konnte schlafen.

Nun erhob Juliette sich und ging zu ihm, legte ihm stumm die Arme um den Hals und ließ zu, dass er sie an sich zog, bis sie sich fest aneinanderdrückten.

»Es tut mir leid«, murmelte Roma. »Hätte ich gewusst, dass er uns damit konfrontiert, hätte ich mir nicht die Mühe gemacht.«

»Nein, es macht mich glücklich, dass du versuchen wolltest, ihm zu helfen«, erwiderte Juliette. Sie sah ihm in die Augen und versuchte, ihm zu vermitteln, wie ernst es ihr damit war. Allein die Tatsache, dass er nett sein konnte, dass sie versuchen konnten, wie gewöhnliche Leute Hilfe anzubieten wo möglich, war wundervoll. Nur hatte der Junge zu hohe Erwartungen, denen

Roma und Juliette nicht gerecht werden konnten, ohne zu viel preiszugeben.

Ein enormer Aufwand war nötig gewesen, um jede ihrer alten Verbindungen in Shanghai nutzen zu können und zugleich ihre Identität geheim zu halten. Manche Kontakte waren erst durch Erpressung bereit gewesen, zu kooperieren, bei anderen hatte es einer umständlichen Reihe von Notlügen bedurft, um sie davon zu überzeugen, dass sie längst Teil des Schmugglerrings waren. Auf die ein oder andere Weise war Romas und Juliettes jeweiliges Wissen sein Gewicht in Gold wert, sobald sie es vereinten, und die Macht ihrer Vergangenheit war nicht zu verleugnen, wann auch immer sie mit jemandem Kontakt aufnahmen und eine Verbindung festigten. Einige schienen eine undichte Stelle in den ehemaligen innersten Bandenkreisen zu vermuten, doch niemand dachte daran, dass es sich um Roma und Juliette handelte, die von den Toten wiederauferstanden waren. Solange diejenigen, die ihre Gesichter gesehen hatten, nichts ausplauderten, war es eine gute Sache. Der Schutz ihrer Identität würde stets höchste Priorität haben. Sie hatten für dieses neue Leben nicht so hart gearbeitet, damit es in sich zusammenbrach.

Doch Juliette fühlte sich trotz allem schlecht. Weil sie den Jungen angelogen hatten. Weil sie all jene angelogen hatten, die in Shanghai zurückgeblieben waren. Sie wusste, dass es Roma heimsuchte, dass er seine Schwester in der Stadt zurückgelassen hatte. Alisa hier ein- und ausgehen zu lassen war zu gefährlich und sie warteten schon so lange darauf, dass die politischen Unruhen in der Stadt sich legten, bevor sie mit ihr Kontakt aufnahmen. Juliette hätte nicht einmal Celia ihren Aufenthaltsort verraten, hätte ihre Cousine sie nicht hierhergeschmuggelt.

Die Jahre hatten sich hingezogen. Aus Kindern wurden Erwachsene, die auf einen Frieden warteten, der niemals kommen mochte. Sie lebte jeden Tag mit dem Wissen, dass Celia als Kommunistenagentin verhaftet werden könnte, während sie nach

Zhouzhuang reiste, dass die gegenwärtige Regierung sie gefangen nehmen und bezichtigen könnte, Verbrecher zu schützen, die in Juliettes Fall in eine Besserungsanstalt gesteckt und in Romas Fall hingerichtet werden sollten. Sie war froh, dass ihr keine andere Wahl geblieben war, dass sie ihre Cousine beinahe jeden Monat sah, wenn Celia Zeit fand für einen Besuch, doch Juliette hätte sich bereitwillig tot gestellt, wenn sie ihre Liebsten dadurch in Sicherheit wüsste. Darin waren sie und Roma sich einig. Das war ihre größte Schwäche und Stärke zugleich und sie bezweifelte, dass sich das jemals ändern würde.

Doch sollte Julun sie noch mal kontaktieren, würde Juliette ihm möglicherweise eine Handfeuerwaffe zukommen lassen. Gratis. Und nur, wenn Roma gerade nicht hinsah.

Als könnte er ihren inneren Aufruhr hören, drückte Roma ihr zärtlich die Lippen auf die Schläfe und ließ ihre Gedanken verstummen.

»Dich glücklich zu machen macht mich immer glücklich«, sagte er.

Juliette strahlte. Sie konnte nicht anders. Obwohl sie sich für stahlhart hielt, Roma ließ sie so schnell liebestrunken werden, dass es schon beinahe peinlich war. Sie waren nun seit vier Jahren ein Paar, sofern man ihre fürchterlichen On-Off-Phasen nicht zählte, ansonsten wären es bald neun Jahre, und ihn zu lieben war so einfach, obwohl sie von allem abgeschnitten waren, das sie einst gekannt hatten. Sie musste nur ihr Herz auf der Zunge tragen und er das seine öffnen und schon hatte sie eine großartige Zeit mit ihrem Liebsten.

»Außerdem …«

Als Juliette sich zurückziehen und ihre Arme senken wollte, packte Roma ihren Kiefer und hielt sie fest. Obwohl Roma sich nur bedrohlich gab, hatten sie während ihrer Trennungen einige Male versucht, einander zu töten, und waren dabei manches Mal nur knapp entkommen, daher brachte sein ruppiges Verhalten Juliette zum Grinsen.

»Mir war gar nicht klar, dass du so große Füße hast?«, äffte Roma sie nach. »*Dorogaya,* ich bin schockiert und enttäuscht.«

»Von meiner schrecklichen Haushaltsführung?«

»Nein, von deiner armseligen Beobachtungsgabe.« Plötzlich packte er sie um die Taille und warf sie sich über die Schulter. Juliettes Haare fielen ihr vor die Augen, als sie kreischend kopfüber hing und sich an Romas Hemdsaum festkrallte, um einen Anschein von Balance zu haben, während er sie ins Schlafzimmer trug. »Ich denke, ich muss sie dir wohl noch mal zeigen, damit du dir nächstes Mal sicher bist.«

2

Roma war von Natur aus kein Frühaufsteher. Dieses Detail war ihm die ersten neunzehn Jahre seines Lebens entgangen, als er beim geringsten Anzeichen des Morgengrauens aus dem Bett gesprungen und hektisch die Probleme des Tages durchgegangen war, bevor sie sich stellen konnten. Seine Zeit hatte ihm nicht gehört, solange er der Erbe der White Flowers gewesen war. Seine Zeit hatte der nächsten Aufgabe in der Stadt gehört, die ihn angespornt hatte, dem lautesten Ruf zuzueilen.

Dieser Tage ließ er sich entweder von Juliette wecken, die von Natur aus eine Frühaufsteherin war, oder er wandte sich der Welt zu, wenn er sich ausgeruht fühlte, streckte die Arme, halb vergraben unter den Massen von Kissen, die den Großteil ihres Betts einnahmen.

Roma hob verschlafen den Kopf und versuchte, Juliette dem Geräusch nach im Haus zu orten. Es war still. Als er sich umdrehte und sich die Augen rieb, strich das Metall seines Eherings kühl über seine Wange. Auf dem Beistelltisch neben ihm lag eine Nachricht, verfasst in lateinischer Schrift, die so winzig war, dass er die Augen zusammenkneifen musste, um sie zu lesen.

Ich halte dein Hemd als Geisel.
Das Lösegeld beträgt drei Küsse.
Zahle oder der ganze Kleiderschrank muss daran glauben.

❤J

Roma lachte leise, rollte unter den Decken hervor und griff nach seiner Hose, die sie gnädigerweise nicht als Geisel genommen hatte. Ein Morgen Ende September bedeutete einen Hauch von Kühle in der Luft, wenn er die Schlafzimmertür öffnete, doch er tappte trotzdem ins Badezimmer, ohne sich ein anderes Hemd zu suchen, und ließ sich Zeit, während er die Zähne putzte und seine Haare kämmte. Er wusste, wo Juliette wartete. Wochentags hatten sie eine Routine entwickelt und diese frühen Stunden waren für Dinge reserviert, die ihnen am meisten Spaß machten, da die echte Arbeit und die Treffen nicht vor Mittag begannen, wenn ihre Lieferanten in den Ort kamen und Waren brachten und ihre Angestellten Ausrüstung und Nachrichten und andere für das Geschäft notwendige Dinge zustellten.

»Hat man dir je gesagt«, setzte Roma an, als er die Haustür öffnete, »dass du Drohungen aussprichst wie die Erbin einer Verbrecherbande?«

»Das habe ich noch nie gehört«, erwiderte Juliette, ohne zu zögern. Sie sah ihn über ihre Schulter an, ihre Beine baumelten über den Rand des Kanals. Ein Sonnenstrahl warf ein perfektes Rechteck um sie, ließ ihre Augen glänzen und rötete ihre Lippen, sodass er sie verschlingen wollte. Es war unwichtig, dass er sie letzte Nacht geküsst hatte, bis sie beide den Verstand verloren hatten. Es war unwichtig, dass er sie auf immer und ewig küssen konnte, bis nach dem Tod und in jedwedem Jenseits. Er bekam trotz allem nicht genug von ihr.

Juliette bemerkte hocherfreut seine nackte Brust, dann sah sie ihm wieder ins Gesicht und grinste, als könnte sie seine Gedanken lesen. Wahrscheinlich konnte sie das. Wahrscheinlich trug sie sein Hemd über ihrer kurzen Schlafanzughose, weil sie wusste, was der Anblick bei ihm auslöste – die Ärmel etwas zu lang und der Kragen schief, die Vertiefung an ihrem Schlüsselbein sichtbarer, als erlaubt sein sollte.

Mit einem übertrieben angestrengten Laut ließ Roma sich neben seine Frau fallen und zwang ein Stirnrunzeln auf sein Gesicht.

»Ich bin nur nach draußen gekommen, um mein Hemd zurückzuholen. Du hast mich zitternd zurückgelassen wie einen traurigen kleinen Gassenjungen.«

Eine Brise wehte den Kanal entlang, als wollte sie seine Aussage unterstützen, und raschelte im Laub der Trauerweide zu ihrer Rechten. Die Blätter wirkten wie lichtdurchlässige Feenflügel, jede Grünschattierung leuchtend wie Smaragde. Obwohl das Wasser Kühle verbreitete, schien die Sonne warm auf seine nackten Schultern.

»Dann zahl das Lösegeld.«

»Machst du es mir so einfach? Keine weitere Erpressung?«

Juliette lehnte sich vor, die Augen schmal. »Vielleicht gebe ich es nicht zurück, nachdem ich das Lösegeld habe. Fang an, bis drei zu zählen, dann sehen wir weiter.«

Wissenschaftliche Erkenntnisse hatten gezeigt, dass sich der Boden unter seinen Füßen befand und der Himmel über ihm und dass ihm das Licht des frühen Morgens auf den Rücken fiel. Roma hörte nicht darauf. Für ihn war Juliette die Sonne.

Er überwand die Lücke zwischen ihnen, und einen Herzschlag, bevor ihre Lippen sich trafen, schloss er die Augen. Sie war für ihn geschaffen und er für sie. Ihre Atemzüge vollendeten die seinen, sie sahen die Bewegungen des anderen vorher. Selbst bei etwas so Alltäglichem, wie wenn Roma die Hand nach dem Geschirrtuch ausstreckte und Juliette es ihm hinschob, bevor er etwas sagen konnte.

Roma legte die Hand um ihren Nacken, strich die weichen Locken weg, bevor seine Finger in ihren Kragen hinabglitten.

»Eins«, murmelte er an ihrem Mund und leitete mit dem Öffnen des obersten Knopfs die Mission ein, sich sein Hemd zurückzuholen. »Zwei.« Ihre Lippen fanden sich erneut, die Berührung wohlig langsam. Der nächste Knopf öffnete sich. Juliette stieß einen kehligen Laut aus, der ihn in Verzückung versetzte.

»Drei –«

»Das Zeugen von Kindern vor der Haustür ist verboten!«

Juliette riss sich los, so überrascht von der Stimme, die über den Kanal hallte, dass sie ins Wasser gefallen wäre, hätte Roma sich nicht zuerst wieder gefangen und sie am Ellbogen gehalten.

Da sie sie erfolgreich erschreckt hatte, lachte ihre alte Nachbarin Mrs. Fan laut und gackernd, schob den Eimer auf ihrer Hüfte höher und machte sich auf den Weg um die Ecke zur Vorderseite ihres Hauses. Sie war durch die Hintertür herausgekommen, an die die Steintreppe zum Kanal angrenzte, wo sie ihre Wäsche wusch.

»*Tā mā de* – das war nicht in Ordnung, Fan Nǎinai!«, rief Juliette ihr nach.

»Entschuldigt, macht ruhig weiter! Ich warte darauf, dass es hier mehr Kinder gibt. Es soll mir also recht sein, selbst wenn ihr daraus eine öffentliche Angelegenheit macht ...«

Ihre Stimme verklang, als sie sich zu weit entfernte. Juliette schnaubte.

»Das war keine öffentliche Angelegenheit. Auf dieser Seite gibt es nicht einmal Fenster, durch die man uns sehen könnte.«

Roma unterdrückte ein Lachen, weil er wusste, dass sie dadurch nur noch wütender würde. In ihren ersten Monaten in Zhouzhuang waren die Leute ihnen viel kühler begegnet. Und das nicht ohne Grund. Niemand wusste, woher Roma und Juliette so plötzlich gekommen waren. Dann brachte Juliette jeder alten Frau entlang des Hauptkanals Fisch an die Tür und Roma flocht den Kindern, die bei den größten Steinbrücken spielten, Blumenkronen. Obwohl die Leute weiterhin den Verdacht hegten, dass die beiden vor etwas Gesetzwidrigem flohen, behandelten sie Roma und Juliette wie ihresgleichen.

»Ich denke, daran sind wir selbst schuld. Komm, wir erkälten uns noch.«

Roma führte sie nach drinnen, gab den Versuch auf, sein Hemd zurückzubekommen, und holte sich stattdessen ein neues aus dem Schrank. Es gehörte jetzt ihr, wenn sie es wollte, er konnte sich ein neues in genau demselben Schnitt und derselben Farbe leisten. Sie hatten nur mit dem Waffenhandel begonnen, weil sie sich damit gut auskannten, doch es war auch ein lukratives Geschäft, das so viel einbrachte, dass sie oftmals Kunden ablehnten, wenn ihnen der Zweck nicht gefiel, zu dem sie die Waffen verwenden wollten.

»Frühstück?«, fragte Juliette, als sie aus dem Schlafzimmer trat und sich die Haare hochsteckte. Sie hatte wieder ihre eigenen Kleider an: einen *Qipao*, hellgrün mit einer Blumenstickerei auf der Schulter.

Roma griff bereits nach den Münzen auf dem Wohnzimmertisch, einen Arm in seiner Jacke. »Wer zuerst da ist.«

»Hör auf«, drohte Juliette sofort. »Glaub ja nicht, dass ich dich nicht zu Boden ringe!«

So gut es ihm auch gefallen hätte, wenn sie sich mit ihrem ganzen Körper auf ihn geworfen hätte – denn Juliette weigerte sich, zuzugeben, dass er sie mit Leichtigkeit in der Luft abfangen könnte und würde –, wurde er bei der Tür langsamer, steckte auch den zweiten Arm in die Jacke und nahm ihre Hand, als sie aus der Tür traten.

»Hey«, sagte sie. Ihr Tonfall war verändert, die ernsthafte Juliette ersetzte die verspielte. »Ich habe vergessen, zu fragen … Das Bild gestern kam dir auch vertraut vor, nicht wahr?«

»Ja«, antwortete er leise.

Alisa wurde diesen Dezember achtzehn. Auch wenn er über ihr Leben genauestens auf dem Laufenden blieb, hatte er sie seit Jahren nicht mehr gesehen, wusste nicht, wie sich seine Schwester machte, abgesehen von den Neuigkeiten, die Celia ihm erzählte. Er und Juliette konnten Shanghai nicht mehr betreten. Sie wären leichte Beute, sobald sie ihre Gesichter zeigten. Obwohl er darauf vertraute, dass Celia auf Alisa aufpassen konnte, vielleicht sogar mehr, als er sich selbst traute, vermisste er die Unruhestifterin, die in Schränke kletterte, während er private Unterhaltungen führen wollte. Roma vermisste sie so sehr, dass das Gefühl wie ein Tumor in ihm wuchs. Er und Juliette hatten zwar überlebt, hatten einen hasserfüllten Kreislauf zu Asche verbrannt und etwas Kostbares erschaffen, doch die Menschen in Shanghai lagen nicht falsch, wenn sie von Roma Montagows und Juliette Cais Tod flüsterten. Sie würden niemals zurückkehren und das tötete einen großen Teil ihrer selbst.

Juliette drückte seine Hand. Sie gingen in Richtung Ortsmitte, bei jedem ihrer Schritte kullerten Kieselsteine über die grob gepflasterte Straße.

»Wir werden sie bald sehen können«, versprach sie. »Celia glaubt, dass die Regierung ehemaligen White Flowers keine Beachtung mehr schenkt. Im Innern wird es zu chaotisch. Die Gefahr wird nachlassen. Das muss sie.«

»Rein rational weiß ich, dass du recht hast.« Roma stieß den Atem aus und sah nach oben, wo ein Vogel von einem der gebogenen Dachziegel aufflog. »Und doch hasse ich den Gedanken, dass ich sie in Gefahr bringe. Für die Kommunisten zu arbeiten macht sie glücklich. Ich will nicht, dass sie zwischen uns und ihnen wählen muss.«

Es wäre einfacher gewesen, wäre Alisa weniger störrisch gewesen und mit Marshall und Benedikt nach Moskau gegangen. Denn Roma hatte seine beiden Freunde innerhalb weniger Tage kontaktiert, nachdem sie sich in Zhouzhuang niedergelassen und sich außer Reichweite der Nationalisten befunden hatten. Benedikt hatte ihn so sehr angeschrien, weil er seinen Tod vorgetäuscht hatte, dass er geglaubt hatte, die internationale Telefonverbindung könnte abbrechen. *Wirklich, Roma?! Das ist das letzte Mal, dass einer von uns so etwas macht. Hast du mich verstanden?! Hol deine Frau ans Telefon, mit ihr habe ich auch ein Wörtchen zu reden –*

Juliette zog los, um ihnen Gemüsebrötchen zu kaufen. Roma wartete, den Blick in die Ferne gerichtet, während sie mit dem alten Mann hinter der Ladentheke scherzte. Als Juliette ihn streifte und ihm eine kleine Tüte reichte, fragte er: »Was, wenn wir sie kontaktieren und sie mich hasst, weil ich mich ferngehalten habe?«

Sofort tadelte Juliette ihn. »Mein Geliebter, wir sprechen hier von Alisa.« Sie biss in ihr Brötchen. »Sie wird sich einfach nur freuen, dich wiederzusehen. Sie ist nicht so melodramatisch wie ich.«

Romas Mundwinkel zuckten, als er sich an die Zeit erinnerte, in der er Juliette gemieden und ihr Informationen vorenthalten hatte. Das würde er heute nicht mehr tun, da ihr neues Leben davon abhing, dass sie wie eine Einheit miteinander kommunizierten. Doch damals hatte er wirklich geglaubt, die richtige Entscheidung zu treffen. Er hatte sie nur in Sicherheit wissen wollen.

»Außerdem«, fuhr Juliette fort, »zahlst du ihre Rechnungen. Es würde mich nicht überraschen, wenn sie es schon längst herausgefunden hat.«

Da war etwas Wahres dran. Roma verhielt sich nicht besonders unauffällig. Er biss von seinem Brötchen ab. Vielleicht bestand die ganze Kunst darin, dass er immer offensichtlichere Hinweise hinterließ, bis Alisa die Wahrheit erkannte, doch keinen Kontakt zu ihr aufzunehmen, damit sie sie erst fand, wenn es sicher war. Andererseits traute er Alisa zu, sie trotzdem aufzuspüren.

»Mr. Mai! Anruf für Sie!«

Roma fuhr herum, hielt Ausschau nach der Person, die ihn rief. Auf der gegenüberliegenden Seite des Hauptkanals winkte ihn eine der Damen, die eine Schneiderei führte, zu dem öffentlichen Telefon neben ihrem Laden.

»Erwarten wir jemanden?«, fragte Juliette verdutzt.

»Nicht vor Ah Cao heute Nachmittag.«

Sie eilten über die Steinbrücke zu dem Telefon. Juliette drückte sich an die Wand, als Roma den Hörer nahm, der neben der Telefongabel lag, und ihn an sein Ohr drückte.

»Wéi?«

Er hörte, dass jemand heftig um Atem rang. »Hier … hier spricht …«

Roma warf Juliette einen verwirrten Blick zu und versuchte, ihr zu bedeuten, dass er nichts hörte. »Es tut mir leid, ich kann –«

»Hier spricht Julun«, brachte die Stimme endlich in einem schnellen Atemzug heraus. Am anderen Ende der Leitung keuchte und schniefte Julun, als weinte er.

Romas Gesichtsausdruck wechselte von verwirrt zu besorgt. »Ist alles in Ordnung? Bis du in Sicherheit?«

Juliette lehnte sich näher heran und lauschte an der anderen Seite des Hörers. Einige Sekunden lang hörten sie nichts als Schniefen. Dann:

»Bitte«, schluchzte Julun. »Sie wird die Nächste sein. Sie sind alle tot.«

3

Juliette schloss die Autotür und betrachtete ihre Umgebung. Sie waren über gekieste Landstraßen zu Juluns Aufenthaltsort in der nächsten Ortschaft gefahren. Anders als Zhouzhuang, das an die Ausläufer eines kolossalen Sees grenzte, befand sich diese Kleinstadt tiefer im Landesinnern. Anstelle von Kanälen wanden sich schmale Straßen mit Kopfsteinpflaster um Gebäude, die ebenfalls im älteren traditionellen Stil erbaut waren. Breite Straßen waren Großstädten und ausgewachsenen Ortschaften vorbehalten. Hier war Roma gezwungen, vor den Stadttoren zu parken, da motorisierten Fahrzeugen der Zugang verwehrt war.

Eine kalte Brise blies ihnen ins Gesicht. Über ihnen sammelten sich graue Sturmwolken und sandten dumpfes Donnergrollen herab.

»Wir müssen über deinen Fahrstil sprechen«, merkte Juliette an. Sie ging um die Motorhaube herum, wobei sie ungelenk auf dem rauen Steinboden auftrat. »Ich dachte mehrmals, dass du gleich einen Unfall bauen würdest.«

»Es tut mir leid«, erwiderte Roma trocken. Er hob den Arm und Juliette duckte sich darunter hindurch, drückte sich nahe an ihn, während sie weitergingen. »Meiner Meinung nach fahre ich recht gut für jemanden, der sein ganzes Leben lang Chauffeure hatte.«

»Oooh, er hatte Chauffeure.«

»*Dorogaya*, ich weiß, dass gerade du dich nicht über mich lustig machst.«

Juliette unterdrückte ein prustendes Lachen, als sie den Ort betraten. Sie waren nach Juluns alarmierendem Anruf sofort losgefahren. Er hatte sich kaum in zusammenhängenden Sätzen erklären können, daher hatte Juliette den Hörer genommen und ihm gesagt, dass er tief durchatmen, ihnen seine Adresse geben und auflegen solle. Sie seien unterwegs und würden sich ansehen, was in aller Welt los war.

Glücklicherweise fiel es nicht sonderlich auf, wenn Roma und Juliette benachbarte Städte besuchten. Sie machten hier oft Geschäfte und viele Kontaktpersonen spielten mit, wenn die Anwohner fragten, wen sie besuchten. Doch als Juliette sich umsah, waren die schmalen Straßen beinahe leer. Nicht einmal ein älterer Ladenbesitzer saß draußen an der frischen Luft. Dabei saßen immer ältere Ladenbesitzer an der frischen Luft.

»Hier stimmt etwas nicht«, murmelte Juliette.

Roma legte den Arm fester um sie. »Hörst du etwas?«

»Noch nicht.« Sie wechselten einen Blick. Mit einem stummen Nicken einigten sie sich darauf, vorsichtig zu sein.

Die Adresse, die Julun ihnen gegeben hatte, lag tief im Ortsinnern, Hausnummer 280 in der Liyi Street. Sie hatten die Straße bereits gefunden, die eher ein langer, sich schlängelnder Gehweg als eine Straße per se war, doch sie waren erst bei Hausnummer 34. Juliette behielt die Briefkästen im Auge, während sie weitergingen. Kleine grüne Behälter, die man an die Außenwände gelehnt hatte. Die Türen waren fest geschlossen. Die Läden hatten ihre Gitter herabgezogen, waren verschlossen und verriegelt.

Das gefiel ihr kein bisschen. So ruhig es in Zhouzhuang sein mochte, rührte die Abgeschiedenheit, die sie dort so sehr schätzte, von gemütlicher Besonnenheit her: ein Boot, das den Kanal herabtanzte, ein Baum, der jahrelang nicht zurückgeschnitten wurde und verwilderte.

Juluns Wohnort fühlte sich dagegen an wie eine Geisterstadt. Eine unnatürliche Stille lag darüber, keine friedliche, als hätten die plaudernden Nachbarn einander den Rücken gekehrt.

Bei Hausnummer 90 blieb Juliette stehen und blickte nach oben. Zu ihrer Linken befand sich ein Teehaus. Wenn es etwas gab, worauf man sich in ländlichen Ortschaften verlassen konnte, dann auf Teehäuser im Überfluss. Das Obergeschoss war offen gestaltet, ein Balkon ragte über das Hauptgebäude hinaus, um Gästen die Möglichkeit zu geben, an der frischen Luft zu sitzen. Auf dem Balkon hatte sie eine blitzschnelle Bewegung wahrgenommen. Alle Tische waren leer, doch Juliette war sich sicher, dass der Besitzer von oben auf die Straße hinabsah und sich eilig in die Schatten zurückgezogen hatte, als Juliette hinaufgeblickt hatte.

»Ist da jemand?«, rief sie hinauf.

Keine Antwort.

Roma zog sie an der Hand weiter die Liyi Street hinab. In der Ferne grollte erneut Donner.

Sie kamen an vor Wohnhäusern festgeketteten Fahrrädern vorbei, an fein säuberlich gestapelten Einkaufskörben vor Aufgängen, an achtlos weggeworfenen Taschen voller gerösteter Kastanienschalen. Neugierig ging Juliette vor Hausnummer 200 in die Hocke, wo eine Pflanze in einem Keramiktopf wuchs, die an einen winzigen Baum erinnerte. Sie drückte einen Finger auf die Blumenerde, diese war feucht.

Die Stadt war nicht aufgegeben worden. Die Einwohner waren gewiss noch hier oder zumindest jemand, der die Pflanzen goss.

»Ich sehe jemanden«, sagte Roma plötzlich.

Juliette riss ihre Aufmerksamkeit von dem Bäumchen los. In einiger Entfernung, wo der Pfad hangabwärts führte, stand ein Mann vor einer der Türen und ging die Briefumschläge in seiner Hand durch – der Postbote, nach seiner Uniform und der prallen Tasche über seiner Schulter zu schließen.

»Wir sollten ihn fragen, wo alle sind«, schlug Juliette vor. Sie eilte bereits auf ihn zu. Für gewöhnlich kannten Menschen in dieser Gegend keine Zurückhaltung. Sie würden Staatsgeheimnisse ausplaudern, wenn man sie nur freundlich genug fragte.

Juliette wurde langsamer, als sie sich ihm näherte, gab sich gelassen. Hinter ihr schob Roma die Hände in die Hosentaschen und ahmte ihre zwanglose Haltung nach. Der Postbote vor Nummer

213 kam ihr nicht bekannt vor, sein Zustellbezirk erstreckte sich wohl nicht bis nach Zhouzhuang. Trotzdem grüßte Juliette ihn, als wäre er ein alter Freund, und er wandte sich ihr freudig zu und tippte sich an die Mütze.

Sie ergriff die Gelegenheit und blieb stehen.

»Ich hoffe, ich unterbreche Sie nicht, aber stellen Sie für gewöhnlich hier die Post zu?«

»Allerdings«, erwiderte er. Ein Schild an seiner Uniform verriet ihr, dass sein Nachname Liao war. Die Haare unter seiner Mütze waren gänzlich weiß. Er musterte Juliette und Roma genauer, bevor er fragte: »Kommen Sie beide aus Shanghai?«

»Nein«, antwortete Roma sofort. »Nur aus Zhouzhuang. Wir besuchen Familie.«

»Wir glauben, dass sie vielleicht verreist sind, weil niemand zu Hause war, als wir geklopft haben«, fügte Juliette an.

»Es ist so leer wie an Neujahr, nicht wahr?«, stimmte Mr. Liao zu.

Auf schreckliche Art und Weise. Juliette hätte vielleicht geglaubt, dass die Ortschaft wegen eines Feiertages so still war, wenn Neujahr nicht erst in einigen Monaten wäre. Außerdem würden sich dann größere Städte leeren, zu denen die Menschen zur Arbeit pendelten, nicht kleinere Ortschaften. An Neujahr wurde es in dieser Gegend lauter und belebter als sonst, weil alle aus der Stadt zu ihren ländlichen Wurzeln zurückkehrten.

»Schon seltsam. Woran liegt das?«, fragte Juliette.

Mr. Liao sah sofort über die Schulter. Er betrachtete seine Umgebung sorgsam, bevor er sich wieder umwandte.

»Ich lebe nicht hier, daher war ich mir nicht sicher, bis ich von Mrs. Chang an der Tianneng Straße hörte. Eine Menge Ausländer treiben sich in der Gegend herum. Sie behaupten, dass sie nach jemandem suchen und keinen Ärger machen wollen, aber alle, die ihnen begegnen, werden auf aggressive Weise befragt.« Während er sprach, ging der Postbote die Briefumschläge durch und versuchte, zu finden, was er als Nächstes ausliefern würde.

»Sie verfolgten Mrs. Chang bis nach Hause. Sie sagte, sie haben eine halbe Stunde lang an ihre Tür gehämmert, als sie ihnen keine Antwort geben konnte.«

Juliette zog eine Grimasse. Auch Roma sah unbehaglich drein. Julun hatte erwähnt, dass seine Verlobte bedroht wurde. Er hatte auch gesagt, dass sie aus Wladiwostok an der Ostküste der Sowjetunion geflohen war. Dies könnte die Bedrohung sein, von der Julun gesprochen hatte.

»Wenn Sie Ausländer sagen ... westliche Ausländer oder russische Ausländer?«, wollte Juliette wissen.

Mr. Liao zuckte mit den Achseln. »Könnten Russen sein. Angeblich sprechen sie fließend *běndì huà*, daher würde ich darauf tippen.«

»Ich denke, wir sollten auch bald von hier verschwinden.« Roma stupste sie mit dem Ellbogen an. Juliette stupste zurück. »Danke.«

Der Postbote tippte sich erneut an die Mütze und wandte sich wieder seiner riesigen Tasche voller Briefe zu.

»Was meinst du?«, flüsterte Juliette, als sie ein Stück gegangen waren. »Reicht das aus, dass Julun sich am Telefon so aufregt?«

Roma schüttelte den Kopf. »Es muss etwas Schlimmeres passiert sein.«

Männer, die Ärger machten, sollte man nicht auf die leichte Schulter nehmen, doch sie waren auch nichts Schreckliches. Die Bewohner des Ortes schienen sich dazu entschlossen zu haben, den Kopf einzuziehen und abzuwarten, bis die Männer genug hatten. Das ganze Land war jahrelang von Kriegsherren regiert worden, bis die gegenwärtige Regierung übernommen hatte. Die Leute waren daran gewöhnt, ihre Türen zu schließen und sich abzuwenden, wenn Schläger durch die Straßen zogen.

Als sie sich Hausnummer 280 näherten, drückte Juliette gegen die Messerscheide an ihrem Bein, um sicherzustellen, dass ihre Waffen fixiert waren. Sie erwartete keine Gefahr, doch es war nie schlecht, gut vorbereitet zu sein.

»Nummer 280«, sagte Roma laut. Sie blieben stehen und betrachteten das Haus.

Es sah aus wie jedes andere Gebäude entlang des Wegs, in bescheidenem Braun gehalten und zwei Stockwerke hoch. Juliette wollte an die Haustür klopfen, doch sie hatte kaum die Hand gehoben, als aus dem Innern ein lautes Poltern zu hören war.

Sie und Roma wichen zurück.

»Julun?«, rief Roma. Er schlug mit der flachen Hand gegen die Tür, um sicherzugehen, dass sein Klopfen weithin hörbar war. »Bist du da drinnen?«

Julun antwortete nicht. Sie hörten nur ein seltsames Kratzen.

Juliettes Puls beschleunigte sich. »Ich will ja nicht vorschnell Panik verbreiten, doch das klingt, als fände da ein Kampf statt.«

Sie wollte die Türklinke drücken, doch diese rührte sich nicht. Die Tür wirkte zu robust, als dass sie sie eintreten könnten. Während Roma weiter anklopfte, eilte Juliette zum Fenster und beschattete es mit den Händen, um hineinzusehen. Wie es bei vielen ländlichen Wohnhäusern der Fall war, hatten die Räume niedrige Decken, damit das Gebäude trotz der zwei Stockwerke nicht zu hoch aufragte, bevor die Dachziegel sich aufwärts krümmten. Es war jedoch schmal gebaut. Das Erdgeschoss beherbergte einen Wohnraum, das Obergeschoss musste also ein Schlafzimmer sein. Für mehr blieb kaum Platz.

Juliette verzog vor Anstrengung das Gesicht, als sie das schwere Fenster hochschob. »Roma, hilfst du mir bitte hoch?«

In solchen Momenten vermisste sie ihre amerikanischen Kleider. Sie hätte sich vielleicht hindurchziehen können, wenn der Stoff ihres *Qipao* um ihre Hüften herum nicht so eng gewesen wäre. Glücklicherweise packte Roma sie um die Taille und hob sie an die Kante, sodass sie sich auf dem Fensterrahmen herumschwingen und die Beine ins Innere ziehen konnte, bevor sie ins Haus sprang.

Die Hintertür stand weit offen. Juliette betrachtete das Wohnzimmer, doch blickte sofort zur Treppe, als sie oben das leiseste Ächzen einer Bewegung vernahm.

Roma kletterte ebenfalls durch das kleine Fenster und landete fest auf den hölzernen Dielen.

»Gib mir Deckung.«

Er verlagerte sofort sein Gewicht und behielt die Hintertür im Auge, während Juliette die Treppe hochrannte. »Sei vorsichtig.«

Als Antwort darauf zog Juliette eine Waffe. Sie nahm zwei Stufen auf einmal, die Zähne fest aufeinandergepresst, während ihr Herzschlag gegen ihre Rippen trommelte. Als sie den oberen Treppenabsatz umrundete, fand sie Julun reglos am Fuß eines Betts liegen und ein Stück entfernt ein Mädchen am Boden, das sich gegen einen großen Mann mit einem Lappen in der Hand wehrte.

»Hey!«, schrie Juliette.

Das Mädchen drehte den Kopf nach links und suchte mit einem hektischen, bebenden Keuchen nach der Quelle des Schreis.

»Hilfe!«, schrie sie auf Russisch. »Bitte!«

Der Mann stürzte sich vor und versuchte, ihr den Lappen auf den Mund zu drücken. Doch bevor er sie berühren konnte, riss er den Kopf wieder zurück, um den fuchtelnden Armen des Mädchens auszuweichen, und entblößte dabei seinen Hals.

Juliette wusste eine Chance zu nutzen. Ohne zu zögern, warf sie ihr Messer. Es traf den Mann genau in der Mitte der Kehle.

4

O mein –«

Roma kam schlitternd zum Stehen, als er hinter Juliette das obere Ende der Treppe erreichte und sah, was vor sich ging. Zuerst drückte er ihre Schulter und verweilte eine Sekunde lang dort, bis sie ihn mit einer sanften Berührung an seinem Handrücken beruhigte und er an Juluns Seite eilte.

Roma sah, dass die Brust des Jungen sich unter flachen Atemzügen hob und senkte. *Gott sei Dank*. Nicht tot, nur bewusstlos. Roma tätschelte Juluns Gesicht, doch der Junge reagierte nicht. An seiner Schläfe zeigte sich die starke Rötung einer frischen Prellung. Roma verzog das Gesicht. Man hatte ihm einmal zu oft einen solchen Schlag versetzt, und aus bedauerlicher eigener Erfahrung wusste er, wie entsetzlich das Erwachen danach war. Es hatte keinen Zweck, ihn übereilt zu wecken.

Juliette eilte zu dem Mädchen, ihre Schuhe klackten über den Boden. Roma sah hinüber, gerade als sie den Toten mit dem Fuß beiseiteschob. Sie streckte dem Mädchen die Hand entgegen.

»Befinden sich noch andere in der Nähe?«

Sie hatten vorhin von möglicherweise russischen Männern erfahren, die die Straßen nach Juluns Verlobter absuchten, doch der Tote war ein Chinese. Seitlich am Hals, gleich neben der Stelle, an der Juliettes Klinge eingetreten war, prangte die Tätowierung eines Engels.

»Ich … ich glaube nicht«, sagte das Mädchen zögerlich. Sie nahm die ausgestreckte Hand und als sie aufstand, sanken ihre

Schultern nach vorn, als wollte sie sich kleiner machen. »Danke. Sie haben mich gerettet.«

Juliette zuckte mit den Schultern. Es machte sie stets etwas verlegen, wenn man ihr Dankbarkeit entgegenbrachte, obwohl sie das mit ihrer selbstsicheren Haltung gut verbarg. Nur Roma sah die Rötung ihrer Nasenspitze, gefolgt von einem Zucken der Hand, als sie sich hinunterbeugte, um ihr Messer aus der Kehle des Mannes zu ziehen, wobei Blut über ihre Knöchel spritzte.

Roma und das Mädchen fuhren gleichzeitig zusammen. Während er weiterhin seine Frau beobachtete, um sicherzustellen, dass es ihr gut ging, eilte das Mädchen zu Julun und hockte sich behutsam neben seinen Kopf.

»Er wird bald wieder zu sich kommen. Er schwebt nicht in unmittelbarer Gefahr durch seine Verletzungen«, versicherte Roma ihr.

Das Mädchen nickte. Ihr Bild war ihr wirklich gerecht geworden. Als ihr eine Haarsträhne ins Gesicht fiel, konnte Roma nicht begreifen, wie unheimlich ihre Ähnlichkeit mit Alisa war. Besonders die dunkelblonde Farbe, doch auch wie ihre Haare fielen – widerspenstige Locken, die sich chaotisch auf ihrem Kopf verfingen, und lockere Wellen, die auf ihrem Rücken lagen. Sie war blass, als sie die Strähne zur Seite strich.

»Was ist passiert?«, fragte Juliette. Sie wusste, dass sie eingreifen musste. Roma fehlten die Worte, während er damit rang, die Illusion seiner kleinen Schwester vor ihm zu verstehen.

»Sie haben mich schon seit einer Weile bedroht. Ich nehme an, sie fanden meinen Aufenthaltsort erst jetzt und …« Das Mädchen zögerte, verstummte mitten im Satz. »Wie viel hat Julun Ihnen erzählt?«

Auch Juliette beantwortete die Frage nicht vollkommen ehrlich. »Ich gehe davon aus, dass du weißt, dass er uns um Hilfe bat.«

Sie nickte. »Ich konnte es kaum glauben, doch er sagte, Sie seien … nun …«

»*Dewotschka*, wie heißt du?«, unterbrach Roma sie, bevor sie mit ihren Namen um sich werfen konnte und sie wieder dreiste

Lügen erzählen müssten. »Entschuldige, dass wir nicht schon früher gefragt haben.«

Das Mädchen sah nach unten und drückte seine Hand auf Juluns Wange. »Schon gut, es war viel los.«

Wie aufs Stichwort schüttelte Juliette ein Bettlaken aus, das sie aus einer Schublade gezogen hatte, und bedeckte die Leiche damit. Sie fing Romas Blick ein.

Du hilfst mir später, ihn hinauszuschaffen, formte sie auf Englisch mit den Lippen.

Großer Gott.

»Ich bin Miljena«, sagte das Mädchen währenddessen. »Sie können mich Mila nennen. Das machen hier alle.«

»Nun gut, Mila.« Roma stützte sich mit den Händen auf seinen Knien ab und stand auf, wobei die schnelle Bewegung ihn das Gesicht verziehen ließ. »Versuch, Julun aufzurichten. Meine Frau hilft dir, ihn in unser Auto zu schaffen.«

Mila blinzelte. »Auto?«

»Du kannst unmöglich hierbleiben, wenn dein Aufenthaltsort preisgegeben wurde. Es ist nur eine kurze Fahrt, versprochen. Und nun …« Juliette blickte wieder zu Roma und nickte zu der bedeckten Leiche. »Setzt du bitte deine starken Muskeln für mich ein, *Qīn'ài de*?«

Roma warf die Leiche des Angreifers kurzerhand in den Kanal.

»Das ist furchtbar«, grummelte er, während er sich die Hände abwischte. »Die armen Fische.«

»Die armen Fische?«, wiederholte Juliette. »Wir füttern den Fischen so viele gute Nährstoffe. Das wird ihre beste Mahlzeit seit Jahren. Köstliches Menschenfleisch.«

Wenn er Juliette nicht so sehr lieben würde, verbrächte er jeden wachen Moment damit, sich vor den Dingen zu fürchten, die in ihrem Kopf vorgingen. Doch da er sie so sehr liebte und ganz offensichtlich ebenfalls den Verstand verloren hatte, drehte er sich nur um und schob sie wieder ins Haus. Bei ihrer Rückkehr nach

Zhouzhuang war das Wichtigste gewesen, Julun aus dem Auto zu holen und Mila eine Decke zu bringen, damit sie nicht mehr zitterte. Erst dann waren Roma und Juliette zurück zum Auto gegangen und hatten die Leiche aus dem Kofferraum gewuchtet. Nun, genau genommen hatte Roma gewuchtet und Juliette ihm Anweisungen gegeben, während sie nur an einem Knöchel gezerrt hatte. Roma war sich sehr sicher, dass Juliette die Kraft besaß, Leichen in Kanäle zu werfen, doch sie schützte gern Schwäche vor. Vielleicht zog sie es auch nur vor, ihn stattdessen schwitzen zu sehen.

Als sie zurück ins Haus kamen, war Julun wach. Sie hatten ihn aufs Sofa gelegt, obwohl Juliette sich Sorgen gemacht hatte, weil der Stoff an den Seiten ausfranste und unbequem drückte, wenn Juluns Kopf darauf lag. Roma hatte seine Zweifel geäußert, ob es Julun stören würde, wenn das Sofa kratzig war, doch Juliette hatte trotzdem eilig nach einem Kissen gegriffen. Nun blickte Julun verwirrt auf das grüne Kissen neben ihm, das mit der oberen Hälfte eines Frosches bestickt war.

Juliette hatte nicht die Geduld für Kreuzsticken, doch das war ihr erst in einer späten Phase ihres Projekts klargeworden. Nicht dass sie das davon abgehalten hatte, ihren halb fertigen Frosch zu behalten.

»Nun«, sagte sie laut, während sie in die angrenzende Küche ging. Sie hatte den Wasserkocher auf dem Ofen gelassen. »Fang am Anfang an.«

»Als der Angriff startete …«, begann Julun.

»… oder am Anfang von allem?«, vervollständigte Mila leise.

Roma lehnte sich an die Wand und riss eine Millisekunde lang die Augen auf, als Juliette sich mit dem Wasserkocher in der Hand umwandte. Das war unheimlich gewesen. Vielleicht fühlten sich die Leute so, wenn er und Juliette versehentlich im Gleichklang sprachen.

»Natürlich am Anfang von allem.« Roma zögerte kurz und fügte dann auf Russisch hinzu: »Du kannst auch die Sprache wechseln. Wir werden dich verstehen.«

Mila zog die Decke fester um ihre Schultern. Sie hatte einen Akzent im Chinesischen, die Worte kamen langsam heraus, während sie überlegte, was sie sagen wollte. Es würde ihr also zweifellos leichter fallen, alles in ihrer Muttersprache zu erklären. Doch sie schüttelte den Kopf. Sie tätschelte Juluns Arm, um zu zeigen, dass auch er sie verstehen sollte, und das würde er nicht, wenn sie ins Russische wechselte.

»Der Anfang«, sagte Mila. Sie zupfte an der Decke herum. »Ich glaube, das ist eine abgedroschene Geschichte. Ich bin ein Waisenkind aus einer kleinen Stadt, von der Sie noch nie gehört haben. Das Leben war hart. Niedrige Tätigkeiten zu verrichten war härter. Mit vierzehn waren nur noch die letzten Reste der Ersparnisse übrig, die meine Mutter mir hinterlassen hatte, und ich musste eine Möglichkeit finden, mehr zu verdienen, um nicht zu verhungern. Dann eines Tages … nun, es war wie ein Zeichen des Himmels, als ich eine Anzeige sah, in der bezahlte Freiwillige für ein Experiment gesucht wurden.«

Ein Experiment. Roma ging davon aus, dass hier der abgedroschene Teil der Geschichte endete. Er nickte dankbar, als Juliette wieder ins Wohnzimmer trat, ihm eine dampfende Teetasse in die Hand drückte und drei weitere auf den Tisch stellte.

»Ich folgte dem Aushang zu einer Einrichtung in Wladiwostok. Sie wirkte vollkommen gewöhnlich. Die Einrichtung beherbergte fünf von uns, alles Mädchen in meinem Alter. Sie gaben uns eine Gemeinschaftswohnung, Essen zu festen Zeiten und hübschere Kleider als die abgenutzten, in denen wir gekommen waren.«

»Wer sind sie?«, fragte Juliette und setzte sich neben Mila. Roma nippte an seinem Tee.

Mila zögerte. »Das kommt darauf an, denke ich. Gelegentlich kam ein Gremium aus Männern zur Einrichtung, sie waren für den ganzen Betrieb zuständig. Doch wir interagierten vor allem mit zwei Wissenschaftlern, die mit uns in der Einrichtung lebten. Ein junger Mann, den alle nur Mr. Pjotr nannten, und ein älterer Mann namens Lourens Van Dijk.«

Roma spie seinen Tee aus. Immerhin hielt er noch immer seine Tasse in der Hand, daher wirkte es zumindest würdevoll und das ganze Wasser wurde fein säuberlich aufgefangen. Gemessen daran, wie Juliette sich die Hand auf den Mund presste, um ihre Lippen zu verbergen, schien sie anders zu denken.

Julun riss die Augen auf. »Was? Warum reagieren Sie so?«

»Lourens«, Roma hustete, um die Fassung wiederzuerlangen, und stellte seine Tasse auf den Kaminsims, »ist ein alter Freund von uns.«

»Schließe nicht von dir auf andere …« Juliette legte ihre Belustigung ab und verschränkte stattdessen die Arme. »Von diesem verrückten Wissenschaftler bekam ich stets nur Kopfschmerzen. Und einen Orangenschnitz.«

»Er –« Roma runzelte die Stirn. »Ich erinnere mich an den Orangenschnitz, aber warum bereitete er dir Kopfschmerzen?«

»Hast du das vergessen? Seine Arbeit in den Laboren verdarb den Scarlets ständig das Angebot. Ihr habt unsere Ware gestohlen und sie beinahe jeden Monat verändert.«

Julun setzte sich aufrecht hin und klammerte sich an das erste bisschen handfester Beweise, das ihre Identität bestätigte. Doch Juliettes Behauptung stimmte nicht ganz, daher konnte Roma nicht anders, als ihr zu widersprechen: »Das war nicht Lourens' Schuld. Das war meine.«

»Ja, richtig. Du hast mir ebenfalls Kopfschmerzen bereitet. Des Öfteren.«

Roma verzog das Gesicht. Er hatte nichts zu seiner Verteidigung zu sagen. Tatsächlich war er Juliette oftmals ein Dorn im Auge gewesen, wenn auch nur, weil die Stadt sie getrennt hatte und er lieber ihren Hass auf sich gezogen hatte als gar keine Reaktion. Obwohl er ihr heutzutage nicht mehr auf die Nerven gehen musste, rollte er sich immer noch gern auf ihre Seite des Betts, wenn sie ihn ignorierte, um ein Buch zu lesen, und wurde damit belohnt, mit einem Kissen verscheucht zu werden.

Roma wandte sich erneut Mila zu. »Willst du damit sagen, dass sie an dir experimentiert haben?«

»Es war nichts Schreckliches«, erwiderte Mila vorsichtig. »Wir nahmen Medikamente. Sie überprüften täglich unsere Vitalfunktionen und Sie sagten uns, dass die Einrichtung die Gesundheitsvorsorge voranbringen wollte.«

Auf dem Sofa kaute Juliette auf ihrer Unterlippe, trommelte mit den Fingern gegen ihre Tasse. Wenn ihre Gedanken denselben Pfaden folgten wie Romas, dachten sie beide an die letzten Neuigkeiten von Lourens: Als Celia sie besucht und gewarnt hatte, dass Rosalind, Juliettes Cousine und Celias Schwester, nicht mehr dieselbe war. Dass sie krank gewesen war und Lourens sie mit irgendeinem Mittel gerettet hatte, bevor er vom Erdboden verschwunden war. Das musste gewesen sein, bevor er nach Wladiwostok ging.

»Uns wurde klar, dass etwas nicht stimmte, als wir die zwei das erste Mal streiten hörten. Mr. Pjotr und Lourens, meine ich. Sie hatten die Bürotür offen gelassen und Dascha winkte uns zu, dass wir lauschen sollten. Die neuen Versuchsimpfstoffe waren noch nicht fertig, doch Mr. Pjotr hatte sie uns am Vortag trotzdem injiziert. Lourens war nicht glücklich damit.«

Kalter Schweiß rann Roma den Nacken hinab. Julun griff nach Milas Hand.

»Wir dachten nicht weiter darüber nach. Glaubten, alles sei gut. Unser Leben in der Einrichtung stellte uns vollkommen zufrieden und weil wir Mädchen waren, die sonst nichts hatten, wollte keine von uns das ruinieren.« Mila seufzte. »Doch das hielt nicht lange an. Ich begann, große Zeitspannen zu vergessen. Manchmal sah ich aus dem Fenster und konnte mich nicht daran erinnern, wann es Abend geworden war. Ich saß in einem Raum und wusste nicht, wann ich ihn betreten hatte. Als ich eines Nachts aufwachte und Dascha nicht in ihrem Bett war, konnte ich es nicht länger leugnen. Ich wartete stundenlang, bevor sie in die Einrichtung zurückkehrte. Sie behauptete, nirgends gewesen zu sein, obwohl ich beobachtet hatte, wie sie durch die Vordertür hereingekommen war.«

»Dann haben sie euch nicht eingesperrt oder etwas in der Art«, stellte Juliette klar. »Ihr konntet kommen und gehen, wie ihr wolltet?«

»Natürlich.« Mila runzelte die Stirn, als könnte sie sich beim besten Willen nicht vorstellen, dass man sie gefangen halten würde. »Letzten Endes machte das die Flucht sehr einfach. Ich stellte immer wieder Fragen zu Dascha und was mit ihr nicht stimmte. Mr. Pjotr bestand darauf, dass es sich nur um eine unwichtige Nebenwirkung handelte, die bald nachlassen würde. Es wäre leicht gewesen, ihm aufs Wort zu glauben, wäre Lourens nicht in der Woche darauf gegangen. An der Tür versuchte er mir etwas zu sagen, doch Mr. Pjotr zwang ihn hinaus, bevor er ein Wort herausbekommen konnte. Lourens kehrte niemals zurück. Es würde mich nicht wundern, wenn er sich jetzt ebenfalls vor dem Gremium versteckt.«

Mila verstummte einen Augenblick, glättete ihre Haare, indem sie rasch an den Strähnen neben ihrem Gesicht zog. Hatte Lourens ebenfalls die Ähnlichkeit gesehen, wenn sie das tat? Hatte sich sein schlechtes Gewissen gemeldet, als er an Alisa erinnert wurde, die in den Laboren ein- und ausgegangen war, sooft sie ihren großen Bruder gesucht hatte?

»Das Gremium besprach sich immer öfter hinter verschlossenen Türen. Wir wurden hartnäckiger. Wir verlangten Antworten. Und eines Nachts, als wir fünf Mr. Pjotr bedrängten, um Unruhe zu stiften, schrie er uns an, aufzuhören, und das taten wir. Es fühlte sich an, als würde eine unsichtbare Hand mich festhalten, als könnte er in jenem Moment alles sagen und ich müsste seinen Anweisungen Folge leisten.«

Gottverdammt, Lourens, dachte Roma. Immerzu erfindest du etwas Neues, was auch geschieht.

»Wie kann das erlaubt sein?«, fragte Mila und ihre Stimme brach. »Wie hätte ich dort bleiben können, wo ich doch wusste, dass er mir jeden Moment befehlen konnte, was auch immer er wollte? Wir flohen alle mit dem ersten Schiff, das auslief, und trennten uns, sobald wir in Shanghai anlegten. Valentina und Viktoria blieben in der Stadt. Dascha und Lilja kamen mit mir ins Landesinnere, verabschiedeten sich dann und fuhren weiter, weil ich in einer ruhigeren Gegend bleiben wollte.«

»Wie lange liegt das zurück?«, fragte Juliette leise. Sie blickte auf, suchte Roma, teilte ihm mit, was sie dachte.

»Beinahe drei Jahre«, antwortete Julun für Mila. »Dezember 1928.«

»Juluns Mutter besaß ein Teehaus, in dem ich zu arbeiten begann.« Der Anflug eines Lächelns umspielte Milas Lippen. »Ich hätte hart zu kämpfen gehabt, hätte ich ihn nicht am ersten Tag dort kennengelernt.«

In dieser Zeit hatte man sie also in Frieden gelassen. Sie hatte sich schon beinahe so lange eingelebt, wie auch Roma und Juliette ihr neues Leben führten. Als Juliette den Blickkontakt abbrach, zeigte sich kurz der Schmerz des Mitgefühls auf ihrem Gesicht. Roma spürte das gleiche Stechen in seiner Magengegend.

»Warum jetzt? Warum kamen sie nicht unmittelbar, nachdem du geflohen warst?«, fragte er.

Mila zuckte schwach mit den Schultern. »Ich verstehe es auch nicht. Ich weiß nur, dass ich vor einem Monat einen Brief in Mr. Pjotrs Handschrift erhielt. Er meinte, er wolle mir helfen und dass es Konsequenzen haben würde, wenn ich nicht einwilligte.«

»Ich habe ihn übrigens verbrannt«, unterbrach Julun sie. »Gleich ins Feuer geworfen.«

Mila warf ihm einen amüsierten Blick zu. Doch dieser verschwand schnell, als sie mit ihrer Geschichte fortfuhr. »Er hatte mich gefunden, daher war ich nicht mehr sicher, da er doch jeden Augenblick auftauchen konnte. Wir flohen in die nächste Stadt. Doch ein weiterer Brief kam. Wir flohen wieder.«

»Lass mich raten«, sagte Juliette. »Es kamen weitere Briefe.«

Mila griff in ihre Rocktasche. »Den letzten habe ich aufbewahrt. Es ist wahrscheinlich der beunruhigendste von allen.«

Roma lehnte sich vor und verzog das Gesicht, als er den Zettel entgegennahm und die Worte las.

Sie kommen.

»War der abgestempelt? Irgendein Hinweis darauf, wo er abgeschickt wurde?«

»Sie kommen jedes Mal in unbeschriebenen Umschlägen«, antwortete Julun. »Ich befürchte fast, dass Mr. Pjotr sie selbst bei uns einwirft.«

Was … beängstigend war. Juliette sah auf, die Stirn gerunzelt. Roma erwiderte ihren beunruhigten Blick.

»Das war vor vier Tagen«, sagte Mila und gestikulierte zu der Warnung. Sie atmete tief und bebend ein. »Am selben Nachmittag sah ich Neuigkeiten von Valentina und Viktoria in der Zeitung. Ermordet, einen Tag die eine, den nächsten die andere.« Sie hielt inne, kniff die Augen fest zu, öffnete sie dann wieder. Ihre Stimme war ruhiger. »In der Zeitung standen keine Namen, aber ich weiß, dass sie es waren. Sie arbeiteten als Revuetänzerinnen in unterschiedlichen Tanzhallen.«

Roma legte den Zettel auf den Tisch.

»Die anderen beiden sind ebenfalls tot, nicht wahr?«

»Dascha und Lilja waren Nachbarinnen in einer Ortschaft gleich außerhalb der Grenzen von Suzhou, eine Stunde von hier entfernt. Julun fuhr heute Morgen dorthin, um sie zu warnen«, antwortete Mila leise.

Julun zwickte sich in den Nasenrücken. Er wirkte erschöpft. »Dascha war nicht dort«, fügte er an. »Obwohl eine Blutspur in die Gasse führte. Lilja … Lilja war bereits kalt. Um ihren Hals herum war überall Blut. Ich warf einen Blick auf sie und nahm Reißaus.«

Wahrscheinlich würde in den nächsten Tagen jemand Daschas Leiche finden. Es wäre töricht, etwas anderes anzunehmen.

»Und dann riefst du uns an«, schlussfolgerte Roma.

»Ich wusste nicht, was ich sonst tun sollte.« Juluns Miene verfinsterte sich. »Ich dachte wirklich, dass es schwieriger wäre, Mila zu finden, wenn wir in ländlichen Gegenden blieben. Ich dachte, sie wäre dadurch sicher.«

Im Wohnzimmer wurde es still. Verzweiflung lag schwer in der Luft.

Als Juliette sich abrupt erhob, wedelte sie mit den Armen, als wollte sie ihren Geruch vertreiben. »Na gut, das ist der Plan: Ich werde euch Messer geben und dann werden du und Mila lernen, euch zu verteidigen, für den Fall, dass bald eine weitere Bedrohung auftaucht. Lasst uns einfach hoffen, dass wir der Sache auf den Grund gehen können, bevor noch etwas passiert.«

Juliette durchschritt das Wohnzimmer, die Hände geballt und die Schultern hochgezogen. Plötzlich stand auch Julun auf und rief: »Warten Sie!«

Juliette hielt inne, einen Fuß bereits im Flur.

»Ich … ich hatte recht, oder? Sie sind Juliette Cai.«

»Ich bin nicht Juliette Cai.«

Julun runzelte ungläubig die Stirn. »Das können Sie unmöglich weiterhin behaupten, wenn –«

»Ich heiße Juliette Montagowa.« Sie hob die Hand und wackelte mit den Fingern, ließ ihren goldenen Ehering aufblitzen, während sie das Wohnzimmer verließ. »Ich bin eine verheiratete Frau. Roma, komm und hilf mir mit den Messern. Wärst du so lieb?«

Als Roma sich von der Wand abstieß und ihr gehorsam folgte, verliebte er sich noch einmal ganz neu in sie.

5

Mrs. Gu, der die Schneiderei gehörte, von der das öffentliche Telefon Zhouzhuangs betrieben wurde, brachte Juliette eine bereits geschälte Zòngzi. Der Klebreis glänzte im orangen Sonnenuntergang. Juliette hauchte ihren Dank und warf Mrs. Gu Dutzende Kusshände zu, die die Frau zum Glucksen brachten, als sie wieder hinter ihren Tresen zurückkehrte.

Juliette biss in die Zòngzi. Das Freisignal tutete eine weitere halbe Minute lang in ihr Ohr, bevor sich endlich eine schroffe Stimme meldete.

»Wer ist da?«

»Ah Tou, ist das deine Art, mich zu begrüßen?«

Am anderen Ende der Leitung veränderte sich Ah Tous Tonfall augenblicklich. »*Mai tàitài.* Was kann ich für Sie tun?«

Es war spät am Nachmittag, der Himmel über der Ortschaft verdunkelte sich. Als Juliette den Hörer mit ihrer Schulter fester gegen ihr Ohr drückte, rannte eine Kinderhorde auf dem Weg zum Abendessen an ihr vorbei und hätte sie beinahe so heftig angerempelt, dass sie das Telefon fallen gelassen hätte. Glücklicherweise hatte sie einen guten Gleichgewichtssinn.

»Entspann dich, du wirst nicht herbeizitiert.« Ah Tou war einer ihrer besten Männer, der gern auf Abruf arbeitete. Er war absolut vertrauenswürdig und hatte gute Verbindungen, obgleich er eine zwielichtige Vergangenheit hatte und definitiv in Suzhous Banden involviert gewesen war. Was Juliette zugutekam, denn wenn es eine Personengruppe gab, mit der sie umzugehen wusste, waren es Bandenmitglieder. »Ich brauche eine kurze Auskunft zu einer Angelegenheit, über die du Bescheid wissen könntest.«

»Fragen Sie nur, *Dàsǎo.*«

Juliette warf einen Blick in den Laden. Mrs. Gu war damit beschäftigt, ein Stück Stoff abzumessen.

»Ich habe heute einen Mann mit einer Tätowierung eines Engels am Hals getötet. Chinese. Irgendeine Ahnung, ob er einer Gruppierung angehören könnte?«

Ah Tou dachte einen Moment lang nach. »Er war Chinese und hatte eine Tätowierung eines Engels? Kein *jīnglíng*?«

»Definitiv ein westlicher Engel. Mit Flügeln und Heiligenschein und Pausbäckchen – das ganze Drum und Dran.«

»Merkwürdig.« Ah Tou stieß einen Laut aus, dem ein Knuspern folgte, als er etwas aß. Juliette hatte ihn wahrscheinlich beim Abendessen gestört, seiner anfänglichen Schroffheit nach zu schließen. »Ich werde mich umhören. Müssen Sie es bald wissen?«

»So bald wie möglich. Das Letzte, das ich brauchen kann, ist, dass es sich als Bandenzeichen herausstellt und zehn von seinen Engeltätowierungskumpels an mir Rache nehmen wollen.«

Ah Tou schnaubte. »Ich werde Sie vor Racheplänen schützen, *Mai tàitài.*«

Juliette lächelte in ihre Zòngzi. Da sollte noch mal jemand sagen, Verbrecher hätten kein großes Herz.

»Danke, Ah Tou. Ich weiß das zu schätzen. Wir hören voneinander.«

Sie legte auf und winkte Mrs. Gu zum Abschied. Gedankenversunken trat sie ihren üblichen Heimweg an, vorbei an den Fassaden kleiner Restaurants, umging die Kisten an den Kanalufern und knabberte an den Reisresten, die noch an den getrockneten Bambusblättern klebten.

Juliette sah das in ihre Richtung fliegende Messer erst in letzter Sekunde.

Schnell trat sie einen Schritt rückwärts und ließ die Klinge vor ihren Füßen zu Boden klappern. Durch die niedrige und zittrige

Flugbahn hätte sie ihr vielleicht nur einen kleinen Kratzer zugefügt, doch sie stemmte trotzdem die Hände in die Hüften. Ihr wütender Blick richtete sich weder auf Julun, der das auf Abwege geratene Messer geworfen hatte, noch auf Mila, die beschämt dreinblickte, sondern auf Roma, der die beiden Kinder beaufsichtigte.

Roma schien ein Lachen zu unterdrücken.

»Versuchst du, mich umzubringen? Schon wieder?«, verlangte Juliette zu wissen.

»Immerhin hetze ich dir dieses Mal listige Attentäter auf den Hals«, erwiderte Roma. »Julun, das war ein guter Versuch.«

»Es tut mir so leid!« Julun hob eilig das Messer auf. »Ich habe keinesfalls in Ihre Richtung gezielt.«

Die Zielscheibe war an der Trauerweide befestigt, die hinter Julun stand. Juliette nahm also an, dass ihm das Messer aus der Hand gerutscht war, als er Schwung für den Wurf geholt hatte.

»Ein Ratschlag.« Juliette zerknüllte die Bambusblätter der Zòngzi in ihrer Hand, dann schob sie mit der anderen Juluns Arm gerade nach oben. »Du beginnst hier. Dein Arm muss nicht bis nach hinten, um Schwung zu holen. Du wirst dir den Ellbogen verrenken, wenn du das machst.«

Doch als er es noch mal mit der richtigen Haltung versuchte, landete das Messer nicht einmal in der Nähe der Zielscheibe.

Juliette schnitt eine Grimasse. Roma ermutigte den Jungen, es erneut zu versuchen. Als sie sich neben Roma stellte, betrachtete sie die Zielscheibe genauer und sah, dass ein paar Messer immerhin erfolgreich die äußeren Ringe getroffen hatten.

»Anruf erledigt«, sagte sie.

»Ah Tou wusste von nichts?«

»Nein, aber er hört sich um.« Juliette nickte mit dem Kinn in Richtung der Zielscheibe. »Sind die von dir?«

Er plusterte sich auf wie eine stolze Glucke. »Natürlich von Mila. Sie ist ein Naturtalent.«

»Wohl kaum«, hielt Mila dagegen, die sie von ihrem Platz aus hören konnte. Ihr Gesicht nahm einen ungemein eifrigen Ausdruck an, als sie sich für den nächsten Wurf bereit machte. Jeder Versuch erforderte ihre volle Aufmerksamkeit. »Zwei davon waren reines Glück.«

»Du bist trotzdem viel besser, als Roma anfangs war«, entschied Juliette.

Roma fuhr herum. »Gar nicht wahr!«

»Mit fünfzehn konnte er kaum eine Murmel werfen. Es war schrecklich mitanzusehen.«

»Das sind haltlose Lügen. Ich habe dich so oft beim Murmeln besiegt –«

»Na gut!«, unterbrach Juliette ihn und machte auf dem Absatz kehrt. »Lasst uns reingehen, bevor es dunkel wird. Ich erspare euch Romas Wurflektion mit meinen Lektionen zu Messerstichen.«

Es war eine Minute nach Mitternacht. Juliette hatte Mila und Julun gezwungen, sich im Schlafzimmer auszuruhen, wobei sie zu Drohungen gegriffen hätte, wenn die beiden noch länger aus reiner Höflichkeit abgelehnt hätten. Als sie endlich nachgegeben hatten, hatten sie darauf bestanden, die Tür offen zu lassen, als hätten sie Angst, als Verbrecher dazustehen.

Beide waren in Sekundenschnelle eingeschlafen, so sehr brauchten sie die Ruhe. Vielleicht dauerte es länger als einen Tag, um die Kunst der Messerstecherei zu meistern, doch Juliette war froh, dass der Abend sie von den Angreifern abgelenkt hatte, die ihnen auf der Spur waren. Der Bluterguss an Juluns Schläfe hatte sich rotblau verfärbt und musste schmerzen, doch er hatte sich kein einziges Mal beschwert.

Sie betrachtete die beiden von der Türöffnung aus. Ein seltsames Gefühl regte sich in ihrer Brust, eine Mischung aus Nostalgie und Wiedererkennen. Julun mit Mila war anders als der Julun, der allein zu ihnen gekommen war. Entschlossen anstelle von zögerlich. Kühn anstelle von unsicher. Er war erst siebzehn. Genau wie Mila. Als sie die beiden betrachtete, war es, als sähe Juliette ihr eigenes und Romas vergangenes Selbst – jung und hektisch, wie sie ihre ganze Kraft darauf verwandten, sich die Welt vom Leib zu halten. Wie sie einen Angriff nach dem anderen abwehrten und verzweifelt zu bewahren versuchten, was sie gefunden hatten.

Leise schloss Juliette die Tür.

Doch sie waren wohl kein genaues Abbild. Sie und Roma hätten die Stadt entzweireißen können, wenn sie gewollt hätten, hätten den Zement aufbrechen und Gold ausgraben können. Aber sie hatten sich davon abgewandt. Diese beiden hatten nicht dieselbe Macht. Sie mussten um Hilfe bitten und nun waren Juliette und Roma diejenigen, die sie ihnen anbieten konnten.

Das war eine willkommene Abwechslung.

Roma saß am Küchentisch, als Juliette zurückkam. Mehrere Zeitungsstapel waren vor ihm aufgetürmt. Seine Augen bewegten sich schnell, als er die Schlagzeilen überflog.

»Was siehst du dir an?«, fragte sie.

Roma winkte sie näher, ohne die Aufmerksamkeit von der Zeitung zu lösen. Sie umrundete den Tisch, legte die Arme um ihn und drückte ihr Kinn in seine Halsbeuge. Dies war eine vertraute Haltung: Sie lehnte sich oft so gegen ihn, wenn Roma Briefe schrieb oder Rechnungen sortierte, wenn sie wissen wollte, was er gerade tat.

»Shanghaier Zeitungen«, erkannte Juliette, als sie die Schlagzeilen sah. »Versuchst du, uns zurückzuschicken, mein Geliebter?«

»Nur dich«, erwiderte Roma todernst. »Die Strafe für die schreckliche Verleumdung von vorhin.«

Juliette lachte leise. »Entschuldige.« Sie stupste mit der Nase sein Ohr an. »Ich mache es wieder gut. Schick mich nicht weg.«

Sie spürte, wie ihn ein Schauer durchlief. Er blickte kurz in den Flur.

»Ich werde dir wohl vergeben und dein Angebot im Hinterkopf behalten.«

»Wunderbar.« Juliette hüpfte zu einem anderen Stuhl am Tisch und nahm sich einen Zeitungsstapel. »Also, was machen wir hier tatsächlich?«

»Wir versuchen die Artikel zu finden, die Mila erwähnt hat«, antwortete Roma, der sich sofort wieder konzentrierte. »Doch in Shanghai gibt es viel zu viele Zeitungen.«

Juliette warf ihre Haare zurück und blätterte die ersten auf ihrem Stapel durch. »Wir könnten vor Kurzem geschaffene Publikationen ausschließen«, schlug sie vor. »Die sind mehr Propaganda als Nachrichten.«

Roma grummelte: »Dann bleibt immer noch ein ziemlich großer Stapel.«

Einige Minuten lang überflogen sie die Zeitungen, schoben neuste Publikationen auf einem Stapel am Tischende zusammen. Als Juliette kurz abschweifte, fiel ihr Blick auf den Flur und sie dachte an den Anblick von Julun und Mila, schlafend.

»Roma«, störte sie die Stille in der Küche. »Was denkst du, hat man bei diesen Experimenten mit den Mädchen gemacht?«

»Was meinst du?«, erwiderte Roma, der noch immer die Schlagzeilen durchging. »Abgesehen von dem, was Mila erwähnt hat?«

Juliette stieß einen Laut aus. »Es kommt mir nur seltsam vor, dass Lourens so experimentieren würde.«

Sie dachte an das, was Celia ihr im Geheimen erzählt hatte, beinahe ein Jahr nach ihrer und Romas Flucht. Dass Rosalind krank gewesen war, sich dann mit den bizarrsten Nebenwirkungen erholt hatte. Inzwischen hatten die Nationalisten sie rekrutiert, um zu nutzen, woraus niemand sich einen Reim machen konnte – dass sie nicht altern konnte, schnell heilte, keinen Schlaf brauchte – und Lourens war derjenige, der das verursacht hatte. Zurzeit waren sich Juliette und Celia so nah wie eh und je, doch mit Rosalind hatte sie seit Jahren nicht mehr gesprochen. Nicht seit Rosalind sie hintergangen und Juliette entsprechend reagiert hatte und sie in einem Unterschlupf gefesselt und gezwungen hatte, alles preiszugeben, was sie über ihren damaligen Liebhaber wusste. Obwohl Juliette ihre Cousine schließlich freigelassen hatte, dachte sie unentwegt an ihre letzte Begegnung. Daran, ob sie etwas hätte tun können, damit sie nicht im Streit auseinandergegangen wären. Ob auch Rosalind sich deswegen quälte, denn soweit Rosalind wusste, war das das letzte Mal gewesen, dass sie Juliette lebend gesehen hatte.

Rosalind war eine ihrer besten Freundinnen gewesen. So wütend Juliette damals auch gewesen sein mochte, hatten die Jahre sie milde gestimmt, sodass sie Rosalind mehr vermisste, als ihr die Schuld für einen Fehler zu geben. Trotz allem war viel Zeit vergangen. Sie konnte nicht wissen, was für ein Mensch ihre Cousine heute war, da sie nun als nationale Attentäterin arbeitete. Was ihre Cousine durch Lourens' Hand geworden war.

»Er ist ein unglaublich talentierter Mann«, fuhr Juliette fort. Er hatte bereits Rosalind gerettet, bevor er Mila begegnet war, sofern sie den zeitlichen Ablauf richtig verstand. »Warum diese kleinen Experimente? Es ist eine Meisterleistung, andere aufs Wort gehorchen zu lassen, schön und gut, aber soweit wir wissen, hat Lourens bereits Unsterblichkeit erfunden. Es fällt mir schwer, zu glauben, dass nicht mehr dahintersteckt, das Mila möglicherweise nicht versteht.«

Roma hatte innegehalten. Erst einige Sekunden später wurde Juliette klar, dass er nicht auf ihre Worte reagierte, sondern in einer der Zeitungen etwas entdeckt hatte.

»Du hast recht. Es ist nicht zu glauben.« Mit einer geschmeidigen Bewegung drehte Roma die ausgebreitete Seite zu ihr herum, sodass Juliette den Text überfliegen konnte. Er wies auf einen Absatz am unteren Ende der Seite und las laut vor:

»Der anfängliche Verdacht auf Fremdeinwirkung blieb unbestätigt, die Tode zweier russischer Revuetänzerinnen in der Französischen Konzession wurden nun als Selbstmord eingestuft. Untersuchungen deuten darauf hin, dass ihre Wunden selbst verschuldet sind. Die Ermittler gehen von der Möglichkeit aus, dass diese Fälle von dem Wahnsinn inspiriert wurden, der vor fünf Jahren in der Stadt grassierte.«

»Was?«, stieß Juliette hervor. Als ihre Blicke sich trafen, sah er ebenso verwirrt drein wie sie. »Der Wahnsinn? Unser Wahnsinn?

Die zwei Mädchen können unmöglich ein Ereignis nachgeahmt haben, bei dem sie nicht einmal in der Stadt waren. Jemand muss es so aussehen lassen haben.«

Roma faltete die Zeitung zusammen und schob sie auf die andere Seite des Tisches, sodass er sie nicht mehr ansehen musste. »Ich kann mir aber auch nicht vorstellen, warum jemand sie töten würde, indem er ihnen die Kehlen herausreißt. Man beseitigt keine Versuchspersonen eines Experiments, wenn man die Ergebnisse haben will. Oder wartet drei Jahre, wenn sie dringend zum Schweigen gebracht werden müssen.«

Die Küchenuhr tickte laut. Die dunkelgrünen Kacheln warfen ein Echo, das mit jeder Sekunde lauter wurde. Seufzend dehnte Juliette die Hand auf dem Tisch und Roma lehnte sich vor, um seine Finger mit ihren zu verschränken.

»Ich nehme nicht an, dass Paul Dexter von den Toten auferstanden ist und Chaos verbreitet?«, murmelte sie. »Die Alternative wäre Dimitri. Ich würde mich lieber mit einem untoten Paul herumschlagen.«

Einen Moment lang packte Roma ihre Hand fester. Dann lockerte er seinen Griff und tippte mit dem Zeigefinger auf ihre Handfläche. »Warte mal, das ist eigentlich ein interessanter Gedanke. Wie haben wir das beim ersten Mal gelöst?«

Juliette erschauderte bei der Erinnerung. »Sehr ungeschickt und mit einer Menge falscher Vermutungen.«

Roma verwarf ihre Antwort wortlos mit einem Schnauben. Juliette zog die Nase kraus und gab sich wütend.

»Nein«, sagte Roma, bevor sie tief Luft holen und ihn im Gegenzug anschnauben konnte. »Wir gingen zur Quelle. Was, wenn uns früher aufgegangen wäre, dass Paul Dexter von allen am meisten zu gewinnen hatte?«

Juliette verstand, worauf er hinauswollte. »Du willst diesen Mr. Pjotr finden, nicht wahr?«

»Das sollte uns nicht schwerfallen. Wir haben Verbindungen zu jeder Ortschaft von hier bis Suzhou. Ich frage mich nur, wo wir anfangen sollen. Er muss in der Nähe sein, wenn er Mila unfrankierte Briefe schickt.«

Es war fünfzehn Minuten nach Mitternacht. Juliette tippte sich ans Kinn. »Wir könnten wohl zuerst in die Verbindungszentrale einbrechen und nachsehen, ob jemand in der Gegend internationale Anrufe nach Wladiwostok getätigt hat. Das sollte nicht allzu oft passieren und würde Mr. Pjotrs Identität aufdecken. Das würde uns eine Grundlage geben, bevor wir uns nach ihm erkundigen.«

Roma war bereits auf den Beinen und griff sich seine Jacke vom Garderobenhaken. »Genial. Du bist genial. Los, komm.«

Juliette konnte nicht verhindern, dass ihre Mundwinkel zuckten, als sie sich langsam erhob und Roma auch nach ihrer Jacke griff, nachdem er seine angezogen hatte. Ohne nachzudenken, hielt er ihr die ihre hin, damit sie in die Ärmel schlüpfen konnte, und schüttelte den Stoff, als Juliette mit einem Lächeln beim Tisch stehen blieb.

»Komm schon, *Dorogaja*«, trieb er sie an.

Juliette eilte zu ihm und schob die Arme in ihre Jacke. »Gehen wir.«

6

Die Nacht erstreckte sich unheilvoll um sie, die späte Stunde lag schwer und dicht auf allem. Juliette spähte über den Zaun, ihre Schuhe schmatzten im feuchten Gras.

»Ist die Luft rein?«, flüsterte Roma.

Genau genommen konnte Juliette in der Dunkelheit nicht viel sehen. In der Nähe befanden sich keine Straßenlaternen und der Halbmond erhellte das kleine Telekommunikationszentrum, das sich vor ihnen abzeichnete, nur sehr vage. Da sie in der Umgebung keine Bewegung wahrnehmen konnte und das Gebäude still dalag, nahm sie an, dass die Luft tatsächlich rein war.

Sie blies in ihre Hände, ihr Atem hing als dichter Schleier in der Luft. »Es sieht leer aus. Ich brauche deinen Nacken.«

»Wie bitte?«

Juliette steckte bereits ihre eiskalten Hände in seinen Kragen und legte die Finger an seine nackte Haut. Sie hatte nicht erwartet, dass die Temperaturen so stark fallen würden, als sie das Haus ohne Handschuhe verlassen hatte. Die Verbindungszentrale ihrer Wohngegend befand sich eine halbstündige Fahrt von Zhouzhuang entfernt am nächsten Verkehrsknotenpunkt, der eher einer Großstadt als ländlichen Gegend gleichkam. Trotz des Unterschieds zu ihrer beschaulichen Gemeinde waren die Straßen nicht annähernd so belebt wie in Shanghai. Das zeigte sich auch daran, dass niemand zu sehen gewesen war, als Roma unter einer Straßenlaterne geparkt hatte und sie durch die Schatten zu der Verbindungszentrale zwei Straßen weiter geschlichen waren.

Sie würden sicher vor dem Morgengrauen zurück sein und trotzdem genug Zeit für Ermittlungen haben, solange Julun und Mila sich ausruhten. Juliette machte sich keine Sorgen um die Sicherheit der beiden in ihrem Haus: Selbst wenn Mila nicht mit Juliettes schärfstem Messer unter dem Kissen geschlafen hätte, Roma hatte Stolperdraht an der Vorder- und Hintertür gespannt, der ihr Alarmsystem für Notfälle auslöste, das sie vor einem Jahr eingebaut hatten, als ein unzufriedener Kunde ihr Lager ins Visier genommen hatte. Sobald einer der Drähte ausgelöst wurde, loderte das Leuchtsignal auf dem Dach auf. Wenn das einem Eindringling nicht Angst und Schrecken einjagte, würde es auch sonst nichts tun.

»Ist mein Nacken warm genug?«, fragte Roma trocken. Bei der Berührung durch Juliettes eiskalte Hände war er kaum zusammengezuckt. Das war nicht so schlimm wie ihre Überraschungsangriffe im Winter, wenn sie ihre Arme um seinen Bauch legte und vorgab, ihn zu umarmen, nur um ihre kalten Hände unter sein Hemd zu schieben, sobald er nicht aufpasste.

»Er ist leidlich warm, ja.«

Roma zog ihre Hände aus seinem Kragen und hielt sie fest, um die gestohlene Wärme zu bewahren. »Du kannst meinen Nacken später wiederhaben, wenn wir nicht gerade eine Straftat begehen.«

»Versprochen?«

»Habe ich je ein Versprechen gebrochen?« Bevor Juliette antworten konnte, drehte Roma sie herum und schob sie vorwärts. »Nein. Sag nichts. Rhetorische Frage.«

»Ich wollte gerade anfangen, jeden Vorfall aufzuzählen.«

»Das war mein altes Ich. Ich bin jetzt ein anderer Mann. Keine gebrochenen Versprechen oder Lügen mehr.«

Juliette lachte prustend. »Hast du mich nicht erst letzte Woche darüber belogen, wie viel der gigantische Blumenstrauß gekostet hat?«

»Das war zu deinem Besten, weil er dir so gut gefiel.«

»Das waren zehn Yuan –« Juliette verstummte plötzlich, als sie zu ihrer Rechten ein schwaches Echo hörte. Sie packte Roma und schubste ihn hinter einen Baum. »Pssst!«

Ein plötzlicher Windstoß übertönte ihre Geräusche. Sie umrundeten den Baum und drückten sich außer Sicht an den Stamm. Während die Blätter über ihnen raschelten, lehnte Juliette sich vor und beobachtete das vorbeifahrende Auto. Seine Scheinwerfer beleuchteten die Verbindungszentrale. Der grobe Kies knirschte unter den Rädern, bevor sie in der Ferne verschwanden.

»Warum sollte ich still sein?«, flüsterte Roma Sekunden später. »Du hast doch geredet.«

»Ich befehle dir gern, den Mund zu halten«, erwiderte Juliette.

»Wirklich?«

»Unbedingt.« Ohne eine Miene zu verziehen, fügte sie hinzu: »Ich finde es erregend.«

Roma räusperte sich und gab sich alle Mühe, nicht zu zeigen, dass ihn ihre Neckerei amüsierte. Doch egal wie undurchdringlich seine Miene auch sein mochte, Juliette wusste genau, wann sie ihn aus der Fassung gebracht hatte. Dann klang sein Räuspern tiefer, als hätte er ein Kratzen in der Kehle.

»Ich habe ein Fenster gesehen, dessen Glas schon einen Sprung hat.« Juliette eilte um den Baum und den Zaun herum und drückte sich an das Gebäude. Ihre Umgebung war verlassen genug, dass wohl niemand sie sehen würde, doch es schadete nicht, vorsichtig zu sein. »Wir können die Scheibe herausbrechen und hineinklettern.«

Roma folgte ihr schnell. Sie fanden das zerbrochene Fenster. »Dadurch hinterlassen wir Scherben.«

»Mach dir keine Sorgen.« Juliette stupste die Scheibe an und versuchte, die Bruchstellen auf dem Glas zu finden. Es war ihr nur aufgefallen, weil jemand versucht hatte, den Schaden mit Klebeband zu bedecken, ein großes weißes X, das sie leicht abziehen konnte. »Es sieht aus, als befände sich ein Abstellraum dahinter.

Ich drücke die untere Scheibe nach innen. Wir können problemlos hindurchklettern. Dann kannst du mich festhalten und –«

»Juliette«, unterbrach Roma sie schockiert.

»– ich kann nachsehen, ob Licht unter der Tür hindurchfällt«, vollendete Juliette ihren Satz. Sie machte eine Kunstpause. »Was dachtest du denn, was ich sagen würde?«

»Du –« stieß Roma hervor. »Man muss nicht festgehalten werden, um nach Licht Ausschau zu halten.«

»Da bin ich anderer Meinung. Ich kann mich besser konzentrieren, wenn körperlich Druck auf mich ausgeübt wird. Willst du sichergehen, dass das restliche Gebäude leer ist?«

Roma warf die Arme hoch. Es war sinnlos, mit Juliette zu debattieren, wenn sie zu Scherzen aufgelegt war.

»Mach dich an die Arbeit. Du wirst mich noch ins Grab bringen.«

Juliette grinste und zog ihr Springmesser. »Ich hoffe doch nicht. Benedikt würde mich wieder anschreien. Bedeck deine Augen.«

Sie drehte die Waffe um und schlug mit dem stumpfen Ende auf eine Ecke der Scheibe. Eine Hälfte löste sich und fiel in den Raum hinab. Vorsichtig legte sie die Finger um den Rest und zog fest daran, bis ein perfektes Rechteck aus der Scheibe gebrochen war.

»Hilf mir bitte, mein Geliebter.«

Roma zog bereits seine Jacke aus und legte sie über die Kante als Schutz gegen die verbleibenden scharfkantigen Scherben. So schnell sie konnte, stützte Juliette sich mit dem Knie auf die Kante und kletterte durch das Fenster, wobei er ihr mit einem Schubs an den Hüften half. Sie landete mit einem lauten »Uff!« in dem Abstellraum.

»Alles in Ordnung?«, fragte er.

»Ich werde zu alt dafür. Meine Knie haben geknackt.«

Roma kletterte ebenfalls hindurch, dann zog er seine Jacke von der Kante. Er ging zur Tür, öffnete sie behutsam und spähte in den dunklen Korridor hinaus. »Meine Knie knacken, seit ich fünfzehn bin.«

»Das liegt an all den Lügen, die du erzählt hast. Du bist vorzeitig gealtert.«

»Ganz recht, Sankt Juliette. Genug von meinen früheren Verbrechen, bevor ich deine ans Licht zerre.«

Juliette unterdrückte ein Lachen. Sie zerrten die früheren Verbrechen des anderen ans Licht, als handelte es sich um eine wöchentliche Radiosendung. Es war befreiend, die Sache mit Humor zu nehmen. Ein Beweis dafür, dass sie wirklich dem entkommen waren, was sie einst gefangen und voneinander ferngehalten hatte.

Sie packte Romas Arm, um ebenfalls durch die Tür zu spähen. Der Korridor wirkte leer.

»Nach links.«

Sie schlichen durch das Gebäude, die Ohren gespitzt, falls sich etwas rührte. Wie zu erwarten, war niemand hier. Der Minutenzeiger der Wanduhr bewegte sich mit schläfriger Langsamkeit. Der Hauptbereich der Verbindungszentrale breitete sich vor ihnen aus. Mondlicht beleuchtete fünf Schreibtischreihen mit über Kommunikationsgeräten geschlungenen Kopfbügelmikrofonen. An jeder Maschine hingen Myriaden von Kabeln, manche baumelten lose herab, andere waren fest eingestöpselt.

»Tätigt niemand nach Mitternacht Anrufe?«, wunderte sich Roma.

»Die werden zu einer größeren Zentrale umgeleitet«, antwortete Juliette, die auf ein Regal in der Ecke zuging. »Erinnerst du dich daran, wie früh die in den chinesischen Verwaltungsbezirken Shanghais schlossen?«

Roma wirkte verwirrt, was bedeutete, dass er sich nicht daran erinnerte. »Ich glaube, die lagen in eurem Territorium.«

»Hast du den Vorgängen im Feindgebiet keine Beachtung geschenkt?« Sie ging in die Hocke und überflog die dicken Betriebsbücher, die sich im Regal stapelten. »Ich habe eure beobachtet.«

»Ich habe dich beobachtet. Welchen Unsinn euer Territorium anstellte, interessierte mich nicht.«

Roma ließ sich neben ihr nieder und zog einen Stapel heraus. Bevor Juliette nach einer Strategie fragen konnte, legte er ihr den Stapel in den Schoß und zog dann einen weiteren auf seinen.

»Das könnte ewig dauern.« Juliette verrenkte sich den Hals, um das ganze Regal einzusehen.

»Haben sie nicht nur die Protokolle des laufenden Monats hier stehen? Alle vorangegangenen Monate sind doch bereits abgerechnet.« Er schnippte ihr gegen die Schulter. »Fang an. Das ist nur September.«

Juliette holte tief und melodramatisch Luft und schlug das erste Betriebsbuch auf. Während sie im Mondlicht die Spalten durchging, gab es einen Punkt, ab dem sie kaum mehr etwas las – sie sah schlicht und einfach nur noch darauf. Die meisten Orte in China waren wenige Schriftzeichen lang, zwei oder drei, höchstens vier. Fuzhou, Shanghai, Tianjin. Wladiwostok umfasste dagegen ganze sieben Schriftzeichen, daher hielt sie bei jedem in die Zeile gequetschten Eintrag inne.

Die Betriebsbücher häuften sich auf dem Boden. Drei Stapel. Fünf. Zehn.

»Ahh!«

Roma zuckte bei ihrem plötzlichen Aufschrei erschrocken zusammen. »Was ist los?«

Juliette riss das Buch herum und stach mit dem Finger auf eine Zeile am unteren Seitenende ein.

»Ein fünfminütiger Anruf nach Wladiwostok vom ›Happy Inn‹. Das liegt nur zwanzig Minuten von hier entfernt.«

Juliette kannte den Namen des ländlichen Gasthofs, weil ihre Cousine ihn in der Vergangenheit erwähnt hatte. Celia tauchte dort manchmal zwischen Aufträgen unter, wenn es zu viel Aufwand war, für kurze Zeit nach Shanghai zurückzukehren. Wenn sie Kommunisten beherbergten, war der Gasthof sicher bekannt als ein Ort für Menschen, die nicht gefunden werden wollten.

»Das klingt vielversprechend«, sagte Roma. »Lass mal sehen, ob wir noch mehr finden.«

Sie arbeiteten zusammen. Juliette reichte Roma die Bücher und er blätterte sie flüchtig durch. Als sie den gesamten Septemberstapel durchgegangen waren und die Betriebsbücher wieder ins Regal schoben, hatten sie nur diesen einen nützlichen Eintrag gefunden.

»Wie spät ist es?«, fragte Juliette.

»Beinahe zwei Uhr.«

»Also haben wir Zeit für einen weiteren Zwischenstopp.«

Roma war bereits auf den Beinen. »Wenn du noch mithalten kannst.«

»Was?«, kreischte Juliette. Sie rannte ihm mit klackernden Absätzen nach. »Ich bin kein bisschen langsamer als du!«

7

Der Empfangstresen des »Happy Inn« war nicht besetzt, doch es war offensichtlich jemand im Dienst. Roma hörte Schritte in dem Raum hinter dem Tresen und eine kalte Tasse Tee wartete zu nah an der Tischkante.

»Lass mich hinter den Tresen springen«, flüsterte Juliette. Sie stellte sich auf die Zehenspitzen, um zu sehen, was sich dort versteckte. »Ich beeile mich.«

»Nein«, sagte Roma bestimmt. »Es wird jede Sekunde wieder jemand hier sein.«

»Dann warten wir einfach hier?«

Roma sah sich im Empfangsbereich des Gasthofs um, betrachtete die ausfasernde Tapete und den einzelnen Flur, der zu den Zimmern im hinteren Bereich führte. Verständlicherweise war niemand sonst hier. Die Stille der Nacht lag über allem und das Pendel der Standuhr in der Ecke schwang mit jeder verstreichenden Sekunde von links nach rechts. Der rote Teppichboden unter ihren Füßen mochte einst luxuriös gewesen sein, doch inzwischen war er so schmutzig, dass die Fäden plattgedrückt und grau waren, trüb wie Wasser, in dem jemand seine Malpinsel ausgewaschen hatte. Schimmel bildete sich in den Ecken der vier Wände, dunkle Flecken schmückten die Holzpaneele. Jemand hatte wohl versucht, eine Art-Deco-Bordüre ins Holz zu schnitzen, was vielleicht hübsch ausgesehen hätte, wären die Quadrate gleich groß gewesen.

»Wir können freundlich um die Informationen bitten, also sollte es kein Problem sein, wenn wir warten.« Behutsam, als hob er eine verwilderte Katze mit aufgestellten Nackenhaaren an, zog er Juliettes Hände vom Tresen und schob sie einen Schritt nach hinten, bevor sie losstürzen konnte. Weil er sich nicht sicher war, ob das reichen würde, nahm er eine Handvoll ihrer losen Haare, strich sie über ihre Schulter und teilte sie in drei Strähnen.

»Flechtest du mir die Haare?«

»Ja«, antwortete Roma geradeheraus. »Dadurch bist du gezwungen, stillzuhalten. Außerdem fallen sie dir immer wieder in die Augen.«

Es war schwierig, seine Frau dazu zu bringen, ihm zuzuhören. Sie hatte ein Faible dafür, ihm nicht zuzuhören, wenn es ihr Spaß machte. Wichtige Angelegenheiten und schwerwiegende Entscheidungen klärten sie ohne Mühe. Wenn sie gemeinsam ein Problem lösten, war es, als sprächen sie als eine Person. Kleinere Sorgen waren dagegen ein Kampf zwischen Romas Fähigkeiten, ihr zu schmeicheln, und Juliettes Sturheit. In den meisten Fällen gewann sie.

»Ich wusste nicht, dass du Haare flechten kannst.«

Roma stieß einen hochmütigen Laut aus. »Wer glaubst du, hat Alisa jeden Morgen die Haare gemacht?«

»Ich habe Alisa noch nie mit einem geflochtenen Zopf gesehen.«

»Ja, na ja –« Sobald sie versuchte, zum Tresen zu laufen, gab er den Zopf und seine Posse auf, vergrub stattdessen seine Finger in ihren Haaren und hielt sie gewaltsam zurück. »Ich habe nie gesagt, dass ich besonders gut darin war. Lass das.«

»Ich will nur kurz nachsehen.«

»Juliette, ich schwöre, wenn du nicht aufhörst –«

Sie startete einen erneuten Versuch. Roma zog wieder an ihren Haaren, dieses Mal fester. Obwohl er ihr Gesicht nicht sehen konnte, wusste er, dass Juliette stumm lachte.

Genau in diesem Moment öffnete sich die Tür hinter dem Tresen und der Rezeptionist trat heraus. Er wirkte etwas jünger als sie, trug einfache traditionelle Kleidung und hielt eine weitere

Tasse Tee in der Hand. Er blieb stehen und versuchte, die Szene vor ihm zu verstehen.

Roma ließ Juliettes Haare los und schenkte ihr einen Blick, der besagte: *Bist du jetzt nicht froh, dass ich dich zurückgehalten habe?*

Juliettes Antwort war ein verschlagenes Zwinkern, das sich nicht dazu eignete, in Gesellschaft anderer gedeutet zu werden.

»Guten Morgen«, sagte sie und ging näher an den Rezeptionstresen heran, da sie nun freie Bahn hatte, um sich davor aufzubauen und auf die Papiere hinabzuspähen. »Könnten Sie uns helfen? Wir suchen nach einem Mann.«

»Es ist ganz sicher noch nicht Morgen«, erwiderte der Rezeptionist. Er stellte seine Tasse neben die, die bereits auf dem Tisch wartete. »Nach wem suchen Sie?«

Roma trat neben Juliette. Er blieb wachsam, ließ den Mann nicht aus den Augen.

»Er sagte mir nur, er hieße Mr. Pjotr«, antwortete sie. »Ich gehe nicht davon aus, dass das auf jemanden hier zutrifft?«

»Mhmmm … nein, auf niemanden.«

Juliette sah Roma an. Roma zog eine Braue hoch, er teilte ihren Verdacht.

»Sie haben nicht in den Büchern nachgesehen.«

»Nicht nötig, ich bin mir sicher.« Der Rezeptionist nippte an seinem Tee, dann sah er zu ihnen auf, als wollte er fragen, warum sie noch da standen. »Der Name ist mir nicht vertraut.«

Juliette lehnte sich über den Tresen. »Dann geben Sie mir das Gästebuch. Ich werde selbst nachsehen.«

»Auf keinen Fall«, erwiderte der junge Mann. Die ersten Anzeichen schlechter Laune flammten in seinem Blick auf. Juliette hatte auf der Fahrt hierher erwähnt, dass das Gasthaus auch ein politisches Versteck war, wodurch die Leute hinter dem Tresen es mit der Verschwiegenheit genau nahmen. Irgendwie bezweifelte Roma, dass man ihnen die Informationen einfach übergeben würde.

»Ich werde es mir schnappen«, sagte Juliette zu Roma, ohne sich die Mühe zu machen, ihre Stimme zu senken.

»Wie bitte?« Der Rezeptionist griff unter den Tisch.

»*Xiăo huŏzi*«, warnte Roma ihn, als sein Blick den Bewegungen des Mannes folgte. Roma wusste genau, was Juliette vorhatte und was sie in den nächsten Sekunden von ihm erwartete, doch wenn der Rezeptionist eine traumatische Erfahrung vermeiden wollte, konnte er einfach die Hände heben. »Das sollten Sie wirklich nicht tun.«

Der Rezeptionist tat es trotzdem: Er zog eine Waffe. Zielte.

Und schneller, als das bloße Auge der Bewegung folgen konnte, hatte Juliette ihn entwaffnet, schlug fest auf den Lauf und drehte die Waffe herum, sodass sie stattdessen in ihrer Hand lag und auf den Mann gerichtet war.

Während er schockiert die Hände hob, um nicht erschossen zu werden, griff Roma nach dem Gästebuch und zog es näher heran.

»Der Anruf wurde vor zwei Wochen getätigt«, sagte Juliette.

»Ja, ich erinnere mich«, erwiderte Roma gelassen, als sprächen sie darüber, dass der Reis vom Herd genommen werden musste. Er blätterte um und ging die Namen durch. Sehr wahrscheinlich würde Mr. Pjotr einen Decknamen verwenden, doch Roma vertraute darauf, dass irgendetwas ihn verraten würde.

»Etwas gefunden?«

Roma blinzelte auf die Seite hinab. »Tatsächlich … ja.« Er drehte das Gästebuch herum, zeigte auf eine Spalte von vor zwei Wochen. Da war kein Pjotr, aber … »Warum stehen hier so viele russische Namen? Kam eine ganze Gruppe?«

»Um Himmels willen, was geht Sie das an?«, antwortete der Mann. Er seufzte ergeben. »Ja, da war eine ganze Gruppe. Sie sind heute abgereist.«

Die Waffe weiterhin auf ihn gerichtet, machte Juliette ein finsteres Gesicht. Vielleicht sagte der Mann nicht die Wahrheit, doch diese Informationen waren recht unverfänglich. Er verriet ihnen damit nicht viel.

»Das hätten Sie aber auch gleich sagen können.« Sie sah erneut Roma an, als er das Gästebuch zurücklegte. Stumm tauschten sie ihre Gedanken aus, stellten Fragen in den winzigsten Veränderungen ihrer Mienen.

War Mr. Pjotr mit einer ganzen Gruppe von Leuten angereist und hatte sich mit einem Decknamen eingetragen? Oder hatte Mr. Pjotr sie angeheuert und war in Wladiwostok geblieben, wo man ihn angerufen hatte? Es gab zu viele Möglichkeiten und nicht genug Informationen. Die Leute in diesem Gästebuch konnten schlimmstenfalls eine Sackgasse sein und bestenfalls vage Anhaltspunkte.

Roma tippte Juliettes Ellbogen an.

»Behalt ihn hier«, sagte er leise. »Ich sehe mich um.«

»Nein!«, protestierte der Rezeptionist sofort. »Sie können sich nicht umsehen. Unsere Gäste brauchen Privatsphäre –«

»Denken Sie nicht einmal daran.« Juliette bedeutete ihm mit einem Winken mit der Waffe, Abstand zu nehmen von dem Schritt, den er gerade um den Tresen herum machen wollte. »Stehen bleiben.«

»Ich habe keine Angst vor –«

Juliette schoss auf seine Füße, wobei sie sich den Nacken verrenkte, um über den Tresen zu zielen. Der Mann schrie auf. Die Kugel schlug Millimeter von seinem Schuh entfernt ein und brannte ein Loch in den Teppich.

»Das war die erste Warnung.« Sie schnaubte. »Wollen Sie herausfinden, wie viele Warnungen ich Ihnen geben werde?«

»Das ist absurd –«

Roma eilte davon, in dem Wissen, dass Juliette ihre sanften Drohungen im Griff hatte. Während er tiefer in das Gasthaus vordrang, ließ er die Finger über die Wand gleiten, machte sie sich an der Tapete staubig. Es war nur eine dünne Schicht, doch sie bedeutete, dass der Gasthof nur unregelmäßig gereinigt wurde, was den Gästen wohl wegen der wenigen Auswahlmöglichkeiten in der Gegend egal war. Als sie die Straße heraufgekommen waren, hatte das Gebäude, zu dessen Rechter ein Bach floss, nicht besonders groß gewirkt.

Er versuchte es bei einigen Zimmertüren. Sie waren entweder von innen verschlossen und er hörte Schnarchen die losen Dielenbretter entlanghallen oder führten zu winzigen Räumen mit einem Besen darin. Vom Empfangsbereich tönte Juliettes laute Stimme herüber, die den theatralischen Tonfall angenommen hatte, den sie nur benutzte, wenn sie jemanden durch ihr Jammern aus dem Konzept bringen wollte.

Endlich gab eine der Türen unter seinem Druck nach. Er trat ein und betrachtete das mondbeschienene Zimmer. Die Bettlaken waren abgezogen, lagen allerdings auf dem Boden gehäuft, als hätte ein Zimmermädchen die meiste Arbeit geleistet, doch es müsste erst noch ein Wäscher kommen, um den Rest zu erledigen. Davon abgesehen war der Raum leer. Als Roma mit dem Finger über den Holztisch strich, war er frei von Staub.

Jemand war kürzlich hier ausgezogen. Es war erst vor wenigen Stunden sauber gemacht worden.

»Hm …«

Er schlich sich wieder aus dem Zimmer und versuchte die nächste Tür. Erneut wehte Juliettes Stimme herüber, inzwischen sprach sie von … Geburten? Was in aller Welt erzählte sie dem Rezeptionisten?

Roma schüttelte den Kopf, um sich auf seine Aufgabe zu konzentrieren, durchwühlte einen weiteren Haufen Bettlaken und sah sich in einem Zimmer mit beinahe identischem Aufbau um. Vielleicht bedeuteten die zurückgelassenen Laken, dass der Raum aufgeräumt und neu bestückt war, dass die benutzten Dinge jedoch noch weggeräumt werden mussten. Vielleicht …

Er sah einen Mülleimer in der Ecke. Spähte hinein. Nur eine einzelne Zigarette. Doch nun hatte er eine Idee. Diese Zimmer enthielten die Hinterlassenschaften der Gäste, die hier gewohnt hatten.

Roma überprüfte alle Räume, die sich problemlos öffnen ließen, tastete leere Kleiderschränke und die Ecken der Fensterbänke ab. In einem der letzten Zimmer den Flur hinab, am hinteren Ende des Gasthofs, roch er schon beim Eintreten Zigarettenrauch, stark genug, dass er nicht überrascht war, als er im Abfalleimer sechs Stummel fand. Darunter entdeckte er mehrere zerrissene Papierschnipsel, einige an den Ecken angesengt und verkohlt.

Er rümpfte die Nase. Eine Grimasse schneidend griff Roma hinein und fischte die Schnipsel heraus. Egal wie widerlich es war, jemandes Müll zu durchwühlen, er dachte an Juluns panische Miene und Milas trauriges Stirnrunzeln, dann legte er die sechs gezackten Fragmente aneinander.

Nr. 143
Rechnung für Dienstleistungen
Beschreibung: Einhundert Yuan
Zu zahlen an: [redacted]

Die Schrift war unglaublich blass. Obwohl vieles von Brandflecken verschleiert wurde, rieb Roma mit den Fingern über die lesbaren Teile und stellte so sicher, dass die blasse Schrift nicht daher stammte, dass der Stift zu wenig Tinte gehabt hatte. Nein, das war Kohlepapier, das unter das Original gelegt wurde, um exakt zu duplizieren, was geschrieben wurde. Sie mussten es weggeworfen haben, nachdem sie ihr Geld erhalten hatten und die Kopie nicht länger brauchten.

Roma schob die Rechnungsschnipsel zusammen und warf sie wieder in den Abfalleimer. Darauf befanden sich keine spezifischen Informationen, doch sie waren auf Russisch verfasst, was bestätigte, dass sie mit dem Anruf in Wladiwostok zu tun hatten. Einhundert Yuan war eine beachtliche Menge Geld. Wenn der Zimmerbewohner Rechnungen über solche Summen ausgestellt hatte, dann sicherlich für etwas Bedeutendes.

Sein Kopf pochte vor Fragen, als er das Zimmer verließ und seine Prüfung des »Happy Inn« abschloss.

»… nicht im Geringsten – Oh, hallo, mein Geliebter«, begrüßte Juliette ihn, nachdem sie ihre ausschweifende Rede abgebrochen hatte. »Hattest du eine schöne Suche?«

Roma näherte sich gelassen dem Tresen, die Hände in den Taschen, während Juliette noch immer die Waffe hielt. Er wartete einige Sekunden, bevor er sagte: »Sie war zweckdienlich. Gutes Gespräch?«

»Unbedingt«, erwiderte sie zur gleichen Zeit, als der Rezeptionist grummelte: »Nein.«

Juliette grinste. Stumm fragte sie Roma, ob sie gehen konnten, und Roma schenkte ihr ein Nicken, das nur sie wahrnehmen konnte. Er lehnte sich vor, um erneut auf das Gästebuch hinabzublicken, und da er dachte, dass es ihnen noch nützlich sein könnte, riss er die einschlägige Seite heraus.

»Das behalten wir, danke.«

Bevor der Rezeptionist eine Widerrede stottern konnte, griff Juliette in ihre Manteltasche und zog ein Bündel Bargeld heraus. Sie trat einen Schritt zurück, dann legte sie das Geld auf den Boden und die Waffe darauf. »Sie sind uns jetzt los«, fügte sie hinzu und klang dabei so freundlich wie immer. »Ich wünsche Ihnen noch einen guten Morgen.«

»Es ist nicht Morgen!«, rief der Mann ihnen gekränkt hinterher.

Roma und Juliette waren bereits draußen und duckten sich außer Sicht, bevor der Rezeptionist ihnen folgen konnte. Den Blick auf den Boden geheftet, um keine Steine auf dem Weg zu übersehen, eilte Roma die steile Grasfläche hinab, fand eine Sekunde vor Juliette einen festen Stand und machte einen Schritt nach vorn, um sie am Ellbogen zu stützen, bevor sie bei der Landung ins Taumeln kommen konnte.

»Danke«, hauchte sie. »Ich gehe nicht davon aus, dass du über Mr. Pjotrs Geburtsurkunde und eine öffentliche Erklärung bezüglich seiner Experimente gestolpert bist?«

»Leider nein.« Roma schob ihr die Haare hinters Ohr. »Ich habe eine Rechnungskopie gefunden. Der Typ, der dort wohnte, muss den Anruf nach Wladiwostok getätigt haben, und einer von ihnen hat auch hundert Yuan in Rechnung gestellt.«

Juliette runzelte die Stirn. »Ich weiß nicht, was das bedeutet.«

Roma seufzte. »Ich auch nicht, um ehrlich zu sein. Ich glaube, wir haben in dieser Hinsicht alles ausgeschöpft. Lass uns morgen noch mal allgemeiner suchen.« Er hielt inne. »Nachdem die Sendungen angekommen sind, meine ich. Wir erhalten Lieferungen.«

Sie mussten sich mit neuen Problemen befassen, doch darüber durften sie ihr Geschäft nicht vernachlässigen. Sie mussten weiterhin ihren Lebensunterhalt verdienen.

Eine dichte Wolke schluckte den Großteil des Mondlichts und tauchte sie einige Sekunden lang in Dunkelheit. Seine Intuition ließ ihn wissen, dass Juliettes Schultern herabsackten, bevor erneut silbernes Licht durch die Wolken strömte – und er sah, dass es tatsächlich so war.

»Wir wussten wohl, dass das eine weit hergeholte Vermutung war.« Sie trat gegen einen Stein. »Nach Hause?«

»Nach Hause«, bestätigte Roma. »Teilen wir uns das Sofa?«

Juliette legte ihm eine Hand um den Oberarm und hielt sich fest, als sie sich in Bewegung setzten.

»Wir können kuscheln, wenn du nett fragst«, sagte sie.

8

Sie träumte wieder den gottverdammten Traum. Er begann immer gleich.

Zuerst der Geruch nach Rauch und Staub, der schwer in der Luft lag und ihr in der Kehle kratzte. Wenn Träume keinen Sinn ergeben sollten, wünschte Juliette, dass sie ihre Erinnerungen nicht bis ins kleinste Detail rekonstruieren würden: der Anblick und die Geräusche und die schrecklichen Schreie, die durch die blutbedeckten Straßen hallten.

Sie stand in den Straßen von Zhabei, nördlich von Shanghais Stadtzentrum, umgeben von einem Blutbad. Ihre Füße schienen auf dem Betonboden festgewachsen zu sein, ihre Beine waren unendlich schwer. Ein überwältigendes Gefühl von »Lauf! Lauf! Lauf!« schrie in ihr, das mit jedem Mal lauter wurde, wenn diese Traumsequenz begann. Sie wurde vier Jahre in die Vergangenheit versetzt, um das Ende anders ablaufen zu lassen, wenn all ihre Ängste sich als zehnmal schlimmer herausstellten.

Die Monster kamen näher. Das Feuerzeug in ihrer Hand fühlte sich an, als würde es durch ihre Haut bis auf ihre Knochen brennen.

»Wir müssen uns beeilen«, hörte sie sich sagen, verzerrt und aus weiter Ferne, als käme ihre Stimme aus den Wolken und nicht aus ihrer Kehle. »Verstehst du mich?«

Hier nahm Roma stets neben ihr Form an, nur weiter von ihr entfernt, als es tatsächlich der Fall gewesen war. Ihre Panik verstärkte sich. Entsetzt fürchtete sie, dass er ihr Signal nicht sehen würde, als sie zu dem drei Schritte entfernten Kanaldeckel wies, dass stattdessen Dimitri ihre Geste wahrnehmen, ihren Plan erfassen und denselben Ausweg nehmen würde. Sie konnten nicht verschwinden, solange er noch lebte. Solange nicht der letzte Rest der Verwüstung beseitigt war, die er über die Stadt gebracht hatte.

Ich liebe dich. Ich liebe dich. Ich liebe dich.

Manchmal erinnerte sie sich in dem Traum daran, dass Roma ihre Hand gehalten, ihre Finger gedrückt hatte, um ihr Mut zu machen. Manchmal tat sie das nicht. Und erst wenn sie das Feuerzeug warf, fiel ihr wieder ein, dass Roma sie zuerst vorangezogen hatte. Er hatte sich bereits in Bewegung gesetzt, während Juliette noch instinktiv darauf wartete, dass das Feuerzeug auf den Heilmittelsäcken landete. Sie hatten keine Zeit zu verlieren. Wenn Roma eine Sekunde länger gebraucht hätte, um den Kanaldeckel beiseitezuzerren, oder Juliette gezögert hätte, bevor sie Roma hinabschubste und »Los!« schrie; wenn Roma im Fallen nicht sturerweise nach ihrem Ellenbogen gegriffen hätte, sodass sie mit ihm nach unten gezogen wurde und beide hart auf dem Kanalgitter landeten, während die Explosion entfacht wurde – dann wären sie nicht davongekommen.

In diesem Traum hatte Juliette nicht daran gedacht, Roma zuerst hinabzuschubsen. Und diese Sekunde Verzögerung, in der er sich umdrehte und sie ansah …

Juliette fuhr hoch, ihre Wangen waren tränenbenetzt. Einen Moment lang versetzte die ungewohnte Umgebung ihren Körper in Alarmbereitschaft, in ihrem halb wachen Zustand verlangsamten Fantastereien ihre Auffassungsgabe. Dann spürte sie, wie sich ein Arm fester um ihre Taille legte und ein Gewicht auf ihrer Schulter. Roma, der sich näher an ihren Rücken heranschob und sein Kinn auf ihre Schulter legte.

»Geliebte Juliette«, sagte er schläfrig. »Weinst du?«

Ihre Anspannung ließ nach, als sie vollständig wach wurde. Sie schliefen im Wohnzimmer, zwischen den Sofakissen. Julun und

Mila waren im Schlafzimmer, weil sie von gefährlichen Leuten verfolgt wurden, und ihr Versuch, die beiden in Sicherheit zu bringen, hatte Juliette an ihre Vergangenheit denken lassen – und das löste stets die Träume aus.

»Ich weine nicht«, schniefte Juliette und drehte sich auf den Kissen zu ihm um.

Roma hatte seine Augen noch nicht geöffnet, doch er wischte zielsicher die Nässe von ihren Wangen.

»Du darfst weinen«, sagte er, die Augen weiterhin geschlossen, die Stimme belegt und kratzig. »Ich weine ständig.«

»Das tust du.«

Sie hatten die Jalousien nicht zugezogen, als sie zu Bett gegangen waren. Zu müde, um etwas anderes zu tun, außer zusammenzubrechen. Wolkenverhangenes Mondlicht strömte durch die Fenster herein, erhellte Formen und Umrisse im Wohnzimmer. Juliette stieß sanft den Atem aus und glitt ein Stück das Sofa hinab, sodass sie sich an Romas Brust schmiegen konnte.

Sie hatte die schreckliche Szene noch vor Augen. Sie wusste, dass die Chance bestand, dass sie wieder hineingezogen wurde, wenn sie nicht aufpasste. Doch es war eindeutig noch zu früh, oder zu spät, je nachdem, wie man es sehen wollte, um aufzustehen und die Träume abzuschütteln. Daher kniff sie die Augen wieder zu, umklammerte Roma fester und konzentrierte sich auf seinen gleichmäßigen Herzschlag unter ihrem Ohr. Als Antwort darauf ließ er seine Hand von ihrer Taille zu ihrem Arm gleiten, wo er träge Linien auf ihre Haut zeichnete. So einfach die Geste war, ihre Atmung verlangsamte sich instinktiv mit dem Auf und Ab der Bewegung.

»Ich habe wieder davon geträumt«, flüsterte Juliette in sein Oberteil.

»Die Explosion?«

»Ja.«

»Was ist dieses Mal passiert?«

»Ich habe dich verloren.« Sie atmete ein und ein Beben stahl sich in ihrem Atemzug, stockte in ihrer Kehle, hinterließ einen sauren Geschmack in ihrem Mund. »In den schlimmsten verliere ich dich immer.«

Als sie im Abwasserkanal aufkamen, klang es, als stürzte die Welt in sich zusammen. Die Metallwände bebten, bis Juliette fürchtete, dass sie über ihnen zusammenbrechen würden, Dreck und Staub regneten auf sie hernieder, während die Hitze der Explosion durch den offenen Kanaldeckel drang. Sie konnte kaum klar denken. Sie war beinahe überzeugt, dass sie tot und dies das Jenseits war. Das Geräusch tröpfelnden Wassers und die fauligen Gerüche unter den Gittern pressten sich in die linke Seite ihres Körpers. Sie wusste nicht, wann sie sich den Kopf gestoßen hatte, doch Blut rann ihr über die Braue ins Auge.

Das Beben hielt eine kurze Unendlichkeit lang an. Dann: Stille.

»Juliette«, flüsterte Roma und hob vorsichtig den Kopf. Er hatte Schnitte an den Wangen. Benommen streckte Juliette die Hand aus und strich mit dem Finger über den tiefsten davon, entsetzt über den roten Schlitz, als wäre er ihr drängendstes Problem. »Juliette, wir müssen verschwinden.«

»Was?«, fragte sie. Die Worte kamen kaum bei ihr an. Sie hatte ein fürchterliches Klingeln in den Ohren. Jedes Geräusch in der echten Welt hallte doppelt wider und wurde dann von dem Summen in ihrem Kopf verschluckt.

Roma packte ihren Ellbogen, zog sie auf die Füße. Der Kanal war nicht hoch genug und sie konnten nicht aufrecht stehen.

»Sie dürfen uns nicht hier finden, Dorogaja. Was passiert, wenn sie uns hier finden?«

Damit erregte er ihre Aufmerksamkeit. Die letzten Stunden vor der Explosion schossen ihr mit Lichtgeschwindigkeit durch den Kopf. Der Hinrichtungsbefehl für die Montagows. Ihre Rebellion gegen ihre eigene Familie. Es war nicht vorbei, nur weil Dimitri nicht mehr existierte. Die Soldaten würden Roma auf Befehl der Scarlet Gang töten. Die Scarlet Gang würde sie zurückholen und bestrafen.

»Gehen wir«, ordnete Juliette an und zog sich durch den Schacht nach oben. Sie verbrannte sich die Finger am Metall, doch sie biss die Zähne zusammen und kämpfte sich weiter. Hohe Flammen loderten an der Explosionsstelle. Verbrannte Leichen, nur noch an der Skelettform zu erkennen. Sobald Roma herauskletterte, schob Juliette den Kanaldeckel an Ort und Stelle, dann rannten sie, tief in die Stadt hinein.

Beinahe eine Woche lang hielten sie sich in einem verlassenen Unterschlupf an der Thibet Road versteckt, erholten sich und warteten und fragten einander immer wieder, ob sie sich sicher waren. Schließlich, während bereits ihre Grabsteine gemeißelt wurden, trafen sie eine Entscheidung und Celia fand eine Möglichkeit, sie in tiefster Nacht aus Shanghai hinauszuschmuggeln.

Juliette hob den Kopf, ließ ihre Augen sich an das schwache Mondlicht gewöhnen. Sie streckte die Hand nach Romas Wange aus und strich mit dem Daumen über eine blasse Narbe auf seinem Wangenknochen.

Obwohl sie jetzt hier waren, war der Tag der Explosion der letzte Tag gewesen, den sie als Shanghais berüchtigte Erben erlebt hatten. Die Menschen, die aus jenem Kanalschacht geklettert waren, waren verändert gewesen, nur noch Schatten ihrer selbst. Sie waren in die Welt zurückgekehrt, hatten beschlossen, dass sie alles getan hatten, was sie für die Stadt tun konnten, und dass es endlich Zeit wurde, sich selbst zu wählen.

Doch sie konnten Shanghai nie endgültig loslassen. Roma wartete darauf, Alisa zu sich holen zu können. Juliette dachte öfter an ihre Eltern, als sie zugeben wollte. Sie wusste, dass sie nie wieder zu ihnen Kontakt aufnehmen würde, dass – anders als Romas Beziehung zu seiner Schwester – sie nicht mehr in der Gunst ihrer Eltern stand, seit sie sich ihnen widersetzt hatte. Trotz allem trug sie einen tiefen, schmerzenden Riss in ihrem Inneren, der ihre Anwesenheit vermisste, aus Gewohnheit und Vertrautheit, und den sie niemals vollständig schließen konnte.

»Du wirst mich niemals verlieren«, murmelte Roma. »Du hast mich einen Fingerschwur leisten lassen, erinnerst du dich?«

»Eigentlich habe ich dir einen Schwur geleistet, aber nie einen von dir gehört.«

Roma öffnete endlich die Augen. In dem schmalen Silberstreif, der durch das Fenster hereinströmte, waren seine Pupillen so stark geweitet, dass seine Augen vollkommen schwarz zu sein schienen.

»Ich hatte angenommen, dass unsere Ehegelübde kurz darauf ein Versprechen beinhalteten«, sagte er langsam.

Juliette streckte ihm stur ihren kleinen Finger entgegen. Mit einem Schnauben schob Roma seine Hand zu ihrer und verschränkte ihre kleinen Finger miteinander.

»Du wirst mich niemals verlieren. Und ich liebe dich, ich nehme dich als meine unrechtmäßig verheiratete Ehefrau, verspreche dir die Treue, bis das Universum verpufft.« Er klang dabei so ernst, obwohl sie gerade scherzten.

Juliettes Mundwinkel zuckten. »Hör auf, dein Eheversprechen zu ändern. Dein erstes war besser.«

»Es ist spät, *Lăopó*. Ich brauche zusammenhängende Gedanken für Wortgewandtheit.«

Ihr Traum schien nun weiter zurückzuliegen. Fühlte sich so weit entfernt an wie die Stadt.

»Leg dich wieder schlafen«, sagte Juliette. »Du kannst kaum die Augen offen halten.«

»Nur wenn du auch schläfst.« Er stieß einen Laut des Protests aus, dann nahm er ihre Hand und legte ihre Handfläche gegen seine Brust, wo sie zwischen ihren Körpern Platz fand. »Ich werde genau hier sein, wenn du aufwachst.«

Juliette sah ihm in die Augen. Nickte. Roma küsste sie zur Antwort auf die Stirn, kurz und süß und müde.

Dann wartete er, beobachtete sie, anstatt wieder einzuschlafen.

»Was?«, fragte Juliette.

»Du hast meinen Kuss nicht erwidert.«

Juliette unterdrückte ein Lachen. Sie heuchelte ein missgünstiges Seufzen, dann küsste sie ihn auf die Lippen. Egal wie sehr sie sich verstellte: Die Sekunden, in denen sie dort verweilte, offenbarten die Wahrheit.

Als Juliette sich zurückzog, lächelte Roma zufrieden und rückte sich zurecht, um weiterzuschlafen.

»So ein großes Baby«, sagte sie liebevoll.

9

Trotz ihres Schlafmangels war Juliette auf den Beinen, als das Morgengrauen endlich nahte, und hackte in der Küche Garnelen. Die Träume waren nicht zurückgekehrt, als sie wieder eingeschlafen war. Ihr Unterbewusstsein hatte ihr die tröstliche Leere des Nichts geboten, bis die ersten Anzeichen des Morgens über ihre Augenlider strichen.

Roma schlief noch immer im Wohnzimmer. Ein Arm hing vom Sofa, der andere lag als notdürftiges Kissen unter seinem Kopf, seit Juliette sich unter ihm herausgezogen hatte. Es wurde gerade erst hell und die Welt draußen war in sanftes Violett getaucht, das Traum und Wirklichkeit auf derselben Ebene vereinte.

Juliette schob eine Handvoll Garnelen in eine Schüssel. Entgegen aller Vermutungen war sie eine recht gute Köchin. Oder zumindest kochte sie besser, als Roma Auto fuhr. Was zugegebenermaßen die Latte nicht besonders hoch ansetzte, doch sie hatte zumindest noch nichts bis zur Unkenntlichkeit verbrannt.

Gerade als sie mit dem nächsten Häufchen Garnelen begann, hörte sie, dass die Haustür geöffnet wurde. Sie erstarrte, lauschte mit erhobenem Messer und schief gelegtem Kopf. Sobald die Schritte ins Wohnzimmer und in ihre Richtung kamen, entspannte Juliette sich jedoch und legte ihr Messer weg, als sie erkannte, wer da kam.

»Willkommen!«, krähte sie und öffnete die Arme weit, als Celia die Küche betrat.

»Auch hallo«, erwiderte ihre Cousine und trat in ihre Umarmung. Sie zog sich mit gerümpfter Nase zurück. »Hast du deinen Ehemann aufs Sofa verbannt?«

»Das ist lächerlich, ich würde ihn nie aufs Sofa verbannen«, erwiderte Juliette. »Sollte er mich jemals erzürnen, wäre die bessere Strafe, dass er weiterhin neben mir schlafen und das Ausmaß meines Zorns spüren müsste.«

Celia schüttelte den Kopf. »Ihr zwei seid anstrengend. Warum sind die Stolperdrähte an der Tür gespannt?«

»Die Antwort ist eine lange Geschichte, die offengestanden noch anstrengender ist.« Juliette zog ihre Cousine näher an den Küchentresen. »Wir haben junge Gäste im Schlafzimmer, daher schläft Roma auf dem Sofa. Und jetzt hilf mir mit den *Jiăozi*, damit wir sie füttern können.«

»Garnelen und Schnittknoblauch.« Celia betrachtete die bereitgelegten Zutaten. Sie sah sich um. »Kommen auch Eier hinein? Ich schlage sie auf.«

Juliette war vorbereitet, griff in den Schrank unter der Spüle und reichte ihr eine große Schüssel, bevor sie sich wieder den Garnelen zuwandte. Der Sonnenaufgang stieg höher, wodurch sie viel besser sehen konnte, was sie tat, als zuvor im wie gemalt wirkenden Morgengrauen. Sie hätte Licht anmachen können, doch sie wollte Roma nicht stören. Die Chancen standen gut, dass er beim Aufflammen der Glühbirnen erwachen und ihr helfen würde, egal wie müde er tatsächlich war.

»Was führt dich heute her?«, fragte Juliette, während Celia die Regale durchforstete. »Hast du mich vermisst?«

Ihre Cousine kam immer zu so früher Stunde. Dadurch war es unwahrscheinlicher, dass man sie entdeckte, und ihre Missionseinheit stellte weniger Fragen. In den letzten Monaten war Celia in der Nähe stationiert gewesen, in Taicang, nördlich von Shanghai und eine annehmbare Autofahrt entfernt. Sie kam öfter vorbei, jetzt, da sie in der Nähe war, doch sie musste stets darauf achten, dass ihr Missionspartner keinen Verdacht schöpfte. Ihre

Missionseinheiten wurden ausgetauscht, doch die Kommunisten hatten sie und Oliver Hong zu einer dauerhaften Zwei-Personen-Einheit gemacht. Wenn Celia sie besuchen wollte, doch Oliver sie begleitete, musste sie so tun, als wollte sie Zhouzhuangs Markt sehen, und Juliette stand in der Nähe herum, um ihnen heiter zuzunicken.

»Ich dachte mir, es ist schon wieder eine Weile her, seit ich dich das letzte Mal gesehen habe«, antwortete Celia. »Außerdem wollte ich fragen, ob ihr von den Vorkommnissen in Shanghai gehört habt.«

»Aktuelle Vorkommnisse?«

Juliette schob die Garnelenstückchen an die Seite des Schneidbretts. Für gewöhnlich mied sie Zeitungen, die über Shanghai berichteten. Es war nicht so, dass sie unwissend bleiben wollte, es fühlte sich nur seltsam an, nicht in die Belange der Stadt involviert zu sein, da sie einst nichts anderes gekannt hatte, als sie zu beaufsichtigen. So glücklich sie hier draußen war, stolperte sie doch gelegentlich über einen Artikel, in dem ihre Eltern erwähnt wurden, und dann wurde sie den sauren Geschmack auf ihrer Zunge tagelang nicht los.

»Rosalind ermittelt zu einer Mordserie an Zivilisten«, sagte Celia, die Juliettes Nachfrage als ein Nein wertete. »Sie stehen kurz davor, eine japanische Firma dafür haftbar zu machen, aber ich glaube, bei den Nationalisten geht auch etwas Hinterhältiges vor. Du solltest eine Zeit lang vorsichtig sein mit deinen Geschäften.«

Juliette drückte mit einem leisen Laut aus, dass sie verstand. Obwohl Juliette nicht gern die Zeitung las, waren sie und Roma weiterhin gut über die Geschehnisse in Shanghai informiert. Sie hatten Angestellte, die wenn nötig Bericht erstatteten. Laut einem letzten Brief hatten sie sogar jemanden in der Firma, in der Rosalind gerade verdeckt arbeitete.

»Wir werden vorsichtig sein«, versicherte Juliette ihr. »Wir haben hier genug Ärger, um den wir uns kümmern müssen.«

Celia legte die Stäbchen neben die Schüssel. »Auf der Fahrt hierher habe ich mehr Fahrzeuge als gewöhnlich gesehen.«

Juliette hielt inne. »Oh.«

»Ich kam an einer Gruppe vorbei, die nicht nach Anwohnern aussah. Sie hatten eine Karte und diskutierten darüber, wohin sie fahren sollten. Sie sprachen Russisch. Vielleicht fünf oder sechs Leute.«

»Was?« Juliette ließ das Messer fallen. »Wo? Am Ortsrand?«

Celia blinzelte hektisch, offensichtlich verwirrt darüber, dass Juliette sich so sehr dafür interessierte. »Nahe an der Hauptstraße hierher, weg von den Kanälen. Kennst du sie? Ich hörte, wie einer den anderen Ilja nannte.«

Juliette eilte ins Wohnzimmer, stürzte zum Couchtisch, wo die Seite lag, die sie aus dem Gästebuch des »Happy Inn« gerissen hatten. Roma wurde davon wach. Während er sich in schläfriger Verwirrung auf den Ellbogen stützte, kniff sie die Augen zusammen, um die unordentliche Handschrift zu entziffern, und hielt die Seite ins Morgenlicht. Da – der Dritte war ein Ilja.

»Sie haben sie gefunden.«

»Wen?«, wollte Celia wissen. »Juliette, was ist los?«

»Dem pflichte ich bei«, krächzte Roma und schob sich die Haare aus dem Gesicht. »Hallo, *Biǎojiě*.«

Celia winkte freundlich. Währenddessen schleuderte Juliette ihre Hausschuhe von sich und schlüpfte in flache Schuhe, in denen sie gut laufen konnte. »Bitte bleib hier. Erschieß jeden, der durch die Tür kommt.«

»Wie bitte?«, stieß Celia hervor. »Ich habe keine Waffe bei mir!«

Juliette zog ihren linken Schuh zurecht. »Unter dem Couchtisch ist eine!«

»Ich –« Celia zog den Kopf ein, um unter den Tisch zu sehen, und zog die Waffe hervor. »Ich muss zurück, Juliette!«

»In Ordnung, du kannst in zehn Minuten zurückfahren. Bitte, bitte, bitte. Danke, allerliebste Cousine.« Juliette riss die Tür auf, sprang über den Stolperdraht. »Roma, triff mich beim offenen Markt. Ich gebe uns einen Vorsprung.«

»Was?«, brachte er gerade noch heraus.

Juliette war bereits draußen, schlich am Kanal entlang zur Steinbrücke. Sie verfiel in einen steten Lauf, als sie die Häuserreihe am anderen Ufer passierte. Mrs. Fan war draußen und kümmerte sich um ihre Topfpflanzen, sie riss den Kopf hoch, als Juliette sich näherte.

»Fan năinai«, grüßte Juliette sie und wurde kaum merklich langsamer. »Könnten Sie sehr laut schreien, wenn eine Gruppe Männer sich nähert?«

Mrs. Fan blinzelte. »Oh. Oh, ich denke schon.«

Juliette stürmte weiter, duckte sich unter Wäscheleinen hindurch und bog in eine selten benutzte Straße ein. Aufgrund des vielen Wassers war Zhouzhuang verwinkelter als nötig. Die Kanäle ließen sich erst an der nächsten Brücke überqueren. Doch Juliette wohnte lange genug hier, um genau zu wissen, an welchen Kanälen Holzbretter bereitlagen, die man für eine schnelle Überquerung nutzen konnte, solange man nicht die Balance verlor und fiel, und an welchen Kanälen zusätzliche Steinstufen ins Wasser ragten, die den Abstand zur anderen Seite verringerten, sodass man hinüberspringen konnte.

In Windeseile näherte sie sich der Hauptstraße, ließ die Wasserwege hinter sich und eilte an den Marktzelten entlang. Erst zwei oder drei Verkäufer hatten ihre Stände bereits aufgebaut, es war noch zu früh, als dass genug Sonnenlicht über den Horizont gelangt wäre. Sie übereilte ihre Suche nicht. Wenn Celia die Männer hier gesehen hatte, dann gab es nur eine begrenzte Anzahl an Wegen, die sie genommen haben konnten. Es nützte ihr mehr, wenn sie sich Gedanken darüber machte, wie sie sich ihnen nähern würde.

Als sie an einem Stand vorbeikam, schnappte Juliette sich einen Lappen, der zum Trocknen über einer Bambussprosse hing. Dann stibitzte sie einen Hammer und runzelte die Stirn, als Farbe vom Stil abplatzte.

Den Hammer zu schwingen wäre vielleicht einschüchternder gewesen, wenn sie nicht so gut gekleidet gewesen wäre. Juliette ließ das Werkzeug wieder fallen und beschloss, dass die Waffe in ihrer Tasche wahrscheinlich ausreichte.

Stimmen.

Sie hielt inne. Lauschte. Juliette trat leise auf, als sie dem Geräusch in eine Gasse folgte und flüchtig eine Bewegung wahrnahm. Mehrere Durchgänge führten in offene Innenhöfe und private Gärten mit teuren Pavillons. Als sich vor ihr erneut etwas bewegte, eilte sie in eine parallel angrenzende Gasse, drückte sich an die Wand und stürmte vor, sodass sie mit der Gruppe gleichauf blieb. Sie folgte ihnen mehrere Minuten lang, eine Wand zwischen ihnen und ihr, bevor sich die nächste Gelegenheit bot und eine schmale Gasse die beiden Wege miteinander verband.

Juliette zählte bis fünf. Dann lief sie in ihre Gasse und packte den Mann, der am Ende der Gruppe trödelte, drückte ihm den Lappen auf den Mund und trat ihm in die Kniekehlen, sodass er die Balance verlor. Bevor der Rest der Gruppe sie bemerken oder nachsehen konnte, was das schwache gedämpfte Geräusch verursacht hatte, zog sie ihn am Kopf in die andere Richtung, platzte in jemandes Innenhof und nutzte ihren Schwung, um ihn durch eine Holztür zu schleifen, die die Geräusche aus der Gasse dämpfte.

Sobald sie innehielt, wehrte der Mann sich heftig, schob sich den Lappen und ihre Hände vom Gesicht. Zu diesem Zeitpunkt hatte Juliette ihm bereits mit dem Ellbogen gegen den Kopf geschlagen, sodass er gerade lange genug zu Boden ging, damit sie nach ihrer Waffe greifen konnte. Er fuhr herum. Blinzelte zu ihr hoch. Sie zielte mit ihrer Waffe auf seinen Kopf.

»Hallo«, sagte sie, noch immer außer Atem von ihrem Kampf. »Du hast fünf Sekunden, um zu reden.«

Der Mann erstarrte. Sie fragte sich, welcher von ihnen er war. Wenn nicht Ilja, dann sicher einer der anderen Namen aus dem Gästebuch.

Sein Blick wanderte nach links. Vielleicht-Ilja hob die Hände, um guten Willen zu zeigen.

Dann trat er zu, traf Juliette hart am Schienbein. Sie stolperte rückwärts, doch es reichte nicht aus, um sie zu Fall zu bringen, und sie warf sich wieder nach vorn, dieses Mal deutlich überzeugter, rammte ihm den Lauf ihrer Waffe gegen die Stirn, bevor er sich ganz aufsetzen konnte. Ihre Knie schrammten über den Dreck. Kleine Kieselsteine gruben sich in ihre Haut.

»Hör mir jetzt gut zu«, zischte sie auf Russisch. Sie senkte die Stimme, bis ihre Worte knurrend herauskamen. Die Gruppe würde feststellen, dass er fehlte, und bald kehrtmachen. Sie musste schnell sein. »Ich habe noch mindestens fünf Kugeln in dieser Waffe und ich kann diese Sache sehr schmerzhaft machen für jede deiner Gliedmaßen. Beantworte mir eine sehr einfache Frage: Wer schickt euch, um Miljena zu töten?«

Manchmal war es ihr unangenehm, die frühere Bandenerbin herauszukehren. Doch eine effektive Taktik war eine effektive Taktik.

»Du –«

»Fünf.«

»Was –«

»Vier.«

»Es ist nicht –«

Juliette legte den Finger fester um den Abzug. »Drei.«

»Wir sind nicht diejenigen, die sie töten. Was ist dein Problem?«

Und als Juliette einen Sekundenbruchteil lang verwirrt den Druck auf Vielleicht-Ilja verringerte, drehte er sich aus ihrer Reichweite und boxte mit der Faust nach oben. Plötzlich schmerzten beide Seiten ihres Gesichts: die linke von seinem Schlag, die rechte von ihrem Aufprall auf dem harten Boden.

Juliette erholte sich schnell. Der Mann zog seine eigene Waffe, sie drehte ihre herum und schlug nach ihm. Sie wollte nicht schießen, sollte es nicht unbedingt nötig sein, da sie ansonsten die Aufmerksamkeit der Gruppe erregt hätte. Der Lauf ihrer Waffe brachte ihn aus dem Gleichgewicht, doch er hatte bereits abgedrückt. Die Kugel verfehlte nur knapp ihren Arm und schlug in die Wand ein.

»Seid ihr nicht diejenigen, die jede von ihnen zur Strecke bringt?«, zischte sie.

Vielleicht-Ilja versuchte erneut zu schießen, erhob sich auf die Knie. Juliette erwiderte nun doch das Feuer, ihre Kugel verfehlte seine Seite, als er sich hastig zu Boden warf.

»Dummes Mädchen, gib nicht uns die Schuld. Wenn überhaupt, brauchen wir die Mädchen lebend. Wir geben unser Bestes, sie nur bewusstlos zu schlagen und ihnen keinen Schaden zuzufügen.« Als der Mann erneut abdrückte, war Juliette eine Sekunde zu langsam, ihr Atem ging schwer. Eine rot glühende Kugel streifte ihre Schulter. Sie zuckte zusammen und als sie ihren Ellbogen fester an sich zog, um die Wunde zu schonen, griff der Mann an, warf sie zu Boden, wie sie es zuvor mit ihm getan hatte, und richtete seine Waffe auf ihren Kopf.

»Erklär dich«, verlangte sie trotz ihrer heiklen Lage.

Sie riss den Kopf hoch, versuchte, sich herauszuwinden. Fluchend machte Vielleicht-Ilja ein so grimmiges Gesicht, dass sich Speichel in seinen Mundwinkeln sammelte.

»Wir sind bloß auf einer Rückholmission, die du unterbrichst«, fauchte er. »Es ist nicht unsere Schuld, dass man ihnen eine Gehirnwäsche verpasst hat, sodass sie sich das Leben nehmen, sobald wir ihnen zu nahe kommen.«

Juliette erstarrte entsetzt. Er riss seine Waffe nach unten, wollte sie bewusstlos schlagen.

Doch bevor er ihr schaden konnte, erschlaffte Vielleicht-Ilja. Jemand riss ihn nach oben, von ihr herunter, und warf seinen reglosen Körper beiseite.

»Herrgott, Juliette, hättest du keine zwei Minuten warten können?«

Ihr Blick fiel auf ihren Retter, welcher eingerahmt von der Morgensonne plötzlich vor ihr stand. Roma war noch nie so schön gewesen, obwohl er sie in diesem Moment ziemlich wütend anstarrte. Sie hatte eindeutig Blut an der Lippe, als sie ihn zur Antwort angrinste.

»Hör auf, so glücklich dreinzuschauen, wenn du gerade verprügelt wurdest.« Roma streckte die Hand aus und zog sie auf die Füße.

»Ich wurde nicht verprügelt«, korrigierte Juliette ihn, als sie ihr Gleichgewicht wiederfand. »Mein Gegner sieht genauso übel aus wie ich. Genau genommen wurde ich also in ein erbittertes Handgemenge verwickelt.«

Ihr Leichtsinn schien Roma nicht sonderlich zu amüsieren. Er machte viel Wirbel um die Schmutzflecken an ihren Ellbogen und versuchte, sie sauber zu wischen.

»Mach dir keine Sorgen um die anderen«, versicherte er ihr, als er ihr die Haare aus dem Gesicht strich und wegen der Prellungen an ihrer Stirn das Gesicht verzog. »Ich habe sie k. o. geschlagen, ohne zuvor Höflichkeiten auszutauschen. Ich nahm an, dass du Informationen beschaffen würdest.«

»Das habe ich.« Juliette blies sich eine Haarsträhne aus den Augen. »Woher wusstest du, dass ich hier sein würde?«

»Ich trage einen Kompass in mir, der auf dich weist, anstatt nach Norden.«

Juliette schenkte ihm einen ironischen Blick.

»Außerdem«, ergänzte Roma, während er mit den Fingern behutsam ihren Kiefer abtastete, »sah ich draußen im Dreck die Anzeichen eines Kampfes und dachte mir, dass du jemanden hier hineingezerrt haben wirst. Was hat er gesagt?«

Der Mann, den sie hierhergezerrt hatte – vielleicht Ilja, vielleicht nicht –, lag bäuchlings am Boden, einen Arm seltsam verdreht unter sich eingeklemmt. Der wäre taub und kribbelig, bis er aufwachte. Während Juliette langsam zu ihm hinüberging und seinen Arm mit dem Fuß zurechtrückte, dachte sie kurz darüber nach, mit ihrer Waffe zu zielen und ihn zu töten, um Mila auf dem schnellstmöglichen Weg etwas Sicherheit zu verschaffen. Doch dann schossen ihr seine Worte durch den Kopf:

»Wir sind bloß auf einer Rückholmission, die du unterbrichst. Es ist nicht unsere Schuld, dass man ihnen eine Gehirnwäsche verpasst hat, sodass sie sich das Leben nehmen, sobald wir ihnen zu nahe kommen.«

Es hatte nicht wie eine Lüge geklungen. Ihn zu töten wäre vergebliche Liebesmüh. Immerhin waren die Tode der beiden Mädchen in Shanghai als Selbstmorde eingestuft worden. Bei den anderen beiden Mädchen hatte es keine Anzeichen für einen Kampf gegeben, nur Unmengen von Blut. Sie schienen endlich eine Antwort darauf bekommen zu haben, was man Mila in der Einrichtung angetan hatte.

»Je nachdem, wie man es nimmt«, antwortete Juliette, als sie ihre Waffe wegsteckte. »Entweder etwas, das die Situation verbessert oder sie sehr viel schlimmer macht.«

10

Sie hatten sie gefesselt. Roma hatte Juliette mit leichter Besorgnis dabei zugesehen, wie sie viel zu enthusiastisch an die Sache herangegangen und sogar so weit gegangen war, einen Mann mit Seilen zu mumifizieren.

Sobald sie verschnürt und weiterhin ohnmächtig waren, hatte Roma Juliette zurückgelassen, um sie zu bewachen, während er zurück zum Haus eilte. Zhouzhuang war klein genug, dass er nur zwanzig Minuten brauchte, um Mila zu wecken und in die Gasse zu bringen, wo sie sich vorsichtig jedem bewusstlosen Mann näherte und sein Gesicht studierte.

»Nein«, antwortete Mila kurz darauf. »Ich erkenne keinen von ihnen.«

»Dann habe ich schlechte Neuigkeiten bezüglich ihres Aufenthalts hier«, sagte Juliette.

Es ist nicht unsere Schuld, dass man ihnen eine Gehirnwäsche verpasst hat, sodass sie sich das Leben nehmen, sobald wir ihnen zu nahe kommen. Die Worte ergaben für Roma wenig Sinn, als Juliette ihm alles erklärt hatte. Mila war noch immer schrecklich blass, verdaute die Neuigkeiten, indem sie sich ans Ende der Gasse setzte und verstört ihre Hände anstarrte. Sie brauchte wohl einen Moment, daher bat er Juliette mit geneigtem Kopf, ob sie außer Hörweite reden könnten.

»Geht es dir gut?«, fragte sie.

Er legte ihr besorgt die Hand ans Kinn. »Du bist diejenige mit Prellungen im Gesicht und da fragst du mich?«

»Ich weiß, dass das dir mehr wehtut als mir.« Sie rümpfte scherzhaft die Nase und zuckte sofort zusammen, als ihre Muskeln sich verspannten. Ihr Kleid war an der Schulter braunrot, doch die Farbe breitete sich nicht weiter aus, sie blutete also nicht mehr.

»Spiel nicht den Witzbold. Ich habe wirklich Phantomschmerzen, wenn ich dir zusehe«, murmelte Roma.

»Du kannst mich zu Hause wieder zusammenflicken.« Juliette sah hinter sich. Am Ende der Gasse zog Mila ihre Aufmerksamkeit auf sich. »Was denkst du, hat all das zu bedeuten?«

»Ich denke, wenn die Mädchen einer Gehirnwäsche unterzogen wurden, um sich das Leben zu nehmen, dann sind wahrscheinlich die zwei Wissenschaftler in der Einrichtung dafür verantwortlich.«

Sie waren davon ausgegangen, dass Mr. Pjotr hinter ihr her war, doch er konnte unmöglich nicht von diesem Vorgang wissen. Wenn überhaupt, warnte er sie.

Sie kommen.

»Wer ist also hinter ihnen her?«, grübelte Juliette laut. »Es scheint beinahe so, als hätten wir ihren Aufenthalt im Gasthof zufällig entdeckt.«

»Nein, nicht zufällig«, hielt Roma dagegen. »Wir folgten allen Spuren, die nach Wladiwostok führten. Wir nahmen nur an, dass dieser Mr. Pjotr derjenige sei, der Verbindungen dorthin hat und in der Nähe ist.«

»Wegen der Einrichtung.« Juliette erschauderte und legte den Kopf in den Nacken, um den Sonnenaufgang über dem Gebäude zu betrachten, der endlich richtiges Morgenlicht mit sich brachte. Tagsüber steckte sie ihre Haare für gewöhnlich hoch, doch an diesem Morgen war sie nicht dazu gekommen und die Strähnen wehten um ihre Schultern, flatterten wie Blütenblätter im leichten Windhauch. »Also schickt die Einrichtung die Männer, ansonsten gäbe es keinen Grund für den Anruf aus dem Gasthof. Er nannte es eine Rückholmission. Die Einrichtung will die Mädchen zurück.«

Roma widerstand dem Drang, sich in der Gasse hinzulegen. Er wollte genau wie Mila gegen die Wand sinken. Die Rechnung über einhundert Yuan war wahrscheinlich an die Einrichtung gegangen, eine Zahlungsaufforderung für die Rückholdienste. Doch jedes der Mädchen war eine gescheiterte Rückholung, weil sie sich zuvor selbst das Leben genommen hatten. Und wenn man den Shanghaier Zeitungen Glauben schenken konnte, erinnerten ihre Methoden an den Wahnsinn von vor fünf Jahren, der dazu geführt hatte, dass die Leute sich selbst die Kehlen herausgerissen hatten.

»Mir gefallen die Hinweise nicht, die hier herumfliegen«, sagte er. »Die Einrichtung ist hinter den Mädchen her und will sie zurückholen, na gut. Zwangloser alltäglicher Menschenschmuggel. Aber Kehlenherausreißen als eingebauter Abwehrmechanismus?«

Das gehörte keineswegs zu gewöhnlichen Schmuggelversuchen.

Juliette schwieg einen Moment lang. »Roma.« Sie wandte den Blick von den Dächern ab. »Findest du es nicht seltsam, dass uns dieser Abwehrmechanismus so vertraut ist?«

»Es handelt sich nicht wirklich um den Wahnsinn«, erwiderte Roma, wusste er doch sofort, wovon sie sprach. »Keine Insekten.«

»Doch wenn den Mädchen genau diese Handlung eingepflanzt wurde, dann nur von jemandem, der sich von dem Wahnsinn inspirieren ließ. Und es ist eine Person beteiligt, die den Wahnsinn bezeugt hat.«

Diese eine Person war Lourens Van Dijk.

Roma fluchte leise. Ein Vogel landete in der Gasse, plusterte sich auf, als er stumm um die gefesselten Männer herumhüpfte.

»Müssen wir ihn finden?«, fragte er. »Geht das alles von ihm aus? Ich bezweifle, dass die Einrichtung Mila in Ruhe lässt, nur weil diese angeheuerten Männer versagt haben.«

»Lourens ist unmöglich zu finden.« Juliette zögerte nicht mit ihrer Behauptung. »Rosalind hat es versucht, glaub mir. Oder glaub Celia, wenn man es genau nimmt.«

Obwohl er und der alte Wissenschaftler sich nie nahegestanden hatten, hatte Roma ihn doch oft gesehen, als er noch wegen Bandengeschäften in den Laboren ein- und ausgegangen war. Es war schwer zu glauben, dass derselbe Lourens, der Vögel hasste und Jazzmusik mochte, so skrupellos sein sollte. Dass er eine solche Anweisung schaffen könnte.

»Wir denken uns etwas aus«, entschied Roma. Wenn er überzeugt genug klang, könnte er es vielleicht heraufbeschwören. »Bring Mila nach Hause. Ich rufe Ah Tou an und bitte ihn, sich um das hier zu kümmern …« Er machte eine vage Geste in Richtung der bewusstlosen Männer in der Gasse.

»Na gut.« Juliette verzog das Gesicht. »Celia ist wahrscheinlich krank vor Sorge.«

»Im Gegenteil, sie saß auf dem Sofa und nahm mein Strickprojekt auf, als ich Mila holen ging.« Roma berührte ihr Gesicht zum Abschied, dann wandte er sich ab und rief zurück: »Beeil dich! Es wird nämlich peinlich, wenn sie diesen Pullover für mich fertigstrickt.«

»Wéi?«

Roma schreckte auf. Er war in Gedanken abgeschweift, während das Telefon geklingelt hatte. »Ah Tou. Ich bin es.«

»Lǎobǎn«, grüßte Ah Tou ihn sofort. Roma sah förmlich vor sich, wie der Mann am anderen Ende der Leitung sich aufrechter hinstellte und seine Jacke glattstrich. Egal wie oft er und Juliette Ah Tou zu sagen versuchten, nicht so förmlich zu sein, dass sie keine Bandenbosse waren und auch nicht so behandelt werden mussten, bestand Ah Tou darauf, sie so anzusprechen. Obwohl man zugeben musste, dass Juliette es wahrscheinlich genoss, *Dàsǎo* genannt zu werden.

»Ich brauche deine Hilfe in Zhouzhuang«, sagte Roma. »Bring ein paar Leute mit. Hat Leilei noch immer diese gottverdammten Messingringe?«

»Sie nimmt sie nicht einmal zum Duschen ab.«

»Sehr gut. Bring insbesondere sie mit. Ihr müsst ein paar Männer aufmischen.«

Ah Tou stellte die Anweisungen keine Sekunde lang infrage. »Wie sehr?«

»Genug, dass sie aus der Gegend fliehen und nie wieder zurückkommen. Keine gebrochenen Knochen. Eine geschwollene Kniescheibe oder zwei sind in Ordnung.« Roma hielt inne, dachte nach. Das würde die Leute, die sie geschickt hatten, nicht aufhalten. Es gab dieser Tage sicher mehr als genug Gesetzlose, die Arbeit brauchten und dort übernahmen, wo diese Gruppe aufhörte. Vor allem, wenn sich damit reichlich Geld machen ließ. »Versucht vielleicht, einen Namen aus ihnen herauszubekommen. Fragt sie, wer sie geschickt hat. Aber ich bezweifle, dass du viel erfahren wirst.«

»Verstanden«, erwiderte Ah Tou. »Oh, und ich habe für Mai tàitài herumgefragt. Eine Engeltätowierung zeigt hier in der Gegend, dass man einer Bande ehemaliger Söldner treu ist. Meine Quelle ist schockiert, dass sie noch existiert. Sie wurden von den Briten finanziert, bevor die Gruppe zu Beginn des Bürgerkriegs auseinanderbrach.«

Roma legte sich die Hand an die Stirn. Dann fuhr er sich damit über das Gesicht. Das bedeutete, der erste Mann, der Mila angegriffen hatte, gehörte einer ganz anderen Gruppe an als die Russen in der Gasse. Um Himmels willen.

»Weißt du, wie viele Mitglieder es noch geben könnte?«

Oder vielmehr wie viele von der Aufgabe des ersten Mannes gewusst hatten und herumschnüffeln würden, um herauszufinden, was ihm zugestoßen war.

»Ich vermute, nicht viele. Wie gesagt, ihre Zahl schrumpfte drastisch.«

»Nun gut«, sagte Roma. Wenn sie Glück hatten, war die Zahl der Söldnertruppe auf ein letztes Mitglied geschrumpft. »Machst du dich auf den Weg?«

»Schon unterwegs, *Lǎobǎn.*«

Roma legte auf. Er wartete einen Moment lang, spürte den Wind auf seinem Gesicht und die Morgensonne höher steigen. Manchmal fand er es beängstigend, wie leicht ihm diese Anrufe und Anweisungen fielen. Nicht nur, weil er sich dabei in eine moralische Zwickmühle begab, sondern weil sich eine gewisse Autorität in seine Stimme schlich, wenn er nicht aufpasste, und er hätte nie geglaubt, dass das so selbstverständlich passieren könnte. Er hatte stets angenommen, er würde einen schlechten Anführer für die White Flowers abgeben. Bei jedem Fehltritt als ihr Erbe hatte sein Vater ihn gerügt und ihm gesagt, dass er nichts richtig machen konnte. Natürlich hatte Roma ihm geglaubt, ansonsten hätte er sich nicht so viel Mühe gegeben, das Gegenteil zu beweisen.

Und nun das. In einer anderen Realität, in der er Juliette nie begegnet wäre, führte er vielleicht leidgetränkt und unglücklich die White Flowers an und machte seine Sache hervorragend.

»*Mai xiānshēng*, fangen Sie!«

Ein Ball kam auf sein Gesicht zugeflogen. Roma hatte kaum Zeit, zu reagieren, riss die Arme hoch und schlug den Ball weg, bevor er den Jungen, der ihn geworfen hatte, fassungslos anstarrte.

»Was haben wir gesagt?«, schimpfte er. »Darüber, dass du Gegenstände nach mir wirfst?«

»Dass ich damit weitermachen soll!«

Der Junge rannte mit einem gackernden Lachen davon. Roma hob den Ball hoch und wischte sich jeden Hinweis auf seine tatsächliche Belustigung aus dem Gesicht. Denn auch wenn jedes Kind der Stadt ihn mit Freuden tyrannisierte, konnte er ihnen kaum die Erlaubnis dazu geben.

»*Ayia*, pass doch auf, wo du hinläufst!«

Eine andere Stimme hallte über den Kanal, als der Junge um eine Ecke bog und beinahe mit einem Mann zusammengestoßen wäre. Roma folgte dem Jungen, nickte dem Briefe austragenden Postboten eine Entschuldigung zu, verdrehte dann die Augen und legte den Ball vor die Tür, durch die der Junge verschwunden war.

Selbst aus der nächsten Gasse hörte Roma noch die gegrummelten Beschwerden des Postboten, den nicht enden wollenden Gedankenstrom, den er in die Welt hinaussandte.

Roma blieb stehen. Er machte auf dem Absatz kehrt.

Augenblick mal.

Wie machte man ein einzelnes Mädchen auf dem Land ausfindig zwischen all den vielen Häusern und Feldern? Wie konnte man etwas eingrenzen, vor allem, wenn die Leute in ihren jeweiligen Ortschaften blieben und die Kommunikation im Schneckentempo stattfand?

Nun, man musste nur den Postboten fragen.

Roma stürmte durch die Haustür. Das Wohnzimmer versank im Chaos, doch das überraschte ihn nicht, als ihm klar wurde, dass es sich dabei um Juliette handelte, die Mila durch eine Schritt-für-Schritt-Anleitung für einen Frontalangriff führte und dafür Julun benutzte, während Julun entsetzt von links nach rechts rannte. Mila schien Spaß zu haben, zumindest im Vergleich zu ihrer katatonischen Reaktion von zuvor. Als sie die Augen zusammenkniff, erinnerte sie Roma so stark an Alisa, dass er heftig blinzeln musste, damit das, was er sah, Sinn ergab. Auf logischer Ebene war er sich darüber im Klaren, dass sie nicht seine Schwester war. Der Schock blieb jedoch jedes Mal der gleiche.

»Hallo, mein Geliebter«, rief Juliette. »Ist Ah Tou schon da?«

»Er räumt gerade die Gasse auf. Solltest du nicht zuerst deine Verletzungen desinfizieren?«

»Ich bringe Mila bei, wie sie jeden Mann erstechen kann, der versucht, sie sich zu schnappen. Das ist wichtiger als Desinfektion.«

Roma schnalzte missbilligend mit der Zunge, ging zu ihr und zwang Juliette, sich zu setzen, bevor er ein Aneurysma bekam. Dann wandte er sich an Mila und Julun: »Ich muss euch beiden eine Frage stellen. Seid ihr bei der Post registriert?«

Julun runzelte die Stirn. Mila legt das Messer aus der Hand und neigte den Kopf.

»Julun schon, aber ich nicht. Es gibt niemanden, der mir Briefe schicken würde.«

Eine Pause entstand.

»Warte, das stimmt nicht ganz«, berichtigte Julun sie und zuckte sichtbar zusammen, als ihm der Gedanke kam. »Auf unserer Heiratserlaubnis musste ich eine Adresse eintragen. Wir sind zusammen im System, auch wenn du nicht registriert bist.«

Das war es.

»Und jedes Mal, wenn du nach Mr. Pjotrs Drohungen geflohen bist«, sagte Roma langsam zu Julun, »hast du sicher deiner Mutter Briefe von deiner neuen Adresse geschrieben, nicht wahr? Ich könnte mir vorstellen, dass du mit ihr in Kontakt bleiben wolltest, damit sie sich keine Sorgen macht.«

Die beiden Mädchen in Shanghai zu finden musste ein Kinderspiel gewesen sein. In der Stadt wurde ständig geredet und Tänzerinnen zogen Aufmerksamkeit auf sich. Fragte man lange genug herum, kannte jemand jemanden, der die gesuchten Mädchen kannte. Die zwei, die außerhalb Suzhous gelebt hatten, mussten schwieriger zu finden gewesen sein. Doch jeder, der in der Nähe der Stadt wohnte, hatte Arbeit, und mit einer Stelle kam ein Kreis von Bekannten, der sich nachverfolgen ließ.

Nur Mila ergab keinen Sinn. In einer Kleinstadt mitten im Nirgendwo hatte sie, abgesehen von ihrem Verlobten, mit niemandem Kontakt. Um sie ausfindig zu machen, musste man ihren Namen in einer ländlichen Gemeinde finden. Dazu brauchte es einen geschwätzigen Postboten, der die Aufzeichnungen durchgehen konnte. Mr. Pjotr kam irgendwie an ihre Adresse, andere Söldner suchten in der weiteren Umgebung.

»Hätte ich keine Briefe schreiben sollen?«, fragte Julun zögerlich.

»Das hättest du nicht wissen können«, erwiderte Juliette, die Romas Gedankengang folgen konnte. Sie tippte sich ans Kinn. »Doch wenn sie euch so gefunden haben …«

»… können wir das vielleicht zu unserem Vorteil nutzen«, beendete Roma ihren Satz. »Und dadurch Antworten bekommen.«

11

Eine Woche verstrich. Sobald sie sich auf einen Plan geeinigt hatten, ging Julun zum nächsten Postamt und änderte seine Adresse auf Romas und Juliettes. Oder besser gesagt, er fügte seinen Namen zu Mai Loumin und Mai Zhulin hinzu, denn Roma und Juliette hatten mehr Erfahrung in der Kunst des Untertauchens und verwendeten natürlich nicht ihre echten Namen.

Nach der offiziellen Änderung hatte Juliette den Kopf in Mrs. Fans Haus gesteckt und sich darauf vorbereitet, die alte Dame dazu zu überreden, Julun und Mila in ihrem Gästezimmer wohnen zu lassen. Juliette hatte ihren Vorschlag kaum ausgesprochen, als Mrs. Fan bereits aufgeregt herumwuselte, um alles für ihre Gäste vorzubereiten. Mrs. Fan liebte Gesellschaft und wenn die beiden gleich nebenan wohnten, würde Juliette zwar nicht ständig über sie wachen, doch während sie Lieferungen plante und Kontaktpersonen anrief, konnte sie nachmittags vorbeischauen, um Mila lebensnotwendige Fähigkeiten zu lehren, wie ein Messer im Flug zu drehen.

Dafür gäbe es wohl kaum eine Anwendungsmöglichkeit, doch Juliette glaubte fest daran, dass es ihr Selbstvertrauen einflößen würde. Jemand, der ein Messer werfen konnte, litt unmöglich an mangelndem Selbstvertrauen.

»Ich muss zurück«, sagte sie nun und hob die Kiste mit den Übungsstäben, die sie benutzt hatten, hoch. Unter tief über dem Horizont hängenden Wolken nahte die Abenddämmerung. Sie unterdrückte ein Schaudern, als das Wasser auf dem Kanal sich schneller zu kräuseln begann. »Roma wird die Küche in Brand setzen, wenn ich nicht übernehme.«

Mila entschlüpfte ein Kichern. Sie war reservierter als Julun, doch gelegentlich überraschte sie Juliette, wenn sie einen schmutzigen Witz erzählte oder besonders fest zutrat, wenn sie ein Verteidigungsmanöver nachahmte. Julun entschuldigte sich lieber, saß gern mit einem Buch in der Nähe und rief stattdessen Ermutigungen. Doch Mila nutzte jede Gelegenheit, etwas zu lernen, mit dem sie sich schützen konnte.

»Juliette.« Leise zog Mila ihre Aufmerksamkeit auf sich, gerade als sie gehen wollte. »Denkst du, dass bald mehr Leute kommen werden?«

Sie meinte von der Einrichtung entsandte Leute.

»Vielleicht«, antwortete Juliette ehrlich. »Aber du musst dir keine Sorgen machen. Roma und ich werden fleißig Wache halten.«

Mila zögerte. »Aber …« Sie senkte die Stimme noch mehr. Julun saß bei einem Baum, die Nase in einem Buch, und hatte ihre Unterhaltung noch nicht bemerkt. »Was, wenn sie zu stark sind? Was, wenn ich mir die Kehle herausreiße?«

»Das wirst du nicht«, sagte Juliette nachdrücklich. Sie ließ keine Widerrede zu, legte dem Mädchen die Hände auf die Schultern und schüttelte es kräftig. Mila riss die Augen auf, doch beschwerte sich nicht über die aggressive Geste. »Ich verspreche dir, dass du das nicht wirst. Wir lassen uns etwas einfallen, um dich in Sicherheit zu bringen, und dann werden du und Julun in Frieden leben. Hast du mich verstanden?«

Mila nickte. Juliette erwiderte die Gestik, grimmig und resolut. Diese Welt war zu zerrüttet. Sie würde nicht zulassen, dass das hier zerbrach. Sie würde selbst zu den Waffen greifen, wenn sie damit eine weitere hoffnungsvolle Liebe retten konnte.

»Geh rein, bevor es dunkel wird.« Sie erhob ihre Stimme und winkte Julun zu. »Ich gehe, Julun!«

Der Junge winkte zurück und sprang auf die Füße. Juliette umrundete Mrs. Fans Haus und überquerte die Brücke, wobei sie erneut erschauderte, während die Sonne am Horizont verschwand. Als sie die Haustür öffnete, hörte sie, dass in der Küche ein Topf herumgeschoben wurde, doch Juliette ging sofort ins Schlafzimmer, während sie auf ihre Finger blies, um sie zu wärmen.

Sie öffnete den Kleiderschrank. Ihr weißer Lieblingsschal hielt sich irgendwo darin versteckt. Als sie den Schrank das letzte Mal durchwühlt hatte, hatte er weiter hinten gelegen bei ihren Schuhen und Diamanten. Inzwischen war es kalt genug, um ihn wieder hervorzuholen.

»Roma?«, rief sie. »Mein herzallerliebster Ehemann, ich ersuche deine Hilfe.«

Er kam in einer Schürze durch die Tür. »Ich stehe dir zur Verfügung.«

Juliette schenkte ihm ein kokettes Lächeln. »Wo ist mein –«

»Weißer Schal ist auf dem Ständer im Waschraum. Ich habe ihn gewaschen, damit er nicht nach Staub riecht, wenn es kalt wird.«

Juliette warf ihm eine Kusshand zu und eilte den Flur hinab zum Waschraum, um mit ihrem weißen Schal wiedervereint zu sein.

»Bleib, wo du bist«, sagte Roma, als sie den Schal vom Ständer nahm. Im Schlafzimmer klapperte etwas: Er hatte den Medikamentenkoffer vom Regal gezogen. »Wenn du schon dort bist, können wir deine Verbände wechseln.«

Als sie die Wunde, die der Streifschuss an ihrer Schulter hinterlassen hatte, endlich reinigten, war sie viel schlimmer als erwartet, leuchtend rot und verkrustet. Roma war so blass geworden, als er die Verletzung abgetupft hatte, dass sie gefürchtet hatte, er würde in Ohnmacht fallen. Obwohl Juliette ihn damit aufgezogen hatte, dass er nicht mehr wusste, wie man einen Verband anlegte, bedeutete es doch, dass sie seit einer Weile keine Wunde mehr hatten behandeln müssen.

Roma kam in den Waschraum. Er stellte den Koffer ab und wies sie an, sich umzudrehen, damit er die Knöpfe an ihrem Kragen öffnen konnte.

»Es scheint gut abzuheilen«, merkte er an, als er den Verband löste. Er ließ die gerötete Gaze ins Waschbecken fallen.

Juliette verrenkte sich den Hals, um einen Blick auf die Wunde zu erhaschen. Mit einer Hand umklammerte sie ihren Schal, mit der andern hielt sie ihren *Qipao* fest. »Wird eine Narbe zurückbleiben?«

»Wahrscheinlich nicht.« Roma öffnete eine Flasche Desinfektionsmittel. Er legte die Kappe auf den Waschbeckenrand.

»Gut. Ich will dich nicht beleidigen, indem ich eine Narbe, die ich von dir habe, mit einer neuen überdecke.«

Roma verzog das Gesicht. Er wurde nicht gern auf das eine Mal angesprochen, als er ein Messer nach ihr geworfen hatte.

»Mach dich nicht über mich lustig«, murmelte er. »Jede Narbe, die du dir einfängst, macht mich unglücklich.«

Juliette gab nach. Eine Narbe hier und da war für sie inzwischen ein seltenes Vorkommnis und eher das Resultat von Übereifer beim Kochen. Die einzige Person, die möglicherweise bis in alle Ewigkeit vor Narben verschont blieb, war Rosalind – unsterblich, nicht alternd, doch selbst sie trug schreckliche Narben aus ihrer Vergangenheit am Körper.

Der Gedanke an ihre Cousine ließ Juliette seufzen. Im Spiegel sah sie Roma kurz aufblicken, während er den Verband befestigte und sie wortlos fragte, woran sie dachte.

»Ich habe nachgedacht. Was machen wir, wenn unser Plan fehlschlägt?«

»Du meinst, wenn keine Angreifer kommen, um hier nach Mila zu suchen?« Roma zog ihren *Qipao* hoch. »Ist das nicht gut?«

»Es ist gut für ihre Sicherheit, ja.« Juliette senkte die Arme und ließ ihn ihren Kragen zuknöpfen. »Aber so gern ich das tun würde, können wir sie nicht auf unbestimmte Zeit im Auge behalten. Sie ist ihr eigener Mensch. Wir müssen sie früher oder später gehen lassen.«

Roma schloss den letzten Knopf und strich ihr mit den Händen über die Schultern, wobei er sorgfältig ihre Verletzung mied.

»Du klingst hin- und hergerissen«, merkte er an.

Juliette seufzte wieder. Es war ein enormer Laut. »Wenn wir sie gehen lassen, habe ich das Gefühl, dass wir versagt haben. Ich will uns in Sicherheit wissen, unsere Identitäten schützen. Aber ich will auch, dass wir das Richtige tun. Und das eine kann nicht ohne das andere geschehen, denn je öfter wir Helden spielen, desto mehr geraten wir ins Visier.«

Sie könnten ihre Verbindungen spielen lassen, flächendeckend bekanntgeben, dass Miljena in Ruhe gelassen werden sollte. Doch das würde den falschen Leuten sauer aufstoßen und jemand würde Nachforschungen anstellen und wenn ihre Identitäten ans Licht kämen …

Roma strich ihr mit der Hand über den Rücken, als wollte er die Zielscheibe wegwischen, die Juliette sich darauf vorstellte.

»Ich weiß, *Dorogaja*«, flüsterte er. »Wir werden diesen Balanceakt ein Leben lang aufrechterhalten. Das Leben, das wir gewählt haben, ist ein endloses Drahtseil.«

Ihr Herz zog sich zusammen, als sie es laut ausgesprochen hörte. Sie würde jeden Schritt gehen, jeden qualvollen Moment wiederaufleben lassen und jede alte Wunde annehmen, wenn sie dafür eine Zukunft hier bekam. Doch ihr war bewusst, dass sie ein egoistisches Leben führte. Jeden Tag kamen sie und Roma an erster Stelle und der Rest der Welt musste warten. An welchem Punkt machte sie das zu scheußlichen Menschen? Wie oft mussten sie die Schreie und das Klopfen an ihrer Tür abweisen, bevor sie der Menschheit, aus der einst ihre ganze Welt bestanden hatte, hartherzig gegenübertraten?

»Manchmal frage ich mich, wie unser Leben aussehen würde, wenn wir auf dem Drahtseil etwas mehr hin- und herschwingen würden«, sagte sie.

Sie sah in den Spiegel neben ihr. Beobachtete ihn.

»Du meinst, wenn wir nicht so sorgfältig darauf achten würden, versteckt zu bleiben.«

»Ist das schrecklich?«

»Natürlich nicht.« Romas finstere Miene wurde sanfter. »Wir kamen nicht hierher, um uns zu verstecken, herzallerliebste Juliette. Wir kamen hierher, um zu leben. Wenn wir uns verstecken müssen, um das in Sicherheit tun zu können, dann halten wir daran fest. Wenn der Tag kommt, an dem wir nicht mehr leben können, solange wir uns verstecken, müssen wir etwas von der geheimnisvollen Aura ablegen, die wir uns angeeignet haben. Wir müssen nicht jetzt sofort darüber entscheiden.«

Juliette bekam kaum Luft. Sie wusste nicht, ob das an dem furchterregenden Gedanken lag, ihre Sicherheit zu verlassen, oder weil es ihr stets den Atem raubte, wenn Roma mit solcher Erhabenheit sprach.

»Bei dir klingt das so leicht.«

»Warum sollte es das nicht sein?«

Sie drehte sich zu ihm um, sah ihn direkt an. Zeit strich über ihre Wange und bat sie, einzuatmen, doch sie hielt still, schwelgte in den Gefühlen, die durch ihre Rippen wirbelten. Ihr Herz stülpte sich um, las laut vor, was in Rot auf ihren Arterien und Herzklappen geschrieben stand, erklärte ihr unverblümt, dass Liebe niemals nur aus gewaltigen Schlachten und großen Gesten bestand. *Liebe,* dachte sie, war das Körnchen Wärme, das tiefer in ihrer Brust eingebettet war und tröstlich glühte, wenn Roma sie ansah. Dieselbe unverwüstliche Behaglichkeit, die sie einst mit fünfzehn gefunden hatte.

Juliette legte ihren Schal auf den Waschbeckenrand. Sie streckte die Arme aus. »Kommst du bitte her?«

Er tat ihr den Gefallen.

Einatmen. Ausatmen. Ihre Nase an seinen Hals gedrückt und seine Wange an ihren Kopf gelehnt.

»Hey«, sagte Juliette. Das Wort war gedämpft, weil sie sich nicht zurückgezogen hatte.

»Hm?«

»Wir sollten uns streiten.«

Roma stieß einen verwirrten Laut aus, als hätte er sie falsch verstanden. »Wie bitte?«

»Wir sind zu glücklich miteinander«, fuhr sie fort. »Das ist nicht natürlich.«

Stille. Dann lachte Roma prustend, sein ganzer Körper erbebte bei ihrer aberwitzigen Behauptung. Juliette zog sich zurück, um ihn finster anzusehen, doch er lachte nur noch mehr.

»Das stimmt auf keinen Fall«, hielt er nachdrücklich dagegen, als er sich wieder unter Kontrolle hatte. »Als wir jünger waren, war es genau andersherum. Langsam stellen wir das Gleichgewicht wieder her.«

»Und wann ist der Ausgleich geschaffen?«

»Nie.« Roma wandte seine Lieblingstaktik an, packte sie plötzlich um die Taille und hob sie hoch, während sie aufkreischte. »Du hast mich und völlige Zufriedenheit für alle Zeit am Hals und darüber hinaus.«

Am nächsten Tag ging Juliette mit ihrem Einkaufskorb zum Markt. Sie streifte gemächlich durch die Fischstände, besah sich die Auslage, bevor sie schließlich auf einen kleineren weiter hinten zeigte und darauf wartete, dass die Standbesitzerin den Fang einwickelte und abwog.

Der Herbst häutete sich endgültig. Obwohl die Blätter der Trauerweide, die über dem Kanal lehnte, das ganze Jahr über grün blieben, wurden es erheblich weniger, die ins Wasser fielen und wie winzige Kanus stromabwärts glitten. Auf dem Heimweg schwang Juliette ihren Korb vor und zurück, während sie zusah, wie der Himmel zur Mittagsstunde hin ein tieferes Blau annahm.

Sie hatte nicht vorgehabt, bei Mrs. Fans Haus anzuhalten, doch als sie daran vorbeiging, streckte ihre Nachbarin den Kopf aus dem Fenster.

»*Mai tàitài*, ich habe vorhin den Postboten an Ihre Haustür klopfen sehen. Er hat Ihre Post auf die Vordertreppe gelegt.«

»Ach?«, sagte sie und blieb vor Mrs. Fans Fenster stehen. »Mein Ehemann war den ganzen Morgen zu Hause.«

»Um ehrlich zu sein, hat er nur ein paar Sekunden geklopft, bevor er davonging.«

Juliette schüttelte den Kopf. Typisch. »Ich hole sie. Julun und Mila geht es gut?«

»Sie sind Schätze. Kommen Sie heute zum Abendessen. Ich mache *Hóngshāo ròu*.«

»Wie könnte ich da Nein sagen?« Juliette ging weiter, betrat die Brücke über den Kanal. »Bis bald, *Fan nǎinai*.«

Auf der anderen Brückenseite schritt sie vorsichtig den Weg zur Haustür entlang und beugte sich hinab, um die Post aufzuheben. Die Umschläge wirkten wie die üblichen Berichte, die sie von ihren Kontaktpersonen in der Stadt bekamen. Jiemin zog Briefe Anrufen vor. Er behauptete, man würde ihn damit nicht so leicht ertappen, da er meist verdeckt für die Nationalisten arbeitete.

Juliette drückte die Tür auf. Roma saß am Schreibtisch, ein Streifen Sonnenlicht fiel ihm seitlich aufs Gesicht, während er sich auf eine Bilanz konzentrierte.

»Hallo, Geliebter.«

Roma neigte ihr schweigend die Wange zu, um sie, ohne den Blick von seinen Zahlen zu heben, um einen Begrüßungskuss zu bitten. Juliette lehnte sich vor und machte ein übertriebenes Geräusch, als ihre Lippen seine Wange berührten.

»Ach du meine Güte«, beschwerte sich Roma und fuhr zusammen. »Das war ein sehr nasser Kuss.«

»Das ist deine Strafe.« Sie stellte Korb und Briefe weg, dann setzte sie sich ihm zugewandt auf die Tischkante. »Nicht einmal ein Hallo für deine eigene Frau. Schämst du dich nicht?«

Er ließ seinen Stift fallen, packte ihre Handgelenke und zog sie auf seinen Schoß. Seine Aufmerksamkeit war nun allein auf sie gerichtet.

»Hör auf, einen Streit vom Zaun brechen zu wollen.« Er lehnte sich vor, sein Atem war heiß auf ihrer Wange. »Ich durchschaue deine Tricks.«

»Nur ein Streit«, erwiderte Juliette und akzeptierte, dass er sie erwischt hatte. »Du schreist mich gern an.«

»Lügen.« Seine Augen funkelten. Er schien kurz darüber nachzudenken, wenn auch nur, um sich den Tag zu vertreiben, doch sein Blick fiel auf die Briefe, die sie mitgebracht hatte.

Sie sah ebenfalls hinüber. »Die wurden draußen hingelegt.«

»Nachrichten aus der Stadt, nehme ich an?«

Während Juliette von seinem Schoß sprang, den Einkaufskorb nahm und seinen Inhalt in die Küche brachte, griff Roma nach den Umschlägen. Sah sie durch.

»Juliette, was ist das?«

Er hielt einen der Briefe hoch. Mit dem Fisch in der Hand drehte Juliette sich neugierig um.

Der Umschlag war unbeschriftet. Sie eilte zurück zu ihm, weiterhin den Fisch umklammernd.

»Öffne ihn.«

»Ich habe einen Fisch im Gesicht, *Dorogaja*.«

»Ignorier den Fisch und öffne ihn.«

Roma riss den Umschlag auf. Ein Zettel flatterte heraus, mit kyrillischen Buchstaben beschrieben.

Ich habe dir gesagt, dass es Konsequenzen hätte. Ich bin der Einzige, der dir helfen kann.

Juliette und Roma starrten die Worte einen Moment lang an, ohne zu verstehen, was sie da gerade gelesen hatten. Sobald Roma laut aufschrie, fuhr Juliette herum, legte den Fisch eilig in die Kühlbox in der Küche, wusch sich die Hände und spritzte dabei das Wasser in alle Richtungen.

Sie hatten auf das Auftauchen von weiteren angeheuerten Männern gewartet, gehofft, mehr Antworten sammeln zu können und die Einrichtung von ihrer Jagd auf Mila abzuhalten. Doch die Adressänderung hatte Mr. Pjotr auf den Plan gerufen.

»Es ist erst zwei Uhr«, rief Juliette. »Der Postbote ist auf jeden Fall noch in der Gegend. Er muss irgendeine Antwort darauf haben, woher dieser Umschlag kam, ansonsten hätte er nicht gewusst, dass er ihn hierherbringen muss.

Roma griff unter den Tisch, löste ein an die Tischplatte geklebtes Messer und reichte es ihr. Juliette blinzelte. Sie hatte vergessen, dass es sich dort befand. Zu viele Waffen waren an den seltsamsten Orten im Haus befestigt.

»Hier. Du nimmst die Route am westlichen Kanal entlang. Ich schließe von Norden her den Kreis.«

»Was ist unser Signal, wenn wir den Postboten finden?« Sie nahm das Messer entgegen.

»Es ist nur der Postbote. Schrei laut.«

Juliette brummte missbilligend. »Zhouzhuang ist nicht so klein.«

»Es wird funktionieren. Komm, wir verschwenden Tageslicht.«

Roma zog die Tür auf und klopfte seine Taschen ab auf der Suche nach Waffen. Mit einem Grummeln eilte Juliette ihm hinterher, legte ihm die Hände auf die Schultern und lehnte sich nahe an sein Ohr.

»Ich zähle das als einen Streit.«

»Das war bestenfalls eine kleine Meinungsverschiedenheit mit etwas Überredungskunst am Ende.« Er wandte den Kopf und küsste sie. »Aber du darfst es so nennen, wenn es dich glücklich macht.«

Roma eilte davon.

»Mach es mir nicht ständig recht!«, rief Juliette ihm hinterher.

»Ich kann nicht anders, du bist die Liebe meines Lebens!«, schrie Roma zurück. »Triff mich an der Hauptstraße, wenn du den Postboten gefunden hast!«

Er verschwand über die Brücke. Juliette unterdrückte ein peinlich berührtes Lächeln, als sie die Haustür fest zuzog, die Brücke überquerte und sich in die andere Richtung aufmachte.

Roma behielt ein normales Tempo bei, um keinen Verdacht zu erregen, während er nach seiner Zielperson suchte. Er bezweifelte, dass der Postbote für irgendeinen der Vorfälle verantwortlich war, doch man konnte nicht vorsichtig genug sein.

»Mr. Mai, ich habe Sie seit Tagen nicht gesehen.«

Bevor Roma am Blumenladen vorbeigehen konnte, winkte der Besitzer ihn hinein. Er konnte schlecht Nein sagen. Außerdem brauchte der Besitzer möglicherweise Hilfe.

Roma duckte sich unter den tief hängenden Windspielen hindurch. Die Läden am Hauptkanal waren stabil gebaute, beengte Räume. Im Blumenladen gab es kaum Platz für zwei Regale auf jeder Seite, gefüllt mit Sträußen, und eine Kasse in der Mitte, um Geschäfte abzuwickeln.

»Sheng lăo ye«, grüßte Roma. »Sie haben nicht zufällig den Postboten vorbeikommen sehen?«

Mr. Sheng zog gedankenversunken an seinem weißen Bart. Er spritzte frisches Wasser auf ein paar Blumensträuße. »Den Postboten? Ich glaube nicht, dass er schon da war. Ich warte auf Geld von meinem Sohn. Ich wüsste, wenn es gekommen wäre.«

Der Postbote war also noch irgendwo südlich von hier.

Ausgezeichnet.

»Sagen Sie Bescheid, falls er vorbeikommt, ja?«, bat Roma. Er zeigte auf einen kleinen Strauß roter Rosen. »Und die nehme ich auch.«

Um ein paar Münzen erleichtert und mit einem Rosenstrauß ging Roma wieder den Kanal entlang, wobei er nun geradeaus schaute, um nicht von noch mehr älteren Ladenbesitzern gerufen zu werden, die Gesellschaft suchten. So sehr er sich auch auf seine Suche konzentrieren wollte, schaffte er es kaum um die nächste Ecke, bevor er beinahe mit Mrs. Ding zusammenstieß, die einen Fischstand auf dem Markt hatte.

»Hallo, Bursche. Warum so in Eile?«, fragte sie.

Roma sah hinab auf die Blumen in seiner Hand. »Meine Frau hat Geburtstag«, log er, ohne zu zögern. »Der Postbote sollte heute ein Geschenk bringen, aber er braucht viel zu lange. Haben Sie ihn gesehen?«

»Sicher.« Mrs. Ding wies hinter sich. »Er war gerade noch am Teehaus ›Plum Blosom‹.«

»*Ding tàitài*, Sie sind ein Segen für die Welt.« Er drückte sich auf dem schmalen Gehweg an ihr vorbei. »Morgen bringe ich Ihnen ebenfalls Geschenke.«

Zum Teehaus »Plum Bosom« musste er nur zweimal links abbiegen und einen Kanal überqueren. Dieses Mal ignorierte er die zwei älteren Damen wirklich, die aus ihren Läden heraus nach ihm riefen, dann die Murmeln spielende Gruppe Kinder. Roma hielt einen winzigen Moment lang inne, als ihn bei dem Anblick Nostalgie überkam, doch er zwang sich, sich auf seine Aufgabe zu konzentrieren.

Er rannte von der letzten Brücke, blieb wenige Schritte vom Teehaus entfernt stehen und beobachtete, wie der Postbote die Vordertreppe herabkam und der Gastwirtin, mit der er geplaudert hatte, zum Abschied winkte.

Roma ging schneller. Den Blick auf den Postboten geheftet, folgte er ihm einige Sekunden lang und nahm die Umgebung in sich auf. Erst als sie an eine Seitenstraße kamen, die zu den Hintertüren mehrerer Läden führte, stürzte Roma vor, packte den Postboten mit der linken Hand am Kragen, schob ihn in die Nebenstraße und stieß ihn gegen die Wand.

Seine Tasche voller Briefe schlug laut gegen die Ziegel.

»Nicht schreien«, warnte Roma ihn sofort. »Irgendwann heute Morgen stellten Sie etwas an das Haus am äußersten Kanal von Zhouzhuang zu. Das neben der großen Trauerweide. Erinnern Sie sich?«

Der Postbote zitterte unter Romas Griff. Dies war nicht der Mann, der letzte Woche um den Hauptkanal herum Sendungen zugestellt hatte, sondern ein jüngerer. Juliette holte für gewöhnlich die Post, daher wusste Roma nicht, ob dieser Mann neu war oder ob er den üblichen Gesichtern, die ihre Briefe brachten, nur nicht genug Aufmerksamkeit geschenkt hatte.

»J-ja, ich erinnere mich.

»Gut. Erinnern Sie sich auch daran, was Sie zugestellt haben? Darunter befand sich ein unbeschrifteter Umschlag. Warum haben Sie den zu den anderen gelegt?«

Die Unterlippe des Postboten zitterte. Roma wartete, zählte in Gedanken bis drei, bevor er den Mann am Kragen schüttelte, und dieser gab sofort nach.

»Ich wurde darum gebeten! Jemand gab mir den Umschlag, kurz bevor ich im Morgengrauen das Postamt verließ.« Der Postbote zuckte zurück, versuchte, seinen Kopf gegen die Wand zu drücken, um ihm zu entgehen. »Er … er ähnelte Ihnen tatsächlich ein wenig. Leicht ausländisch. Sprach aber gut Chinesisch.«

»Russischer Akzent?«

»Da-darauf würde ich wetten. Stärker als Ihrer. Sie haben keinen.«

»Ja, nun, ich wurde hier geboren.« Roma ließ den Postboten los. Er dachte einen Moment nach. »Haben Sie eine Ahnung, wer er war?«

Der Postbote schluckte schwer. Obwohl er nicht mehr festgehalten wurde, rührte er sich nicht, als befürchtete er, Roma könnte ihn bei der leisesten Provokation wieder angreifen. Dabei hatte Roma ihn nicht einmal besonders grob angefasst.

»Ich weiß es nicht. A-aber, äh, er war oft genug im Postamt, dass ich sein Gesicht wiedererkannte. Tatsächlich, einen Moment …«

Eifrig steckte er eine Hand in seine Tasche und durchsuchte einen dicken Stapel Briefe. Roma beobachtete, wie er jede abgestempelte Ecke beäugte, bis er einen herauszog.

»Hier – seine Anschrift ist auf der Rückseite. Ich glaube, es ist nur eine Bestellung bei einem Versandhandel, deshalb gab er mir beide zusammen.«

Roma zog dem Postboten den Brief aus der Hand und drehte ihn schnell um. Die Adresse verwies auf einen Ort in der Nähe. Eine kurze Autofahrt entfernt.

»Ich hoffe, Sie nehmen mir das nicht übel«, sagte Roma und klopfte dem Postboten auf die Schulter. Er schreckte verängstigt zurück, doch Roma rannte bereits die Hauptstraße hinab, den Briefumschlag in der einen Hand, den Rosenstrauß noch immer in der anderen.

Juliette wartete an der Straße und lehnte am Stadttor. Sie riss die Augen auf, als sie sah, wie zerzaust er war.

»Du hast ihn gefunden?«

»Steig ins Auto«, wies Roma sie an und nickte in Richtung des Kiesplatzes vor dem Tor, wo ihr Fahrzeug geparkt war. »Wir haben eine Adresse. Oh, und …« Er gab ihr die Blumen. »Die sind für dich.«

12

»Wie gehen wir vor?«

Juliette war damit beschäftigt, das Gesicht in den Blumen zu vergraben, den süßen Duft einzuatmen. »Mit gezückten Waffen?«

Roma warf ihr einen ironischen Blick zu. Nach einer Fahrt von fünfundvierzig Minuten erreichten sie ihr Ziel nahe Suzhou. Ein Zug rumpelte vorbei, laut genug, dass die Straße vibrierte. Er parkte das Auto, sie spähten durch die Windschutzscheibe auf die Straßen der Ortschaft hinaus.

»Wie wollen wir vorgehen, bevor wir Waffen zücken?«

Juliette brummte gedankenverloren. Sie ließ ihre Hand seinen Arm entlanggleiten, drückte ihn. »Ich übernehme das Schießen, wenn du möchtest, Geliebter.«

Bevor Roma widersprechen konnte, legte sie die Blumen vorsichtig weg, sprang aus dem Auto und strich ihre Haare zurück. Roma folgte ihr schnell und schloss die Autotür.

»Ich habe eine andere Idee«, sagte er. »Wir geben uns als Vertreter aus. Er lässt uns eintreten. Wir stellen sicher, dass er wirklich Mr. Pjotr ist.«

»Was verkaufen wir?«, fragte Juliette.

Sie gingen los. Das Haus, das sich als Wohnung herausstellte, lag am Ende der Straße zwischen zwei Apotheken. Sie gehörten zu einem einzigen Gebäude, in der Mitte durch einen einstöckigen Abschnitt mit einer grünen Eingangstür durchbrochen.

»Mittel für medizinische Forschung.« Roma streckte die Hand aus. »Das wird seine Aufmerksamkeit erregen.«

»Na gut. Das gefällt mir.« Sie nahm seine Hand, verschränkte ihre Finger mit seinen. »Und dann zücken wir Waffen?«

Roma seufzte liebevoll und verzweifelt zugleich. »Du bist so eine Nervensäge«, murmelte er.

Juliette kam ihm näher. »Ich könnte dir wirklich auf die Nerven gehen –«

»Das war keine Bitte, mich wieder mit deinen höllischen Absichten zu belästigen.«

»Roma. Denk darüber nach. Andere Männer haben gesagt –«

»Psst … Ich klopfe.«

Sie ließen einander los, richteten sich auf und setzten neutrale Mienen auf. Roma klopfte an die grün gestrichene Oberfläche.

Der Mann, der die Tür öffnete, entsprach in jedem Fall der Beschreibung von Mr. Pjotr. Er beäugte sie neugierig, den Türrahmen mit einer Hand umklammernd.

»Haben Sie einen Moment?«, begann Juliette auf Russisch. Sie lächelte strahlend, als der mögliche Mr. Pjotr überrascht blinzelte. »Wir wurden hergeschickt, um Ihre Hilfe zu ersuchen.«

»Wir kommen von einem ländlichen Krankenhaus für Immigranten«, fuhr Roma fort. »Ein Angebot wird vorbereitet und wir würden Sie gern als Sponsor gewinnen. Dürfen wir reinkommen?«

Bevor er sie abweisen konnte, trat Roma über die Türschwelle und ließ sich selbst in die Wohnung. Juliette biss sich auf die Zunge und unterdrückte ein Grinsen, als sie ihm eilig folgte. Es gab nur ein Fenster in der hinteren Wand. Verständlicherweise fiel es der Nachmittagssonne schwer, hineinzugelangen, die Ecken des Wohnzimmers lagen dunkel und düster da.

Juliette blieb vor einem eingerahmten Diplom stehen, das an der Wand hing. *Pjotr Gawrilowitsch Spikow.*

Sie hatten den richtigen Mann gefunden. Sie wies mit dem Kopf auf die Urkunde, um Romas Aufmerksamkeit darauf zu lenken.

»Worum geht es?«, fragte Pjotr Gawrilowitsch. Er schloss eilig die Tür, einen finsteren Ausdruck auf dem Gesicht. Seine Haare waren an den Seiten von silbernen Strähnen durchzogen, was Juliette vermuten ließ, dass er Ende dreißig war. Auf dem Tisch stand ein Kalender neben einer leeren Vase. Er hatte zu November vorgeblättert.

»Lassen Sie mich Ihnen über die Geschichte des Krankenhauses berichten«, begann Roma. Er setzte sich auf eine Armlehne der Couch und erzählte eine völlig erfundene Geschichte. Etwas, worin er über die Jahre besser geworden war, da ihm klar geworden war, dass Juliette bei solchen Geschichten oftmals übertrieb und zu früh durchschaut wurde. Sie übertrieb gern. Juliette konnte das selbst zugeben.

Währenddessen blieb sie stehen und musterte langsam, was sie von der Wohnung sehen konnte. Ein Paar Schuhe an der Tür. Leere Wände, abgesehen von dem Diplom. In der Küche, die durch eine Trennwand abgeteilt war, stand eine einzelne schmutzige Schüssel auf dem Tisch, im Schlafzimmer nur ein ungemachtes Bett.

Das Interessanteste war allerdings das Bücherregal neben der Schlafzimmertür. Ein winziger Tresor befand sich auf dem obersten Regalbrett, seine kleine Tür stand offen.

Darin befanden sich zwei Ampullen. Beide waren zur Hälfte mit einer klaren Flüssigkeit gefüllt und mit einem Stopfen verschlossen.

Juliette musste einen Laut ausgestoßen oder einen Schritt in Richtung ihrer Entdeckung gemacht haben, denn Pjotr eilte zu dem Bücherregal. Roma sprach weiter, wurde aber langsamer, weil Pjotr abgelenkt war, und verstummte schließlich ganz, als der Mann die Tresortür zuschlug. Das Echo hallte laut durch die Wohnung.

Plötzliche Stille.

Juliette legte den Kopf schief. »Gibt es ein Problem?«

»Problem?«, wiederholte er. »Natürlich nicht.«

»Wie schade.« Juliette griff in den Rock ihres *Qipao*. »Denn ich habe ein Problem. Und ich dachte, Sie würden Ihre Hilfe anbieten.«

Sie zielte mit ihrer Waffe. Einen Moment lang starrte der Wissenschaftler sie schockiert an, verarbeitete, in welche Richtung ihre Unterhaltung verlief und dass nun eine Waffe auf ihn gerichtet war. Dann riss er die Hände hoch, die Handflächen flehend nach vorn gerichtet.

»Bitte seien Sie vernünftig«, sagte er ruhig. »Es besteht kein Grund, eine Waffe auf mich zu richten.«

Roma legte sein freundliches Gebaren ab. »Sie braucht keinen Grund, ihre Waffe auf jemanden zu richten. Hände an den Kopf, weg von Ihrer Kleidung.«

Pjotr kam den Anweisungen langsam nach. Obwohl er die Handflächen nach vorn gerichtet hatte, waren sie nahe an seinen Jackentaschen gewesen, als hätte er nach einer Waffe greifen wollen.

»Ich habe ein paar sehr einfache Fragen.« Juliette schlenderte näher. »Beginnen wir damit, warum Sie hier sind. Warum folgen Sie Mila?«

Roma trat an ihre Seite, die Arme verschränkt. Pjotr ließ den Blick noch einmal schweifen, beäugte mögliche Fluchtwege.

»Ich kann Ihre Fragen beantworten, also achten Sie bitte auf den Abzug«, sagte er ruhig. »Ich bin Wissenschaftler. Ich bin hier für meine Forschung, nicht um Mila Schaden zuzufügen.«

»Und doch sind alle ihre Freundinnen tot«, ging Roma dazwischen.

»Das ist nicht meine Schuld. Ich habe die Forschungseinrichtung aufgrund einer Meinungsverschiedenheit verlassen. Sie hielten es für keine große Sache, als unsere erste Versuchsreihe floh. Na schön. Ich schluckte meine Bedenken hinunter, auch wenn ich nicht dachte, dass wir dieselben Forschungsergebnisse wiederholen sollten.«

»Welche Forschungsergebnisse?«, unterbrach Roma ihn. »Gehirnwäsche?«

Pjotr zögerte. »Ja, wenn Sie es unbedingt so nennen wollen. Eine bessere Bezeichnung ist chemische Konditionierung. Ein vollkommen neues Verfahren. Es war nicht einfach, die richtigen Voraussetzungen zu schaffen. Daher gefiel es dem Gremium nicht, als unsere zweite Gruppe versagte, und sie verlangten, dass wir immer weiter forschten, doch ohne Erfolg. Dann gaben sie mir die Schuld, als sie schließlich doch die Informationen der ersten Gruppe wollten, drei Jahre nachdem diese geflohen war.«

Juliette beobachtete aufmerksam seine Miene. Er wirkte, als sagte er die Wahrheit. Der zeitliche Ablauf stimmte ebenfalls überein.

»Dann kamen Sie hierher, um sie alle zurückzuholen.«

»Nein«, erwiderte Pjotr. »Ich sagte Ihnen doch: Ich habe die Einrichtung verlassen. Offensichtlich ist das Gremium hinter ihr her. Ich will nur meine Forschung. Ich habe versucht, Miljena zu warnen. Ich bin der Einzige, der ihr helfen kann.«

»Moment mal.« Roma drehte sich um. Mit müheloser Gelassenheit setzte er sich wieder auf die Armlehne, während Juliette die Waffe gezückt hielt. »Warum sind Sie hinter Ihrer eigenen Forschung her? Hatten Sie die nicht schon, bevor Sie an den Mädchen experimentierten?«

Pjotr zögerte. Juliettes Augen wurden schmaler.

»Es war nicht Ihre Forschung«, riet sie aufs Geratewohl, bevor er antworten konnte. »Es war Lourens'.«

Schockiert richtete Pjotr seine gesamte Aufmerksamkeit auf sie. »Woher kennen Sie Lourens?«

Juliette runzelte die Stirn, winkte mit ihrer Waffe. »Ich stelle die Fragen. Wie war es also wirklich? Sie stahlen seine Forschung, gaben sie den Mädchen? Er fand es heraus und beschloss, zu gehen?«

»Na gut, wie wäre es damit?« Mit einem Nicken lenkte Pjotr Romas Aufmerksamkeit auf einen der niedrigen Tische neben der Couch. Juliette hielt den Blick auf ihn gerichtet. »Da sind Stift und Papier. Ich weiß, wo Lourens ist, also kann ich Ihnen seine Adresse geben. Gehen Sie zu ihm und er wird die Antworten haben, die Sie suchen.«

»Ich hätte gern Lourens' Aufenthaltsort.« Roma ging zu dem Tisch, zog die einzelne Schublade auf und holte ein Blatt Papier heraus. »Das befreit Sie jedoch nicht von Ihrer Verantwortung. Warum sind Sie der Einzige, der Mila helfen kann?«

Pjotr wirkte, als könnte er sich kaum davon abhalten, vorzustürzen. Er hatte einen Plan in der Hinterhand, Juliette konnte es riechen. Doch sie hielt ihn nicht auf. Sie war neugierig, was er versuchen wollte.

»Beantworten Sie die Frage«, wies Juliette ihn an.

Roma fand den Stift in der Schublade. Er brachte ihn jedoch nicht sofort zu Pjotr, sondern hielt ihn fest. Pjotr atmete gepresst aus, sagte: »Lourens und ich arbeiteten zusammen. Er mag den Großteil der chemischen Konditionierung erfunden haben, doch ich trug meine eigene Arbeit bei. Entscheidende Arbeit.«

Juliette und Roma wechselten einen Blick, sahen einander mit der gleichen Skepsis an.

»Nun? Welche Art von Arbeit?«, fragte Juliette.

Pjotr schluckte schwer. »Die Details sind zu kompliziert.«

»Ich glaube Ihnen kein Wort.«

»Ich bin hier, um mir Wissen anzueignen. Am Ende stehen immer nur andere, die versuchen, es mir wegzunehmen –« Pjotr schäumte vor Wut.

»Also hat Lourens Ihnen etwas genommen?«

»Ich habe nicht gesagt, dass –«

»Dann haben Sie Lourens etwas genommen«, unterbrach Roma ihn.

Pjotrs Gesicht lief rot an. »Wie können Sie es wagen, solche – genug! Ich bin hier, um zu helfen. Ich bin der Einzige, der Miljena helfen kann!«

»Und dabei helfen Sie sicher auch sich selbst.« Juliette schob die Waffe vor, bis sie gegen Pjotrs Schläfe gepresst war. Sie legte den Kopf schief, beobachtete ihn. Im Gegenzug wurden seine Augen schmaler und er kniff sie noch weiter zusammen, als sie fragte: »Waren Sie während des Wahnsinns in Shanghai?«

»Nein«, antwortete Pjotr gereizt.

»Seltsam«, erwiderte Roma sofort. »Sie haben nicht einmal gefragt, was der Wahnsinn ist. Man sollte meinen, jemand aus Wladiwostok wäre leicht verwirrt.«

Etwas zeigte sich in Pjotrs Blick. Es kam nicht darauf an, ob er log oder nicht. Vielleicht war er in Shanghai gewesen und konnte den Wahnsinn selbst bezeugen. Doch wenn dem nicht so war, zeigte er keine Verwirrung, weil er die Details von Lourens kannte. Wenn er behauptete, der Einzige zu sein, der Mila helfen konnte, dann hatten die Geschichten über den Wahnsinn ihn inspiriert und er war derjenige gewesen, der den Mechanismus implementiert hatte.

Roma trat endlich vor.

»Hier.« Er legte Stift und Papier auf den Tisch. »Langsam. Ich will Lourens' vollständige Adresse. Geizen Sie beim Straßennamen oder dem Bezirk nicht mit den Details.«

Wie angewiesen senkte Pjotr seine Hände langsam von seinem Kopf. »Ich werde jetzt den Stift nehmen.« Er nahm den Stift, drückte die Feder aufs Papier und begann zu schreiben, gab ihnen eine Adresse in Wladiwostok. »Ich lege den Stift jetzt weg.«

Er griff nach dem anderen Stiftende. Es sah aus, als wollte er es festziehen. Als er den Stift drehte, schnellte stattdessen eine Klinge heraus und Pjotr bewegte sich vor.

Juliette packte sein Handgelenk und verdrehte die Augen. War das alles? Der ganze Plan, den sie in seinem Blick gesehen hatte, während er sprach? Sie verdrehte ihm den Arm und Pjotr schrie auf, ließ den Stift fallen. Er kam laut auf dem Boden auf. Roma beobachtete, wohin er rollte, die Nase gerümpft, als roch etwas schlecht.

»Sie hätten sich wenigstens auf mich stürzen können«, sagte er gelangweilt. »Meine Reflexe sind etwas langsamer.«

»Genug!« Pjotr entriss seinen Arm Juliettes Griff, dann war er sofort gezwungen, stillzustehen, als sie die Waffe wieder gegen seine Schläfe drückte. »Ich habe nichts falsch gemacht. Lassen Sie mich gehen.«

Juliette lachte humorlos. »Sie haben fünf Mädchen mit tickenden Zeitbomben in ihren eigenen Körpern zurückgelassen. Und Sie behaupten, nichts falsch gemacht zu haben? Vier von ihnen sind tot.«

Pjotr warf erneut einen kurzen Blick auf den Tresor.

»Das ist eine Sache des Schutzes«, wandte er ein. Er stritt Juliettes Vorwurf nicht ab. »Lourens arbeitete nicht allein. Das sind auch meine Ergebnisse. Ich habe ein Recht auf sie, nicht das Gremium. Sie glauben, sie können ihr schmutziges Geld bezahlen und ihre Fehler wiedergutmachen. Sie haben den ersten Mädchen erlaubt, zu gehen. Niemand wäre tot, hätte das Gremium auf mich gehört. Wenn sie meine Forschung stehlen wollen, bekommen sie nichts als Leichen. Sobald sie versuchen, Blutproben zu nehmen, bekommen sie nichts als Leichen.«

Juliette fühlte sich von Ekel ergriffen. Der Anblick der Ampullen im Tresor schoss ihr durch den Kopf, dann erinnerte sie sich daran, was der Mann in der Gasse gesagt hatte: *Wir geben unser Bestes, sie nur bewusstlos zu schlagen und ihnen keinen Schaden zuzufügen … dass man ihnen eine Gehirnwäsche verpasst hat, sodass sie sich das Leben nehmen, sobald wir ihnen zu nahe kommen.*

Es war nicht die Nähe. Die angeheuerten Männer hatten es falsch verstanden, hatten den unechten Wahnsinn wahrscheinlich immer wieder ausgelöst, ohne zu bemerken, wodurch: eine Nadel in der Haut. Eine vorbeugende Maßnahme, sodass niemand jemals Forschungen anstellen konnte, ohne die Testpersonen zu töten. Etwas so Einfaches, wie die Mädchen zu betäuben, hätte wahrscheinlich denselben Effekt.

»Es hat den Anschein, als wollten Sie mir sagen, sie wollten Mila nicht helfen«, merkte Juliette an.

Pjotr stieß einen leisen Laut aus, als ihm klar wurde, dass er zu weit gegangen war und zu viel gesagt hatte. »Das ist nicht wahr.«

Roma stieß den Stift beiseite. Dann ging er zum Bücherregal und starrte auf den winzigen Tresor. »Doch wenn sie ihr Leben lang einer Gehirnwäsche unterliegt, können Sie sie herumkommandieren und niemand sonst kann sie untersuchen.« Roma zeigte auf den Tresor. »Was ist da drin?«

Auch ihm war aufgefallen, dass Pjotrs Aufmerksamkeit davon angezogen wurde.

»Forschung«, antwortete Pjotr knapp.

»Welcher Art?«, wollte Roma wissen. »Denn das ist Lourens' Tresor.«

Pjotr blinzelte. Ein Teil seiner Wut wurde zu reinem Unverständnis. »Wer seid ihr?«

»Niemand, den Sie verärgern wollen.« Juliette war mit ihrer Geduld am Ende. »Wir werden Sie nicht noch einmal freundlich fragen. Was ist da drin?«

Sein Mund verzog sich zu einem spöttischen Lächeln. Sie drückte die Mündung ihrer Waffe noch fester in seine Haut.

»Eine Mischung zur Zurücksetzung«, spuckte er endlich aus. »Wenn injiziert, erfasst sie jede chemische Instruktion, die einer Testperson gegeben wurde, und löscht, was implementiert wurde.«

Juliette hielt den Atem an. Mit anderen Worten: ein Heilmittel. Die einfachste Lösung für Milas Problem und er sperrte es weg, wartete darauf, dass diese Leute sie fanden und unwissentlich ihren Tod herbeiführten.

»Öffnen Sie ihn.«

»Nein«, verkündete Pjotr. Sein Gesicht nahm einen triumphierenden Ausdruck an. »Das werde ich nicht. Und Sie müssen diese Waffe weglegen, weil Sie mich nicht töten können, ansonsten stirbt die Kombination mit mir und Sie werden das Mädchen niemals retten können.«

Es wurde still in der Wohnung. Roma und Juliette wechselten einen weiteren Blick, kommunizierten eine Entscheidung. Nach seiner Verkündung sah Pjotr ausgesprochen selbstgefällig drein.

Dann drückte Juliette ab.

Die Kugel drang in die Stirn des Mannes ein. Blut spritzte, rubinrot, und Pjotr kippte nach hinten, landete mit einem dumpfen

Geräusch auf dem Teppich, wo er seltsam verdreht liegen blieb. Tot.

»Gott.« Sie wischte sich einen Spritzer vom Hals. »Er war so nervtötend. Hält er Tresore für kugelsicher?«

Roma verzog das Gesicht und ging rückwärts, bevor die sich auf dem Teppich ausbreitende Blutlache seine Schuhe erreichen konnte. »Juliette …«

»Keine Sorge«, versicherte sie ihm und trat ebenfalls von der Lache zurück. »Ich bin vorbereitet.«

Sie klopfte ihren *Qipao* ab und fand die Rechnung, die sie bei sich trug. Der Auszug zeigte einen hohen Schuldbetrag. Sie klatschte ihn auf den Tisch und legte ihn so hin, dass er leicht zu entdecken war, sobald jemand durch die Tür kam. Die Behörden würden glauben, man habe Pjotr aufgrund unbezahlter Schulden getötet. Hoffentlich würde sich das Gerücht zurückverfolgen lassen zu dem Waffenschmuggel, der von Zhouzhuang aus betrieben wurde. Zwei Fliegen mit einer Klappe: Beseitigung eines Übels und Aufbesserung ihres Rufs.

Roma packte den Tresor und zerrte ihn vom Regal herab. Neugierig spähte er zum Tisch hinüber, während er ein paar Schritte ging, und las die Rechnung. »Wie lange hast du die mit dir herumgetragen?«

»Zu lange. Stell den Tresor ab.«

Roma tat wie ihm geheißen und stellte den Tresor in einiger Entfernung von der Leiche auf den Boden. »Einen Augenblick.« Er trat zurück, steckte sich die Finger in die Ohren. »Na gut. Los.«

Juliette schoss auf das Schloss. Sie lehrte die Ladung ihrer Waffe, kniete nieder und besah sich den Schaden. Es sah so aus, als sollten ein paar mehr Kugeln reichen.

Sie wandte sich an Roma. »Geliebter?«

Ohne weitere Aufforderung reichte er ihr seine Pistole. Juliette zielte und die nächste Kugel riss das Schloss ab, die Tür öffnete sich knarzend.

Juliette schnappte sich die beiden Ampullen.

»Wir können sicherlich ein paar Tests anstellen«, sagte Roma, als sie aus dem Auto stiegen. Er hielt die Ampullen ins Licht des frühen Abends. Etwas in der klaren Flüssigkeit funkelte, wenn es die orange Sonne einfing.

»Morgen«, beschloss Juliette, die ein Gähnen unterdrückte. Sie traten durch Zhouzhuangs Haupttor, schleppten sich in einen der schmaleren Wege. »Wir haben eine Bedrohung eliminiert, es besteht also kein Grund, etwas zu übereilen –«

Sie fuhr herum. Roma drehte sich ebenfalls um, steckte besorgt die Ampullen weg.

»Was ist los?«, fragte er. Aus einem der Häuser wehte der Geruch von Abendessen.

»Ich dachte, ich hätte jemanden durch die andere Gasse rennen sehen«, antwortete Juliette. »Mir wurde schrecklich kalt.«

Roma wusste nicht, ob er einfach jederzeit dazu bereit war, seine Haltung zu ändern, wenn Juliette in Alarmbereitschaft war, doch sofort lief ihm ein Schauder den Rücken hinab. Er griff nach ihrem Arm und schob sie weiter. »Lass uns nach Hause gehen. Es ist unheimlich um diese Zeit.«

Sie gingen schnell. In den Gassen wurden Türen aufgeweht und zugeschlagen. Das Personal des Teehauses schüttete Eimer voll Wasser auf die Straße. Die Kanäle flossen und flossen.

Eine Straße von ihrem Haus entfernt blieb Juliette wieder abrupt stehen. Dieses Mal erwartete Roma, etwas aus den Schatten kommen zu sehen, und sah sich um, bevor er auch nur fragte, was los war.

»Ich weiß, wir haben keine Kugeln mehr, aber wenn wir unsere Waffen bedrohlich heben …«

»Warte, Roma«, flüsterte Juliette. »Hörst du das?«

Das waren Mrs. Fans Schreie.

Juliette stürzte los. Roma dicht hinter ihr. Schnell besah er sich Mrs. Fans Haus und bemerkte zunächst nichts Ungewöhnliches.

Dann erblickte er eine einzelne Scherbe aus einem halb zerbrochenen Fenster auf dem Gehweg und zog seine leere Waffe.

»Mrs. Fan?«, schrie Juliette, als sie die Haustür auftrat. Als Roma ihr folgte, stürmten die beiden so geschmeidig ins Zimmer wie ein sich öffnender Reißverschluss. Juliette nahm einen Becher vom Tisch und warf ihn nach dem Mann, der sich auf Mrs. Fan stürzte. Roma zielte auf den Mann, der Mila festhielt, und zwang ihn, mit einer Hand um ihren Arm zu erstarren. Sie sah ihn entsetzt an. Ihre Knöchel waren hellrosa, als hätte sie versucht, die Männer abzuwehren. Auf der anderen Seite des Raums hielt Julun angriffsbereit einen Besen erhoben, auch wenn er zitterte.

Beide Eindringlinge hatten Engelstätowierungen seitlich am Hals.

»Lass sie los«, befahl Roma. Er trat einen Schritt auf den Mann zu. »Sofort.«

Der andere Söldner fiel zu Boden. Juliette hatte den Becher zwischen seinen Augen zerschmettert und ihn ausgeschaltet.

»Beruhige dich«, sagte der erste Mann. Eine Spritze tauchte in seiner anderen Hand auf. »Ich bin nicht hier, um sie mitzunehmen. Ich will ihr nur eine Ampulle Blut zu Forschungszwecken abnehmen. Dann lasse ich sie gehen und alle sind glücklich.«

»Nein, nicht!«, rief Juliette. Große Besorgnis lag in ihrer Stimme. »Sie verstehen nicht –«

Der Söldner stach Mila die Nadel in den Arm.

Sobald die Nadel sie berührte, schrie Mila auf und riss sich mit unnatürlicher Kraft los.

Dann flogen ihre Hände an ihre Kehle.

Roma überkamen sämtliche Erinnerungen auf einmal und er stand stocksteif da, konnte sich nicht bewegen. Alisa. Derselbe Wahnsinn hatte damals Alisa infiziert. Sie hatte versucht, sich die Kehle herauszureißen, und Roma hatte ihr nicht helfen können –

»Julun!«, schrie Juliette. »Gib mir den verdammten Besen!«

Mit einem verängstigten Aufschrei warf Julun ihr den Besen zu, als sie losstürmte und kaum langsamer wurde, bevor sie dem

Söldner damit auf den Kopf schlug. Endlich riss Roma sich aus seiner Trance, warf sich auf Mila und versuchte, ihre Hände zurückzuziehen.

»Mila, Mila!«, schrie er, als Blut über ihren Hals strömte. »Alles wird gut. Halte durch! Halte einfach durch!«

Juliette ließ den Besen fallen, sobald der Söldner am Boden lag, und sah sich um. Während Roma mit aller Kraft Milas Hände festhielt, sah er nicht, was Juliette tat. Nicht, bis er sich umdrehte und nach einem Seil schreien wollte, um Mila zu fesseln, und sah, wie sie sich auf die Spritze stürzte.

Dann gingen sie das Risiko also ein.

»Roma!«

»Tasche! Meine Hosentasche!«

Sie beeilte sich, die Ampullen herauszuholen, zog den Stopfen heraus, steckte die Nadel in die Flüssigkeit, füllte den ganzen Zylinder. Gerade als Mila ihre Muskeln herausreißen wollte, stach Juliette ihr die Nadel in den Arm und drückte den Kolben hinab.

Mila erschlaffte sofort.

Ein Wimmern war zu hören. Julun.

Langsam löste Roma seinen festen Griff um Milas Handgelenke. Sie wehrte sich nicht länger. Ihre Augen waren glasig.

Julun rannte herüber, kam vor ihr zum Stehen. »Mila?«, flüsterte er. »Mila, geht es dir gut?«

Mila blieb stumm. Starrte. Auf ihrer anderen Seite ließ Juliette sich mit einem dumpfen Geräusch zu Boden fallen und sah aus, als müsste sie gleich weinen. Mrs. Fan eilte zu ihr und beugte sich hinab, um ihr die Schulter zu tätscheln.

»Sie haben Ihr Bestes gegeben«, flüsterte Mrs. Fan.

»Mila!« Julun tätschelte ihr unablässig die Wange. »Bitte, sag etwas.«

Roma trat einen Schritt zurück. Er konnte keine Sekunde länger zusehen. Konnte nicht zusehen, sollte Mila plötzlich kollabieren, und allein dieser Gedanke ließ ihn zusammenbrechen, zu Juliette stolpern und auf die Knie sinken.

»Juliette«, sagte er heiser und griff nach ihrer Hand.

»Ich kann es nicht ertragen«, erwiderte sie genauso leise. »Keine Verluste mehr. Nicht –«

»Julun?«

Roma blickte auf. Juliette hielt den Atem an. Als Julun Mila noch einmal ermunternd die Wange tätschelte, blinzelte diese hektisch und mit einer zarten Röte kehrte das Leben in ihre Wangen zurück.

»Was ist passiert?«, fragte sie. »Ich glaube, ich habe das Bewusstsein verloren.«

Er spürte, wie Juliette seine Hand fester packte.

»Du bist dir selbst an die Kehle gegangen«, antwortete Julun zittrig und versuchte, ihr etwas Blut vom Kinn zu wischen. »Aber sie waren rechtzeitig bei dir. Roma und Juliette waren bei dir.«

Mila sah sie an. Ihre Haare waren zerzaust. Ihre Augen strahlten.

»Ich … ich stehe nicht mehr unter dem Einfluss der Experimente?«

Juliette schniefte. Sie hielt noch immer die Spritze in der Hand und Roma nahm sie ihr behutsam ab. Er erhob sich mit der Unsicherheit eines verschreckten Wildtiers und bedeutete Mila, den Arm auszustrecken.

»Sag mir, wenn sich das auch nur im Geringsten merkwürdig anfühlt, ja?«, bat er heiser.

Mila streckte ihm ihr Handgelenk hin, noch immer rot beschmiert. Roma senkte die Nadel herab. Näher. Die Spitze berührte Haut, dann sank sie kaum merklich ein.

»Nichts?«, fragte er.

Mila schüttelte den Kopf. »Ich fühle gar nichts.«

Romas erleichterter Seufzer füllte den ganzen Raum, erstreckte sich von Ecke zu Ecke. Als er sich zu Juliette umwandte, sah er eine einzelne Träne auf ihrer Wange, doch sie wischte diese weg, bevor jemand sonst sie bemerken konnte.

»Dann bist du frei«, verkündete Juliette.

13

Im Kamin knackte es.

Juliette saß mit untergeschlagenen Beinen auf dem Sofa, eine Decke über ihren Unterkörper geworfen. Diese Woche war es kälter geworden. Regen fiel schwer auf die Dachziegel und sammelte sich in großen Pfützen. Bevor er sich zu Besorgungen aufgemacht hatte, hatte Roma ein Feuer angezündet, damit sich das Haus nicht wie eine Kühlbox anfühlte. Wärme entkam zu schnell durch die Ritzen in dem alten Gebäude, doch zumindest besaßen sie Decken im Überfluss.

In ihrem Schoß lag ein Buch. Genau genommen hatte sie vor zehn Minuten aufgehört zu lesen, so sehr war sie darauf konzentriert, nicht alles mit dem Saft der Persimone zu bekleckern, die sie aß. Julun hatte ihnen einen Geschenkkorb geschickt, nachdem sie sich in ihrem neuen Wohnort eingerichtet hatten, wieder in der Nähe seiner Mutter und ihrem Teehaus. Die zwei Söldner mit den Engelstätowierungen waren ebenfalls zu Ah Tou geschickt worden. Obwohl sie hoffen konnten, dass die Einrichtung es mit der Angst zu tun bekommen hatte und Mila in Ruhe lassen würde, nachdem man ihnen von so vielen gescheiterten Versuchen berichtet hatte, war das unmöglich zu sagen. Doch unabhängig davon, ob eine neue Gruppe auftauchte oder die Einrichtung aufgab, wollte Mila zu ihrem normalen Leben zurückkehren. Sie hatten sie von den Experimenten befreit. Sie wäre nicht mehr gezwungen, sich selbst zu verletzen. Das war das Wichtigste.

Und falls es noch mal jemand versuchte, war Mila außerdem bewaffnet und konnte inzwischen gut mit Messern umgehen.

Der Regen trommelte weiter auf das Dach. Juliette aß ihre Frucht auf. Blätterte um. Das meiste Licht kam vom Kamin, das Tageslicht war zu grau und zu schwach. Sie balancierte ihr Buch auf einem Knie, dann verzog sie das Gesicht, als dabei die Decke verrutschte und ihr Bein einen kalten Luftzug abbekam.

»Uff«, murmelte sie zitternd.

Drei schnelle Klopfzeichen an der Tür signalisierten Romas Rückkehr. Einen Moment später trat er ein, schloss seinen Regenschirm und legte ihn auf den Garderobenständer, eine Zeitung unter dem Arm und eine Tüte voller gerösteter Kastanien in der Hand.

Roma hielt inne.

»Juliette. Was ist los?« Er klang perplex.

Sie zog eine Augenbraue hoch. »Was soll denn sein?«

Er sah sich um, immer noch auf der Türschwelle. »Bist du wütend? Warum bleibst du da drüben?«

»Ich – was? Du hast dreimal geklopft. Hände voll.«

Roma legte die Tüte auf den Tisch und warf die etwas feuchte Zeitung in ihre Richtung, sodass sie vor ihren Füßen landete. »Wann hat dich das jemals aufgehalten?«

Juliette verdrehte die Augen und schob ihre Decke beiseite. Obwohl sie es sich nicht anmerken ließ, war sie entzückt über seinen klagenden Tonfall. Er war so ein verhätschelter Geliebter.

»Mir ist nur kalt und ich wollte nicht aufstehen. Komm her und lass mich deine Körperwärme stehlen.«

Roma zog seine Jacke aus. Er trat zu ihr und ließ sich aufs Sofa fallen, protestierte kaum, als Juliette ihre kalten Hände unter sein Hemd steckte.

»Ich habe die Wochenzeitung aus Shanghai mitgebracht«, sagte er und griff danach. »Wegwerfen oder lesen?«

»Lesen«, erwiderte Juliette. »Solange es nicht um meine Eltern geht.«

Roma lehnte sich zurück. Er begann, das Gummiband abzurollen, das die Zeitungsrolle zusammenhielt, und sah besorgt drein. »Ist in letzter Zeit etwas Besorgniserregendes passiert?«

»Nein, darum geht es nicht.« Juliette zwang sich zu einem Lächeln, doch es fühlte sich falsch an auf ihren Lippen. »Sie wurden nur oft erwähnt, das ist alles. Je öfter über den Bürgerkrieg berichtet wird, umso öfter werden ihre Anmerkungen zu ihrem wirtschaftlichen Beitrag erwähnt.«

Ein Seufzen. Roma lehnte sich herüber und drückte ihr einen Kuss auf die Schläfe. »Geht es dir gut?«

Sie zuckte mit den Schultern, sah zu ihm auf, blies sich eine Strähne aus der Stirn, die ihre Sicht einschränkte. »Manchmal komme ich aus dem Gleichgewicht. Das passiert. Ich habe zwei elterngroße Löcher im Herzen.«

Roma strich ihre Haare zurück. »Es ist schwer, mit Löchern im Herzen das Gleichgewicht zu halten«, stimmte er leise zu. »Du kannst dir jedoch immer etwas von meinen Herzfasern leihen. Das mag die Lücke nicht füllen, aber gibt dir etwas, auf das du dich verlassen kannst, wenn deine Balance nicht ausreicht.«

Dieses Mal war Juliettes Lächeln echt. »Woher hast du die zusätzlichen Herzfasern?«

Roma schaffte es endlich, das Gummiband abzuziehen. »Ich habe in jungen Jahren angefangen, die Löcher in meinem Herzen zu schließen. Dadurch habe ich inzwischen überschüssige Fasern.«

»Da habe ich ja Glück.« Sie legte die Arme fester um ihn. »Ich liebe dich.«

»Ich liebe dich auch, *Dorogaja*.« Die Zeitung entrollte sich. »Wir brauchen wirklich einen Ort für diese Gummibänder, weil –«

Roma unterbrach sich, ihm fiel die Kinnlade herab. Als Juliette ebenfalls die Zeitung ansah und die Schlagzeile auf der Titelseite las, fühlte sie Romas Erschütterung, nur verzehnfacht.

LANG SHALIN AM LEBEN. HONG LIWEN HANJIAN.

»O mein Gott!«, rief Juliette. Sie zog sich auf die Knie hoch, umklammerte die Zeitung. »Ist das die heutige Ausgabe?«

»Vor weniger als einer Stunde gedruckt. Es ist gerade erst passiert.«

Entsetzt überflog Juliette den Artikel, nahm die Informationen so schnell wie möglich in sich auf. Rosalind hatte zu der Verhaftung mehrerer Angestellter beigetragen, die die japanische Regierung dabei unterstützten, Angst und Schrecken zu verbreiten. Zugleich gab es eine Verschwörung, angeleitet von inländischen Verrätern in ihrer eigenen Regierung, die mit dem eindringenden Kaiserreich zusammenarbeiteten.

»Das ist Rosalinds Missionspartner«, flüsterte Juliette. »Hong Liwen.«

Roma hatte über ihre Schulter gelesen. »Hier steht, er sei hanjan.«

»Hier steht auch, das Kaiserreich habe ihn entführt, weil er ein Soldat sei, den sie als Teil ihrer chemischen Experimente einer Gehirnwäsche unterzogen haben.« Juliette ließ sich nach hinten aufs Sofa fallen. »Was passiert da?«

Roma und Juliette starrten noch einen Augenblick länger die Zeitung an, unterlegt nur vom Geräusch brennenden und knackenden Holzes. Dann kam ihnen gleichzeitig derselbe Gedanke. Sie wechselten einen Blick und sahen zur Küche, wo die zweite von Pjotr gestohlene Ampulle in einem Schrank versteckt war.

»Roma«, sagte Juliette.

»Juliette«, erwiderte er.

»Wir können nicht zu ihr gehen. Innerhalb der Stadtgrenzen wird man uns sofort erkennen.«

Roma sah sie sanft an. »Sie kann zu uns kommen.«

Sie hatten die Lösung für das Problem. Und der Himmel wusste, dass ihre Cousine gerade eine Lösung für die Situation brauchte, in der sie steckte. Doch …

»Sollen wir das wirklich tun? Sollen wir es riskieren?«, flüsterte Juliette.

»Ich bin bei dir, wenn es das ist, was du willst. Und ich bin bei dir, wenn du es nicht tun kannst.« Als Roma die Zeitung zusammenfaltete, fing sein Ring das Licht des Feuers ein, funkelte golden. »Ah Cao kommt in zehn Minuten, um die Dokumente abzuholen. Er kann einen Anruf tätigen, der sich nicht zurückverfolgen lässt. Was willst du machen?«

Sie hatte solche Angst. Dieses wundervolle Leben, diese gewaltige Liebe. Es war ungerecht, dass sie so hart für Frieden gekämpft hatten, nur um ihn dann aufzugeben.

Doch sie könnte nicht mit sich leben, wenn sie vorgab, diese Schlagzeile nie gesehen zu haben. Wenn sie die Ampulle auf ewig in ihrem Küchenschrank stehen ließ. Sie hatte Rosalind schon einmal zurückgelassen. Wie könnte sie das noch einmal tun?

Juliette befreite sich aus ihrer Decke. »Ich schreibe eine Nachricht«, sagte sie atemlos. »Ah Cao kann den Anruf tätigen und sie weitergeben.«

Sie legte die Hand um einen Stift. Holte ein Blatt Papier.

Ich kann dir helfen, ihn zurückzuholen.
Finde mich in Zhouzhuang.

Juliette hielt inne. Sah auf. Auf dem Sofa war Roma beleuchtet wie ein dunkler Stern, umgeben vom Feuerschein und den weichen Decken. Sie konnte es immer noch aufhalten. Das Blatt zerreißen. Ihren Frieden und ihr Leben schützen.

Doch dann schenkte Roma ihr ein ermutigendes Lächeln, voll unendlichem Vertrauen in sie. Und Juliette wappnete sich, weil sie ihn hatte, und das war alles, was sie schützen musste.

Sie unterzeichnete.

–JM.

Welch elender Mord

Für Benedikt und Marshall

1

JANUAR 1932

Die Socken waren in der oberen linken Ecke, die Hemden in die Mitte gestopft und die Waffe genau dazwischengeschoben, behutsam zwischen den dicksten Kleidungsstücken eingebettet, sodass sie nicht gegen die Kofferwände schlug. Das Letzte, was Benedikt Montagow brauchen konnte, war, dass sich versehentlich ein Schuss löste, wenn er sein Gepäck in den Zug lud, daher hatte er sorgsam gepackt. Da war er sich sicher. Und doch kamen ihm mit einem Mal Zweifel, als er in der Schlange vor dem Jaroslawler Bahnhof stand.

»Ich muss noch mal nachsehen«, sagte Benedikt.

Marshall Seo hielt sofort sein eigenes Gepäck hoch und schuf eine ebene Fläche, sodass Benedikt nicht andere in der Schlange anrempeln musste, als er seinen Koffer hob. Es war eiskalt, Schnee bildete Klumpen auf dem Gehweg. Mit dankbarer Miene hievte Benedikt seinen Koffer auf Marshalls, entriegelte ihn mit behandschuhten Fingern und besah sich den Inhalt genau. Das war das sechste Mal, dass er ihn überprüfte, seit sie ihre Wohnung verlassen hatten. Und obwohl Benedikt definitiv alles gepackt hatte, was er für ihre einwöchige Reise mit der Transsibirischen Eisenbahn brauchte, verspürte er weiterhin den unablässigen Drang, nachzusehen. Als könnte sich etwas den Gesetzen der Physik widersetzen und ihre Pläne schrecklich schiefgehen lassen.

Plötzlich versperrte ihm Marshalls Gesicht den Blick auf sein Gepäck, bevor er die Durchsicht beendet hatte. Marshall hatte seinen ganzen Körper seitlich verdreht, um Benedikt von unten anzusehen. Trotz der Einschränkungen der menschlichen Wirbelsäule erinnerte er an einen Korkenzieher.

»Ist alles in Ordnung?«, fragte Marshall.

Benedikt streckte die Hand aus und drückte seinem Ehemann seinen kalten Handschuh ins Gesicht, bevor er ihn wegschob.

»Ja. Ja, ich denke schon. Und jetzt hör auf damit, du wirst dir den Rücken verrenken.«

Marshall richtete sich mit einem Grinsen auf und ließ die Schultern kreisen, als Benedikt widerwillig seinen Koffer schloss und sie weitergingen. Zu seiner vollen Größe aufgerichtet, war Marshall mindestens zwei Köpfe größer als die älteren Frauen, die vor ihnen schwatzten, doch sobald er sich gestreckt und sichergestellt hatte, dass kein Muskel gezerrt war, fiel er in seine übliche bucklige Haltung zurück und befand sich erneut auf Augenhöhe mit Benedikt. Sie waren nur wenige Schritte vom Eingang des Jaroslawler Bahnhofs entfernt und vor ihnen standen ohnehin nur wenige Leute, doch die dicken Wintermäntel, die in der Schlange Raum einnahmen, ließen die Wartezeit endlos erscheinen.

»Erinnere mich nicht an meinen verräterischen Rücken«, sagte Marshall. »Dreiundzwanzig Jahre alt und ich könnte einen Krampf bekommen, wenn ich nur falsch atme.«

Benedikt blinzelte. Er rechnete im Kopf nach. »Mars, du bist vierundzwanzig.«

Ohne Vorwarnung fiel Marshall auf die Knie, zitterte dramatisch. »Ich werde alt!«

Die Damen drehten sich besorgt um. Benedikt zog Marshall eilig auf die Beine und riss warnend die Augen auf, konnte ihn jedoch nicht tadeln. Er versuchte nur, ihn abzulenken. Manchmal kannte er ihn besser als sich selbst und wenn Marshall Seo sich übertrieben theatralisch verhielt, dann lag das für gewöhnlich daran, dass er Benedikt aus seinem eigenen hektischen Gedankenstrudel befreien und Benedikts Aufmerksamkeit stattdessen auf sich lenken wollte.

»Du wirst uns noch Ärger einhandeln«, murmelte Benedikt.

»Wenn du lieber für Erregung öffentlichen Ärgernisses getadelt werden möchtest, kann ich auch dafür sorgen«, erwiderte Marshall. Er schürzte die Lippen für einen Kuss.

»Marshall!«

»Hab dich auch lieb. Die Schlange bewegt sich.«

Benedikt zwang sich, eine ernste Miene aufzusetzen. Marshall störte das kaum, er trug ein breites Grinsen zur Schau, als sie endlich den Bahnhof betraten. Im Inneren überprüfte ein Kontrolleur die Passagiere in der Schlange, so langsam, dass man meinen konnte, die Transsibirische Eisenbahn fuhr nicht nach einem straffen Zeitplan. Zu Beginn der Route und an jedem Halt auf der Strecke nach Wladiwostok würde der Zug pünktlich abfahren und wenn die Passagiere nicht auf die Zeit achteten, wurden sie zurückgelassen.

»Ben.« Marshall nüchterte wieder etwas aus, als er nach den zwei Fahrkarten in seinem Mantel griff. »Alles wird gut, weißt du.«

Er ging nicht darauf ein, wovon er sprach, doch das musste er auch nicht.

»Wer hat das Gegenteil behauptet?«, konterte Benedikt.

Marshall sah ihn misstrauisch an, zog eine Augenbraue hoch. Als er den Kopf drehte, glänzte das Licht des trüben Morgens auf seinen rabenschwarzen Haaren, dicht und glatt und niemals zerzaust, egal wie oft Benedikt mit den Fingern hindurchstrich. Ihn überkam der Drang, das jetzt zu machen, doch Marshall ließ sich leicht dazu anstacheln, Unfug zu treiben, und sie sollten wirklich nicht wegen Erregung öffentlichen Ärgernisses verwarnt werden.

»Du machst das«, Marshall klopfte auf Benedikts Koffer, als Hinweis darauf, wie oft er ihn öffnete und schloss, »umso öfter, je mehr Sorgen du dir wegen etwas anderem machst. Es wird keine Komplikationen geben. Denk an etwas Schönes. Volle Einkaufstaschen. Schneebedeckte Berge. Mein strahlendes Lächeln.«

Benedikt stieß Marshall leicht gegen die Schulter. Doch seine Worte halfen. Das taten sie immer.

Als sie den Anfang der Schlange erreichten, hielt Marshall dem Kontrolleur ihre Fahrkarten hin, mit ebenjenem Lächeln auf dem Gesicht. Der Kontrolleur riss die Fahrkarten an sich, ohne beide länger als eine Sekunde anzusehen, reichte sie ihnen zurück und winkte sie weiter.

»Bahnsteig eins«, rief Benedikt ihnen ins Gedächtnis.

»Du bist meine einzige Nummer eins«, erwiderte Marshall, was keinen Sinn ergab.

Ein eisiger Windstoß wehte ihnen entgegen. Der Zug zeichnete sich vor ihnen ab. Die Schornsteine der Lokomotive verschwanden in Rauchwolken, der Motor grollte bereits. Die Ketten an seinen Seiten klirrten bei jedem Windstoß wie das Willkommensspiel eines Orchesters, während die Passagiere einstiegen. Sie hatten Fahrkarten für die erste Klasse in den ersten paar Wagen mit entweder einem oder zwei Betten pro Abteil, wodurch sie sich glücklicherweise kein Zimmer mit Fremden teilen mussten.

»Ich flehe dich an«, sagte Benedikt, als er die Treppe hochging, wobei er sich sorgsam am Handlauf festhielt, um auf dem eiskalten Metall nicht auszurutschen. »Hör auf, mir schöne Augen zu machen, während wir auf einer wichtigen Mission sind.«

Obwohl Benedikt sich nicht umwandte, wusste er, dass Marshall einen verschlagenen Blick aufsetzte, während der ihm folgte. »Darf ich das nicht? Du siehst nicht aus wie ein verheirateter Mann. Scheinst leichte Beute zu sein.«

Sie hatten ihre Eheringe zu Hause gelassen. Es war keine gute Idee, mit dem Feuer zu spielen, während sie reisten. Auch wenn Marshall stets bereit war, sich auf einen Streit einzulassen, sobald jemand ihn provozierte, mussten sie einen straffen Zeitplan einhalten und hatten keine Zeit für Diskussionen mit intoleranten Menschen. Wenn jemand fragte, waren sie Mitbewohner.

»Wage es nicht, mich zu beißen, wenn ich es am wenigsten erwarte.«

Als Antwort biss Marshall die Zähne aufeinander. Benedikts Mundwinkel zuckten kurz, als er den Wagen betrat und die Wassertropfen aus seinen Haaren schüttelte, die in der Kälte in seinen blonden Locken kondensiert waren. Sofort kam eine grauhaarige Frau auf ihn zu: die Prowodnitsa, die ihre Fahrkarten überprüfen wollte. Sie zögerte eine Sekunde lang, als sie und Marshall Augenkontakt herstellten, doch er streckte ihr ihre Fahrkarten hin und fragte auf Russisch nach ihrem Tag und zeigte so, dass er ein Einheimischer war, bevor sie ein vorschnelles Urteil fällen konnte.

Marshall konnte den Moskauer Akzent viel besser nachahmen als Benedikt. Sie beide hatten eine ungleichmäßige Aussprache, wenn sie nicht darauf achteten, da sie die Sprache in Shanghai von Russen gelernt hatten, die von allen möglichen Orten vor dem Krieg oder Unterdrückerregimen geflohen waren. Während es Benedikt schwerfiel, zu unterscheiden, welcher Teil seiner Sprechweise nach Shanghai gehörte und welcher nach Moskau passte, hatte Marshall sich längst daran gewöhnt, sich in der Öffentlichkeit anzupassen. Für Benedikt war das weniger wichtig. Sie hatten sich in der Sowjetunion in Sicherheit gebracht, solange die Nationalisten in Shanghai hinter ihnen her waren, doch hier verschaffte ihm sein Gesicht das Privileg, unterzutauchen und Fragen abwehren zu können, bevor sie auch nur gestellt wurden.

»Bis nach Wladiwostok?«, fragte die Prowodnitsa und beäugte das Kleingedruckte auf ihren Fahrkarten.

Schritte erklangen von den Stufen draußen, mehr Passagiere stiegen ein. Aus dem Augenwinkel sah Benedikt einen Mann, der sich an ihrer ordentlichen Schlange vorbeidrückte, sich der Prowodnitsa näherte und ihr seine Fahrkarte entgegenstreckte, obwohl sie bereits zwei in der Hand hielt.

Die Prowodnitsa beäugte ihn unbeeindruckt. Er war Russe, hielt mit der anderen Hand einen Aktenkoffer umklammert. Benedikt schätzte ihn auf um die fünfzig, doch wenn er die tiefen Stirnfalten abzog, mochte der Mann jünger und nur vorzeitig gealtert sein.

»Mein Herr, bitte warten Sie.«

»Nehmen Sie es einfach, ja? Ich muss mich um Geschäfte kümmern.«

Bevor die Prowodnitsa nach der Fahrkarte greifen konnte, hatte er sie ihr an die Schulter gedrückt und schritt schnell den Gang hinab zu dem ihm zugewiesenen Abteil und schlug die Tür zu.

»Tschert poberi«, murmelte Marshall. »Da ist jemand mit dem falschen Fuß zuerst aufgestanden.«

Doch die alte Prowodnitsa blieb gefasst, wahrscheinlich war sie unhöfliche Passagiere gewöhnt. Sie faltete ihre Fahrkarten zusammen, schürzte die Lippen. Wladiwostok war der letzte Halt der Transsibirischen Eisenbahn, viele stiegen an den Haltestellen entlang der Strecke aus und mussten von der Prowodnitsa innerhalb weniger Minuten hinausgeleitet werden, wenn der Zug an jenen Bahnhöfen hielt. Sie musste viel im Kopf behalten.

»Sie beide haben Glück, Ihr Abteil ist gleich neben seinem. Machen Sie es sich gemütlich.«

Marshall stieß Benedikt an, sich zu beeilen, bevor er die Anweisung auch nur verarbeitet hatte. Sie manövrierten um die Prowodnitsa herum, gingen in ihr Abteil und ließen ihre Koffer auf den Boden fallen. Der Raum war klein, trotz des Luxus einer Fahrkarte erster Klasse, die viel teurer war als die Fahrkarten dritter Klasse am Ende des Zugs.

In der ersten Klasse bekam man mehr Platz und hübschere Verzierungen, in der dritten Klasse wurden vier Leute in ein Abteil gestopft.

»Ein Stockbett«, merkte Marshall an, als er die Tür hinter ihnen zuzog und sich ihr Abteil besah. »Wirst du nachts die Wärme meiner Umarmung vermissen?«

»Tatsächlich werde ich mich blendend amüsieren, befreit von deinem unablässigen Zucken, während du schläfst.«

Marshall widersprach der Bezichtigung sofort und setzte eine finstere Miene auf. Dass sie nun endlich allein waren, nahm Benedikt einen Teil der Last von den Schultern und seine Anspannung verflüchtigte sich. Sie waren an Bord. Der Zug würde heulend Dampf ausstoßen und sich in Bewegung setzen, sobald die Minute zur Abfahrt schlug, und nichts würde schiefgehen.

Benedikt ließ eine Hand über Marshalls Nacken gleiten, dann hoch in seine dichten Haare. Als Benedikt die Finger darin vergrub, spürte er, wie ihn auch noch das letzte bisschen Anspannung verließ und wie eine abgelegte Haut zu Boden glitt.

»Ich mache nur Witze, Mars. Solltest du beschließen, im anderen Bett zu schlafen, muss ich davon ausgehen, dass unsere Beziehung schwere Zeiten durchmacht.«

Sofort wurde Marshalls finstere Miene von einem Grinsen ersetzt. »Entspann dich, ich tue doch nur so. Denk daran«, seine Augen funkelten, als er Benedikt auf die Stelle an der Innenseite seines Handgelenks tippte, wo sein Puls schlug, »du warst derjenige, der zuerst seine Liebe zu mir gestanden hat. Du kannst mich nicht zum Narren halten.«

Benedikt verdrehte die Augen und zog mit einem Schnauben seine Hand weg, doch ihm wurde trotzdem etwas wärmer.

Manchmal wusste Benedikt nicht, wie er mit dem Ausmaß der Gefühle in seinem Herzen umgehen sollte. Beinahe fünf Jahre waren vergangen, in denen er seine Liebe offen gezeigt hatte, und sie blinzelte noch immer fassungslos, wenn sie gesehen wurde, überrascht über die Anerkennung. Er hatte angenommen, dass sich wenig ändern würde, immerhin war er mit Marshall Seo aufgewachsen. Die meiste Zeit ihres Lebens hatten sie sich eine Wohnung geteilt, bevor Marshall seinen eigenen Tod vorgetäuscht und Benedikt solche Qualen durchgestanden hatte, dass alles hochkam, was er stets unterdrückt hatte.

Doch Marshalls geduldige, zurückhaltende Liebe, die auf kleiner Flamme brannte – während er darauf wartete, dass Benedikt aufwachte –, stand im völligen Gegensatz zu Marshalls unerschrockener Liebe, die durch Benedikt angefacht wurde. Es war der Hauch einer Berührung, wenn er in ihrer Shanghaier Wohnung eine Hand auf Marshalls Schulter legte, verglichen mit der ungestümen Umarmung, die Marshall ihm in der Diele ihrer kleineren Zweizimmerwohnung in Moskau gab, wo er lachte, wenn Benedikt sagte, dass er wirklich gehen musste, und noch lauter lachte, wenn Benedikt dann nicht versuchte, loszukommen. Es war ein sehnsüchtiger Blick über die Kücheninsel hinweg gemessen daran, ohne Zögern die Hand auszustrecken, mit dem Daumen über Wangenknochen zu streichen, die Beine über seinen Schoß zu schwingen. Lippen, die sich trafen, sich sanft aufeinanderpressten.

Er hatte nie auch nur darüber nachgedacht, was ihm fehlte, bis er es hatte. Er konnte sich nicht vorstellen, dieselbe Erregung mit jemand anderem als Marshall zu spüren.

Dachte er jedoch zu lange darüber nach, fühlte sich alles in ihm so gewaltig an, dass er davon überzeugt war, seine Venen seien zu groß für seinen Blutkreislauf, Sekunden davon entfernt, aus seiner Haut hervorzutreten. Im Moment konnte er nichts gegen den Ansturm der Gefühle tun, außer Marshall kräftig zu schubsen, seine Emotionen mit einem physischen Schlag zu zeigen.

»Au«, beschwerte sich Marshall, obwohl es nicht wehtat. Er wankte ein paar Schritte, bevor er seine Balance wiederfand. »Bitte geh zärtlicher mit deinem Geliebten um.«

Benedikt öffnete seinen Koffer. Dieses Mal immerhin, um auszupacken, nicht um zum tausendsten Mal den Inhalt zu überprüfen.

»Ich dachte, du wärst mein Mitbewohner.«

»Können wir nicht Mitbewohner sein, die sich küssen?«

Benedikt warf ein zusammengerolltes Paar Socken nach seinem Ehemann. »Pack aus, Mars.«

Mit einem Lachen hievte Marshall seinen Koffer auf einen der Beistelltische und begann, seine Kleidung auszupacken. Sie lebten für gewöhnlich recht einfach, immerhin war ihre einzige Einkommensquelle, den kleinen Kindern in der Nachbarschaft Kunstunterricht zu geben. Benedikt unterrichtete. Marshall führte die Bücher und machte Werbung, pflasterte Straßenlaternen mit Plakaten. Überraschenderweise kamen genug Eltern, damit sie von den Einnahmen leben konnten.

Doch die Zugfahrkarten hatten sie nicht davon bezahlt. Das hatte Benedikts Cousin Roma übernommen, der in einer kleinen Ortschaft ein paar Stunden von Shanghai entfernt mit seiner Frau einen illegalen Waffenring leitete. Ein Geschäft, mit dem er und Juliette mit Sicherheit zehnmal so viel verdienten wie Benedikt und Marshall. Es war charakteristisch für zwei ehemalige Bandenmitglieder, dass sie sich von dieser Art Leben abwandten und dann doch irgendwie dahin zurückfanden, nur ohne die generationsübergreifende Blutfehde.

»Ich kann den Ernst der Lage nicht genug betonen«, sagte Roma am Telefon mit gepresster Stimme, nachdem er ihnen seine Anweisungen erteilt hatte. »Jemandes Leben hängt davon ab. Ich brauche eure Hilfe, um Lourens so bald wie möglich nach Zhouzhuang zu holen.«

»Wer ist jemand?«, fragte Benedikt aus Neugier, den Hörer fest ans Ohr gedrückt und die Stirn gerunzelt, wobei er Marshall durch den Raum hinweg ansah. Marshall hatte ihm anfangs keine Aufmerksamkeit geschenkt, als Benedikt den Anruf angenommen hatte, doch er sah auf, sobald ihm klar wurde, dass Roma am anderen Ende der Leitung war. Roma oder Juliette riefen für gewöhnlich zu festgelegten Zeiten an, damit sie sich nicht verpassten. Marshall und Juliette hassten es, ihre Klatsch-und-Tratsch-Sitzungen zu versäumen. Daher kam ein außerplanmäßiger Anruf aus Zhouzhuang unerwartet.

»Hast du in letzter Zeit Shanghaier Zeitungen gelesen?«

Benedikt rümpfte die Nase. Er versuchte, keine Zeitungen mit nach Hause zu bringen, wenn sie internationale Nachrichten enthielten. Das Letzte, was Marshall gebrauchen konnte, war, ohne Vorwarnung das Gesicht seines Vaters zu sehen.

»Ich bin nicht ganz auf dem Laufenden.«

»Sagen wir einfach, Juliettes Seite der Familie steckt etwas in Schwierigkeiten. Weißt du was, vergiss, was ich gerade gesagt habe.

Sie stecken in großen Schwierigkeiten … Wir sprechen von Schwierigkeiten auf internationaler Kriegsebene.«

Benedikt erwachte aus seinem Tagtraum, entfaltete ein Hemd und hängte es in die kleine Nische neben dem Stockbett.

»Sobald wir Wladiwostok erreichen, haben wir nur wenige Stunden, um Lourens zu finden und es in den Zug nach Harbin zu schaffen«, sagte er zu Marshall, wenn auch nur, um den Plan nochmals laut ausgesprochen zu hören. »Ansonsten bekommen wir den frühesten Zug nach Tianjin nicht. Und dann verpassen wir den nächsten Zug nach Suzhou.«

Von Suzhou aus wäre es eine einstündige Autofahrt, bis sie endlich in Zhouzhuang ankämen. Die Route wäre nicht so aufwändig gewesen, wenn sie für das letzte Stück in einer Großstadt mit viel Bahnverkehr hätten umsteigen können, wie Nanjing oder Shanghai. Doch Nanjing spielte eine Schlüsselrolle im Plan der Nationalisten, dort wimmelte es nur so von ihnen. Und in Shanghai war das Risiko noch größer, dass sie erkannt und gefangen genommen wurden. Sie konnten schlecht mit Lourens zu Hilfe eilen, wenn sie drei unterwegs als ehemalige White Flowers erkannt und zur Hinrichtung verurteilt wurden.

Man konnte also sagen: Benedikt war gestresst. Nicht nur der Fahrplan war eine Herausforderung. Von Wladiwostok nach Harbin fuhren sie auf der ehemaligen Route der Ostchinesischen Eisenbahn, eine Abkürzung, die von der Transsibirischen Eisenbahn abzweigte und durch die Mandschurei führte anstatt darum herum. Doch die Mandschurei wurde inzwischen von den Japanern kontrolliert und wenn sie durch jenes Gebiet reisten, konnten Benedikt und Marshall nur hoffen, dass sie nicht von einem Soldaten angehalten wurden, dem ihre Einreisepapiere nicht gefielen, oder von einem größeren Konflikt, der den gesamten Personenverkehr zum Erliegen brachte. Jeder Teil ihrer Reise musste reibungslos verlaufen, wenn sie rechtzeitig an ihrem Ziel ankommen wollten.

Sobald sie Wladiwostok verließen, wären sie wohl weitere zwei Tage unterwegs. Sie würden während der Zugfahrten Schlaf finden müssen, was ein Risiko darstellte, wenn die Haltestellen nicht angesagt wurden und sie darauf achten mussten, wann ihr Ausstieg kam. In der Zwischenzeit blieben Benedikt und Marshall sieben Tage, bis sie sich Sorgen darüber machen mussten, wie es weitergehen würde.

»Mich beunruhigt vor allem, ob wir Lourens zum Mitkommen bewegen können, wenn wir ihn finden«, sagte Marshall. »Haben wir einen Plan, wenn er sich weigert?«

»Wir entführen ihn«, erwiderte Benedikt, ohne zu zögern.

»Willst du ihm mit der Pistole eins überziehen?«

Benedikt sah kurz zu Marshall und legte seine Waffe auf das Regal. »Möchtest du, dass ich das tue?«

»Wer macht jetzt wem schöne Augen?«

Bevor Benedikt ergeben die Arme in die Luft werfen konnte, wackelte der Boden unter ihnen heftig. Die Gleise gaben ein lautes Kreischen von sich, die schweren Räder des Zugs begannen sich zu drehen. Jedes Scheppern von Metall und jedes Klappern von Ketten drang mühsam durch die Scheibe des Abteilfensters. Dann ging ein Beben durch den Zug und sie setzten sich in Bewegung, fuhren ohne weitere Vorwarnung vom Jaroslawler Bahnhof ab.

Marshall stellte sich ans Fenster, die Hände in den Hosentaschen, und starrte auf die schneeweiße Landschaft hinaus. »Mal ehrlich, das könnte sogar Spaß machen.«

Wenn das aus irgendjemand anderes Mund gekommen wäre, hätte Benedikt geschäumt bei der bloßen Vorstellung, das so ein anstrengender Auftrag, bei dem jemandes Leben auf dem Spiel stand, Spaß machen könnte. Doch das war Marshall und Marshall verbreitete stets Unbeschwertheit, egal wie dunkel die Nacht werden mochte, daher ging Benedikt zu ihm und leistete ihm Gesellschaft, als der Zug Fahrt aufnahm.

»Wie du meinst«, erwiderte Benedikt und stieß Marshalls Schulter mit der seinen an. »Alle einsteigen in die Transsibirische Eisenbahn.«

2

Marshall belauschte den griesgrämigen Mann von nebenan.

Das hatte er nicht beabsichtigt. Er war nur in den Durchgang hinausgetreten, um die Prowodnitsa zu suchen, in der Hoffnung, etwas Tee zu bekommen. Doch sie war nirgends zu sehen, daher war er selbst zum Samowar geschlendert, um Wasser aufzukochen.

Dann hörte er den gedämpften Streit.

»… du kannst nicht … lächerlich!«

Marshall hielt inne, die Hände um seine Thermoskanne gelegt. Es befand sich offensichtlich noch jemand im Abteil des Mannes, doch die zweite Stimme war zu leise, als dass Marshall sie hätte hören können, und der Zug summte unentwegt mit Fahrgeräuschen. Gelegentlich fühlte es sich an, als spränge der ganze Wagen auf und ab, wenn sie seltsam gebaute Gleisabschnitte erreichten.

»Sie streiten schon seit einer ganzen Weile.«

Marshall packte die Thermoskanne fester, aufgeschreckt durch die Stimme hinter ihm, doch er schaffte es, nicht zusammenzuzucken, bevor er sich umdrehte. Ein kleiner Mann mittleren Alters hatte den Kopf aus dem Abteil zur Linken gestreckt. Wenn Marshall in seinem Abteil zur Rechten gelegentlich Bruchstücke der Unterhaltung hören konnte, wehten sie sicher auch in die andere Richtung.

»Wissen Sie, wer er ist?«, fragte Marshall.

Der Mann hielt inne, dann nickte er. »Danila Andrejewitsch Popow. Er stellte sich vor, als wir auf dem Weg zur Toilette beinahe zusammengestoßen wären. Schien es fürchterlich eilig zu haben.«

Welchen Grund zur Eile konnte es an Bord eines fahrenden Zugs geben? Sie waren am späten Nachmittag losgefahren. Nach einigen Stunden Fahrt wurde es nun schnell dunkler, die Passagiere wandten sich in Richtung des Speisewagens, wenn ihre Mägen knurrten und ihre inneren Uhren sich an einen eigenen Zeitplan gewöhnten. Von Moskau nach Wladiwostok würden sie acht Zeitzonen passieren. Bald wäre die Uhrzeit bedeutungslos.

»Und sein Gesprächspartner?«

Der Mann schüttelte den Kopf. Marshall hatte zuvor gedacht, er zöge eine überraschte Miene, als er über den fortwährenden Streit sprach, doch nun wurde ihm klar, dass dieser immerzu große Augen machte, weit aufgerissen und ausdrucksstark, unabhängig vom Gesprächsthema.

»Ich konnte zuvor einen Blick hineinwerfen, als die Tür offen stand: Es ist ein Einzelabteil. Nur ein Besucher, kein Zimmergenosse.« Dann drang aus seinem Abteil ein Grummeln. Eine Stimme bat ihn, leise zu sein, und der Mann warf mit gerümpfter Nase einen Blick hinter sich. »Ich wünschte, ich könnte mir ebenfalls ein Einzelabteil leisten. Ich bin Stepan Maximowitsch Iwanow. Und Sie sind?«

»Nur Marshall«, erwiderte Marshall freundlich. Seit sie nach Moskau gezogen waren, fand er es unterhaltsam, sich Patronyme auszudenken, wenn er jemand Neuen kennenlernte, da er keine Lust hatte, den tatsächlichen Namen seines Vaters anzunehmen, wie es in Russland Brauch war. Doch sie wären sieben Tage mit diesem Zug unterwegs und weder wollte er den Überblick über die Namen verlieren, die er Mitreisenden nannte, noch wollte er sich auf einen falschen Namen festlegen. Außerdem hatte Benedikt ihn nicht seinen koreanischen Nachnamen ändern lassen, als sie sich das Jawort gegeben hatten, da Benedikt ihn ebenfalls angenommen hatte und nichts anderes gelten lassen wollte. Wenn Marshall sich einen russischen Decknamen ausdachte, wäre Benedikt verärgert.

»Es freut mich, Sie kennenzulernen«, sagte der Mann – Stepan. »Entschuldigen Sie mich bitte, ich muss wegen meines Mitreisenden den Mund halten.« Er schob die Abteiltür zu. Marshall ging in sein eigenes und atmete den Dampf ein, der von dem heißen Wasser in seiner Thermoskanne aufstieg.

Benedikt saß über sein Skizzenbuch gebeugt auf dem unteren Bett. Er hatte einen Fleck am Kinn, einen verschmierten Halbkreis, als hätte er nachdenklich den Finger auf die Haut gedrückt, ohne zu bemerken, dass er mit Grafit bedeckt war. Es war ein gewohnter Anblick: Sobald Benedikt sich in seiner Kunst verlor, existierte die Welt um ihn herum nicht mehr. Marshall bekam vielleicht eine Antwort, wenn er fragte, was Benedikt zum Abendessen wollte, doch so gern Marshall auch plauderte, drängte er nicht gern auf eine Unterhaltung, wenn Benedikt sich konzentrierte. Er beobachtete ihn lieber, wie er die Lippen nachdenklich aufeinanderpresste, wenn er Dimensionen abmaß. Wie sich um seine Augen Fältchen bildeten, wenn er sie zusammenkniff, um zu studieren, was er bereits gezeichnet hatte.

Marshall hatte Benedikt nur ein einziges Mal ohne schlechtes Gewissen unterbrochen, als er spontan vor zwei Jahren leise fragte:

»Willst du mich heiraten?«

Sie saßen im Wohnzimmer, verrichteten ihre jeweiligen Arbeiten. Früher Abend, der purpurne Sonnenuntergang ließ die Schatten über den Teppich bluten. Ein warmer April, das Fenster stand einen Spalt weit offen, um die Fernheizung auszugleichen.

»Was?«, fragte Benedikt plötzlich. Er schien sich zu wundern, ob er sich verhört hatte.

»Ich weiß, dass niemand hier ist, um einer Hochzeit beizuwohnen«, fuhr Marshall fort, »und es wäre eine schlechte Idee, uns offizielle Papiere zu besorgen, falls wir in Gefahr schweben. Ich wollte trotzdem fragen, auch wenn wir die Zeremonie in irgendeinem Garten selbst durchführen. Willst du mich heiraten?«

Benedikt starrte ihn eine gefühlte Unendlichkeit lang an. Er blieb lange genug stumm, dass Marshall unruhig wurde, Schweiß kitzelte ihn im Nacken. Die Rohre im Haus gluckerten und Marshall fügte hinzu: »Es ist in Ordnung, wenn du nicht willst –«

Dann stürzte Benedikt zu ihm, packte seine Schultern und schüttelte ihn, um ihn zu unterbrechen. »Ja. Natürlich. Natürlich sage ich Ja. Du hast mich nur überrumpelt.« Er hielt inne, strich mit dem Finger über Marshalls Stirn und wirkte erfreut über den kalten Schweiß, den er dort fand. »Mars.«

Marshall schlug seine Hand weg. »Hör auf damit. Mir ist nur warm.«

»Jetzt weißt du, wie es mir ging, als ich dir das erste Mal sagte, dass ich dich liebe.«

»Oh, auf keinen Fall. Du hast mich angeschrien, Ben.«

»Liebevoll!«

Marshall konnte nicht anders, er musste lachen. Er konnte nicht anders, als die Arme so fest wie möglich um Benedikt zu schlingen, weil es so unvorstellbar war, dass sie hier gelandet waren. Unvorstellbar, dass sie so vieles hinter sich hatten lassen müssen und doch bekommen hatten, was sie sich am meisten wünschten. In ihrer Jugend wäre er froh gewesen, Benedikt auf immer und ewig als besten Freund an seiner Seite zu haben. Er wäre damit zufrieden gewesen, seine Gefühle für sich zu behalten, falls Benedikt sie niemals erwidert hätte, hätte sich aus der Ferne nach ihm gesehnt. Doch das musste er nicht. Das musste er nicht.

»Ich bin derjenige, der fragen muss«, murmelte er in Benedikts Nacken, während er ihn weiterhin an sich drückte. »Wer weiß, am Ende wartest du noch mal zehn Jahre, wie beim ersten Mal.«

Im Zugabteil sah Benedikt auf, seine Wimpern glänzten golden, selbst in dem schlechten Licht.

»Was?«, fragte er plötzlich, ein Echo aus Marshalls Erinnerung.

Marshall stellte die Thermoskanne ab und ging zu ihm, blieb neben Benedikt stehen und legte einen Arm auf den Holzrahmen des oberen Betts. Die Betten waren so gebaut, dass das untere etwas weiter vorstand, sodass Benedikt sich nicht den Kopf stieß, wenn er dort saß. Er legte den Kopf in den Nacken, um zu Marshall aufzusehen.

Behutsam wischte Marshall den Grafitfleck von seinem Kinn. »Du hast da was.«

»Habe ich?«, fragte Benedikt. Sein Kinn war wieder sauber. »Hast du es erwischt?«

»Nein«, log Marshall und lehnte sich hinab. »Nicht bewegen, ich versuche es noch mal.«

Als er ihn küsste, war es, als atmete er Sommerluft ein, wie der erste Schnee, der frisch und kalt auf seiner Haut landete. Marshall Seo war von Grund auf eine launische Person: ein schneller Fahrer, ein waghalsiger Kämpfer. Er neigte dazu, von dreistöckigen Gebäuden zu springen, anstatt die Treppe zu suchen. Doch Benedikt erdete ihn. Benedikt Montagow bewegte sich mit einer derartigen Vorsicht durch die Welt – seine Schritte waren geplant, seine Gedankengänge waren meilenlange Tunnel, dass Marshall zehn Lebenszeiten darauf verwenden könnte, ihn zu verstehen.

Er würde ihn natürlich nie verstehen, das war das Schöne daran.

Benedikt zog an Marshalls Kragen. Obwohl er sich weiterhin am Bettgestell festhielt, um nicht das Gleichgewicht zu verlieren, ließ er sich von Benedikt näher ziehen.

»Ich weiß nicht, ob es dir aufgefallen ist«, setzte Benedikt an, als sie Atem holten, »aber die Wände sind recht dünn.«

»Das ist mir vollkommen klar«, erwiderte Marshall.

Wie auf Kommando drang ein lautes Poltern durch die Wand und er runzelte die Stirn, drehte sich zur Seite, anstatt sich wieder zu Benedikt hinabzulehnen. Zögerlich hielten beide inne, lauschten auf weitere Geräusche, fragten sich, ob das ein warnendes Klopfen gewesen war, ob sie zu laut gewesen waren.

Dann erklang erneut ein Poltern. Nicht gegen die Wand, sondern von etwas Schwerem, das auf den Boden fiel.

Stille.

»Was war das?« Benedikt hatte die Stimme zu einem Flüstern gesenkt.

»Ich weiß es nicht«, flüsterte Marshall zurück. Er wusste nicht, warum sie sich Mühe gaben, leise zu sein. Sie warteten noch eine Weile und versuchten sich vorzustellen, welche Vorgänge in Danila Andrejewitschs Zimmer einen solchen Lärm verursachten. Doch es passierte nichts weiter.

Nur ein Gurgeln in ihrem eigenen Zimmer, das sie Marshalls Magen zuschreiben konnten.

Benedikt stieß mit einem Finger gegen Marshalls Brust. »Lass uns zum Speisewagen gehen.«

»Müssen wir?« Marshall versuchte, Benedikts Hand zu packen. Benedikt stach ihn nur wieder mit dem Finger, dieses Mal aggressiver.

»Na komm, *Solnischko.*«

Sie sammelten sich und traten in den Durchgang hinaus. Marshall wäre beinahe mit einem Mädchen zusammengestoßen, das mit ihrer eigenen Thermoskanne vorbeieilte, und drückte sich an die Wand, um sie vorbeizulassen. Sie sah kurz auf und schenkte ihm ein höfliches Lächeln, bevor sie in den nächsten Wagen verschwand. Marshall und Benedikt gingen nur ein paar Schritte in die andere Richtung und zogen dann die Tür zum angrenzenden Speisewagen auf. Ein starkes Aroma von etwas mit Tomate wehte sofort in Marshalls Nase, obwohl vor den Gästen, die bereits Platz genommen und zu essen begonnen hatten, eine Auswahl an Gerichten stand. Jeder Tisch wurde von einer weißen Tischdecke geziert, auf der eine Glasvase mit einer einzelnen Narzisse darin stand. Der Zug holperte, sodass Besteck gegen Teller schlug und Passagiere, die Schulter an Schulter um die Bar im hinteren Bereich standen, gegeneinanderstießen.

»Gentlemen!«

Marshall ignorierte die Stimme anfangs, musterte die Tische und hielt nach freien Plätzen Ausschau. Als der Ruf jedoch erneut erklang, stieß Benedikt ihn mit dem Ellbogen an und flüsterte: »Ich glaube, er redet mit uns.«

An einem der Tische saß ein Junge und winkte ungeduldig. Er war noch ein Kind – fünfzehn, vielleicht jünger. Seine schlammbraunen Haare standen in unterschiedliche Richtungen ab, als sei er erpicht darauf gewesen, sie glatt zu bürsten, bevor ein starker Windstoß seine eigenen Ideen zur aktuellen Mode einbrachte. Er trug einen westlichen Anzug, der ihm eine Nummer zu groß war und dessen Schultern steif und kantig auf seiner schmalen Figur saßen.

»Hallo«, erwiderte Marshall. »Kennen wir uns?«

Der Junge sprang auf, da er es nun geschafft hatte, eine Unterhaltung anzuzetteln. Er ließ seine Suppenschüssel stehen und eilte zu Benedikt und Marshall, denen er die Hand entgegenstreckte.

»Lew Grigorjewitsch Vodin. Wie geht es Ihnen?«

Zögerlich schüttelte Marshall Lew die Hand. »Wo sind deine Eltern?«

»Mein Onkel ist der Bahnpolizist hier an Bord«, erwiderte Lew. »Und ich strebe danach, Journalist zu werden. Haben Sie Zeit für ein paar Fragen?«

Benedikt stupste Marshall erneut mit dem Ellbogen an. Es war ein Zeichen, das besagte: *Auf keinen Fall.* Benedikt konnte für gewöhnlich gut mit Kindern, vor allem Kleinkindern, doch Lew Grigorjewitsch wirkte alt genug, um zu der Kategorie Beinahe-Erwachsener zu gehören, die sich wichtigmachten. Doch der Junge wippte eifrig auf den Zehen und Marshall wäre sich gemein vorgekommen, hätte er ihn abgewiesen.

»Ich bin gerade etwas ausgehungert«, erwiderte er. »Du findest mich –«

Ein furchterregender Schrei hallte durch den Zug.

Benedikt fuhr so schnell herum, dass Marshall einen kalten Luftzug spürte. Ein zweiter Schrei zerriss die Luft – von derselben Person, mit hoher Stimme und weiblich. Sobald Marshall ohne nachzudenken herumfuhr und in ebenjene Richtung stürzen wollte, packte Benedikt ihn am Ellbogen und zischte: »Warte.«

»Ben, jemand könnte Hilfe brauchen –«

»Aber musst ausgerechnet du –«

»Ben!«

»Na gut.«

Dann stürmte Benedikt los, zurück in die Richtung, aus der sie gekommen waren, durch die Tür in den Erste-Klasse-Wagen.

»Hey!«, rief Marshall ihm nach. Er blieb einen Moment lang stocksteif stehen, verwirrt durch den Rollenwechsel, bevor er ebenfalls durch die Tür eilte. Warum war Benedikt so? »Ich wollte damit nicht sagen, dass du ohne mich gehen sollst –«

Sobald seine Schuhe den Teppichboden des Wagens berührten, wäre Marshall beinahe mit seinem Ehemann zusammengestoßen. Er packte schnell Benedikts Schulter, um sein Gleichgewicht wiederzuerlangen. Bevor er Benedikt fragen konnte, warum er innegehalten hatte, sah er die Prowodnitsa vor Danila Andrejewitsch Popows Abteil. Sie atmete keuchend. Es war nicht schwer, zu erraten, dass sie geschrien hatte, denn ihr Gesicht war kreidebleich. Marshall wollte glauben, dass sie nur etwas Widerliches gesehen hatte. Vielleicht war das Abteil zu unordentlich, vielleicht hatte sich ein Nagetier Zugang verschafft. Doch die Knie ihrer Hose waren mit Blut bedeckt, wie auch eine ihrer Hände, hinauf bis zum Handgelenk.

»Er ist tot!«, schrie sie. »An Bord befindet sich ein Mörder!«

3

Ohne zu zögern, stürmte Benedikt an der Prowodnitsa vorbei ins Abteil. Er dachte nicht darüber nach, dass er nicht am Tatort sein sollte. Es war ihm auch egal, dass ihn in kürzester Zeit jemand anschreien würde. Die Prowodnitsa hatte ihn kommen sehen. Es war offensichtlich, dass er gerade erst aufgetaucht war und nichts mit dem Verbrechen zu tun hatte. Es sollte kein Problem sein, wenn er sich umsah.

»Ach herrje.« Marshall war ihm ins Abteil gefolgt, seine Stimme erklang hinter Benedikts Schulter.

Der Mann lag bäuchlings auf dem Boden. Durch den dunklen Teppich war das Blut um ihn herum schwer zu sehen, das die blutigen Knie der Prowodnitsa erklärte. Sie musste sich niedergekniet haben, um nach ihm zu sehen, bevor ihr klar wurde, was passiert war.

Als Benedikt sich den Teppich von Nahem besah, erkannte er, dass die Pfütze recht groß war. Wo befand sich die Wunde? Ein Schuss in die Brust? Ein Schlag auf den Kopf?

Er rückte ein winziges Stück vor. Obwohl die Leiche mit dem Gesicht nach unten lag, den Bauch in den Teppich gedrückt, war sein Kopf leicht in Richtung des Fensters auf der anderen Seite des Abteils geneigt. Als hinderte etwas ihn daran, sich gleich dem restlichen Körper auszurichten.

Benedikt lehnte sich über den Toten, versuchte, die andere Seite zu sehen. Etwas steckte in seiner Kehle. *Ah.* Das erklärte die Menge an Blut.

»Was ist das?«, fragte Marshall.

»Sieht aus wie ein Füller«, antwortete Benedikt. Er winkte der Prowodnitsa, die im Durchgang zitterte. »Haben Sie ihn so gefunden?«

Die Prowodnitsa nickte. Sie schluckte schwer, nachdem sie sich ausgeschrien hatte. »Ich … ich wollte nach ihm sehen.« Um sich das Blut nicht ins Gesicht zu schmieren, strich sie sich mit dem Handrücken eine graue Haarsträhne aus den Augen. »Ich habe vor ein paar Minuten angeklopft, doch es kam keine Reaktion. Als ich mit meinen Runden durch den restlichen Wagen fertig war, bin ich einfach hineingegangen. Das ist üblich, sollte der Passagier zu beschäftigt sein, um die Tür zu öffnen.«

»Aus dem Weg! Aus dem Weg!«

Plötzlich hörte man einen Pfiff im Durchgang, dann eilte ein uniformierter Mann ins Abteil und rümpfte die Nase aufgrund des sich ihm bietenden Anblicks. Neugierige Passagiere hatten sich näher herangeschlichen und der Bahnpolizist bedeutete allen, dass sie den Tatort räumen sollten. Über all das entsetzte Geflüster hörte man ihn kaum. Mit einem Mal drängte sich die Hälfte der Erste-Klasse-Passagiere im Durchgang, um die Leiche anzustarren, auf den Zehenspitzen zu stehen und der Prowodnitsa auf den Leib zu rücken.

»Bitte gehen Sie hinaus und machen Sie Platz!«, brüllte der Bahnpolizist. Er winkte energisch nach den zwei Zugbegleiterinnen, die am hinteren Ende der Menschenmenge im Durchgang standen. »Jemand soll Mrs. Kusmina ein Handtuch bringen, damit sie hier nicht blutverschmiert herumstehen muss.«

Die Zugbegleiterinnen drängten sich vor. Als Benedikt Marshall aus dem Abteil folgte, vom Tatort verscheucht, achtete er auf die weiteren Geschehnisse. Während die anderen Passagiere sich davonmachten und das Gesicht verzogen bei dem Gedanken daran, zuzusehen, wie die Leiche an ihnen vorbeigetragen wurde, packte er Marshalls Ellbogen und wies ihn an, stillzustehen und den Rest der Unterhaltung zu belauschen.

»Was sollen wir tun, Mr. Vodin?«, fragte eine der Zugbegleiterinnen nervös. »Sollten … sollten wir Leichen nicht an Ort und Stelle lassen, bis die Polizei kommt?«

Vodin, der Bahnpolizist, hatte die Hände in die Hüften gestemmt. Er war ein großer, stämmiger Mann, auf dessen Oberlippe sich ein dichter Schnurrbart kräuselte.

»Hm«, sagte er. »Da haben Sie wohl recht. Lassen Sie die Leiche liegen. Verscheuchen Sie die Menge draußen und führen Sie diese Schaulustigen weg. Wir halten den Zug an der nächsten Station an.«

»Das können sie nicht«, zischte Marshall plötzlich. Seine Worte waren nur für Benedikt bestimmt. »Eine solche Verzögerung bringt unseren Zeitplan durcheinander.«

»Ja, aber gerade wurde jemand ermordet«, erwiderte Benedikt. Er verzog das Gesicht. »Was sollen sie machen? Nicht die Polizei rufen?«

»Ben.« Marshall packte seinen Ellbogen fester. »Roma hat sich sehr klar ausgedrückt. Jemandes *Überleben* hängt von uns ab.«

»Aber was sollen wir machen? Polizisten werden?«

Marshalls Miene hellte sich auf. Sobald er Benedikts Ellbogen losließ und zurück ins Abteil eilte, fluchte Benedikt leise. Wahrscheinlich war Marshall gerade eine furchtbare Idee gekommen.

»Officer! Es besteht kein Grund, die Polizei zu rufen. Wir sind Privatdetektive und können diesen Fall annehmen.«

Um Gottes willen. Das war ja noch schlimmer als furchtbar. Das war die schlimmste Idee in der Geschichte der Menschheit.

»Das mag ja ganz zweckdienlich sein«, erwiderte Vodin gerade, als Benedikt sich an den Schaulustigen vorbei zu Marshall drängte, »doch wir werden trotzdem die Polizei brauchen –«

»Die Tür zwischen den Erste-Klasse-Wägen und den anderen Klassen war bei der Abfahrt verschlossen, richtig?«, unterbrach Marshall ihn. »Halten Sie sie verschlossen, stellen Sie dort eine Wache auf, damit niemand zwischen den Wagenklassen hin- und herwechselt. Wir befinden uns in einem fahrenden Zug, Officer.

Solange niemand ein- oder aussteigt, muss der Verantwortliche für diesen Mord sich in einer der vier Erste-Klasse-Wagen befinden. Und Sie wissen, dass wir es auf keinen Fall sein können, denn wir sprachen im Speisewagen mit Ihrem Neffen.«

Die Passagiere, die noch in der Nähe herumstanden, waren verstummt. Einige sahen blass aus. Die Prowodnitsa, Mrs. Kusmina, blieb ebenfalls. Inzwischen wirkte sie eher benommen als entsetzt.

Vodin rieb sich nachdenklich das Kinn. »Sie kennen also meinen Neffen?«

Ein Quietschen ertönte in der Menge. Benedikt sah hinüber und erspähte Lew, der sich durchzudrängen versuchte.

»Da er sich zum Zeitpunkt dieses Verbrechens ebenfalls anderswo befunden hat«, fuhr Marshall mit einer Geste in Richtung der Leiche auf dem Boden fort, »könnte er als Journalist von großer Hilfe sein. Bedenken Sie die Alternative: Wenn Sie wegen der Polizei anhalten, was wird passieren?« Er verschränkte die Hände hinter dem Rücken und machte langsam auf dem Absatz kehrt, als überdachte er die Situation tatsächlich. »Die Türen öffnen sich, Passagiere steigen aus und ein Mörder entflieht in die Welt hinaus. Mr. Popow schien ein wichtiger Mann zu sein. Wird man Sie nicht bestrafen, wenn die Spur ins Nichts führt? Ich nehme an, es gibt Leute, denen Sie Rede und Antwort stehen müssen für Todesfälle an Bord.«

Das gefesselte Publikum brummte und murmelte, trat besorgt von einem Fuß auf den andern. Die Zugbegleiterin in der Tür versuchte vergebens, die Passagiere vom Tatort zu verscheuchen. Stattdessen kam Bewegung in die Menge, es wurde gerempelt und sich beschwert, bis sich Lew endlich durch die Lücken drückte und ins Abteil gestürmt kam.

»Onkel, Onkel«, rief Lew Grigorjewitsch, der eine Kamera in Händen hielt. »Du solltest mich ermitteln lassen.«

»Lew«, rügte der Bahnpolizist ihn. »Alle hinaus. Sofort. Verlassen Sie den Durchgang.«

Die Zugbegleiterinnen gaben sich nun mehr Mühe und die Passagiere wurden in beide Richtungen davongescheucht. Die einen kehrten in ihre Abteile zurück und die anderen zu ihrem Abendessen im Speisewagen. Die Zugbegleiterin, die darauf bedacht gewesen war, die Leiche nicht zu berühren, führte Mrs. Kusmina zum Waschraum, um das Blut abzuwaschen. Schließlich standen nur noch Benedikt und Marshall im Durchgang, wobei Marshall Benedikt ein selbstsicheres Lächeln schenkte und Benedikt die Nase rümpfte. Bevor er etwas sagen konnte, hörte er Lew und seinen Onkel vor dem verschlossenen Abteil flüstern. Nicht laut genug, dass er das Gesagte hätte verstehen können, doch allein der Ton sagte ihm, dass der Junge unbedingt ermitteln wollte. Er gestikulierte mit seiner Kamera. Wedelte damit herum und gab vor, Bilder zu schießen.

Schließlich klopfte Vodin seinem Neffen auf die Schulter. Sie schienen sich über etwas einig geworden zu sein. Er trat um Lew herum und näherte sich Benedikt und Marshall mit ausgestreckter Hand.

»Ihre Namen, Gentlemen?«

»Nur Marshall.« Marshall schüttelte ihm die Hand. Er drückte so fest zu, dass Benedikt sehen konnte, wie seine Knöchel weiß wurden. »Es ist uns eine Freude, Ihnen zu Diensten sein zu können.«

»Und Sie?«, fragte Vodin und wandte sich Benedikt zu.

»Benedikt Iwanowitsch.« Er bot ihm nicht die Hand an.

Vodin blickte von ihm zu Marshall, während er seine Hand zurückzog. »Ist das in Ihrem Berufszweig üblich? Sie beide haben doch sicherlich Familiennamen.«

Panik huschte über Marshalls Gesicht. Bevor er sich auf eine Lüge festlegen konnte, zog Benedikt sanft die Aufmerksamkeit auf sich, indem er antwortete: »Sokow. Ich heiße Benedikt Iwanowitsch Sokow. Ganz gewöhnlich, nicht wahr?«

»Danke, Mr. Sokow.« Vodin nickte ihm zu. Er blickte über die Schulter zu Lew, der sich nicht von der Stelle gerührt hatte und ihn angrinste. Der Polizist seufzte. »Auch wenn die Hälfte unserer Passagiere geradewegs nach Wladiwostok durchfährt, müssen Sie verstehen, dass der Rest Tickets für Ziele entlang der Strecke gekauft hat. Diese Entwicklung wird ihnen nicht gefallen. Wenn man es genau nimmt, halten wir sie als Geiseln.«

»Sie können jedoch nicht riskieren, dass der Mörder aussteigt«, sagte Benedikt bestimmt, nun, da er endlich Marshalls Plan mitspielte. Es könnte tatsächlich funktionieren. »Dies ist der beste Weg, um der Gerechtigkeit Genüge zu tun. Lassen Sie den Zug ohne Zwischenhalt weiterfahren. Bis wir in Wladiwostok ankommen, liefern wir Ihnen den Schuldigen.«

Einen Moment lang betrachtete Vodin sie. Sein Schnurrbart nahm eine Hälfte seines Gesichts ein, sein starrer Blick die andere.

»Mein Neffe hat mich überzeugt, dass es sich hierbei um die beste Vorgehensweise handelt. Daher habe ich mich entschlossen, ihm zu vertrauen«, sagte er schließlich. »Ich will allerdings alle vierundzwanzig Stunden über neue Entwicklungen informiert werden. Ich werde die Entscheidung, ob es eine gute Idee ist, ohne Zwischenhalt durchzufahren oder den Zug anzuhalten und die Polizei zu rufen, von Ihren Fortschritten abhängig machen.«

»Vielleicht finden wir den Täter innerhalb von vierundzwanzig Stunden«, verkündete Marshall.

Vodin wirkte nicht überzeugt. Er blickte erneut zurück und nickte Lew zu. Während er den Blick abgewandt hatte, schlug Benedikt schnell nach Marshalls Bauch. *Übertreib nicht so*, bedeutete er ihm.

Vodin fuhr fort: »Während Sie ermitteln, wird Lew Ihnen Gesellschaft leisten und sich Notizen machen. Er wird mir Bericht erstatten, um Ihnen die Zeit und Mühe zu ersparen. Sie können sich jedoch direkt an mich wenden, wenn Sie etwas brauchen. Kann ich Sie nun für die Begutachtung des Tatorts allein lassen?«

Marshall nickte.

Mit einem Kopfschütteln, als könnte er nicht glauben, dass er das erlaubte, entriegelte Vodin die Tür und sprach erneut mit Lew.

Marshall lehnte sich zu Benedikt hinüber, um mit ihm zu flüstern. »Hast du … meinen Namen verwendet?«

»Gefällt er dir nicht?«

Marshall grinste. »Er gefällt mir sehr gut, Mr. Sokow.«

Die Abteiltür öffnete sich erneut. Vodin trödelte nicht länger, gab seinem Neffen einen Klaps auf den Arm, bevor er mit derselben Hand die Tür in den nächsten Wagen aufdrückte.

»Nun gut.« Benedikt krempelte seine Ärmel hoch. »Wie schwierig kann das sein? Pass auf, wohin du trittst.«

»Sprichst du mit mir oder dem Kind?«, fragte Marshall, der Benedikt ins Abteil folgte.

»Dem Kind. Oder bist du ein Amateur? Such dir einen guten Platz zum Stehen aus, Lew Grigorjewitsch.«

Seine Anweisung bekam keine Antwort. Besorgt drehte Benedikt sich um, suchte nach Lew und musste feststellen, dass dieser blass geworden war und angespannt die Leiche anstarrte. Geraume Zeit stand er dort, bevor er die Hand an den Mund legte. Lew rannte aus dem Abteil in Richtung des Waschraums.

Benedikt seufzte. *Wie schwierig kann das sein?* Er hätte nicht fragen sollen.

4

Die Nacht war vollständig hereingebrochen, auf der anderen Seite des Fensters befand sich nur noch samtene Schwärze. Hier und da erhellte eine Lampe an den Gleisen den Raum, doch ansonsten spendete nur die Deckenleuchte ihnen Licht – wenn auch kein besonders gutes.

Marshall beäugte die Leiche. Er wollte den Toten nicht bewegen, um keine Spuren zu verwischen. Außerdem wollte er keine steifen Gliedmaßen anfassen, nicht einmal mit Handschuhen. Während der Junge am Rande herumstand, in sein Notizbuch kritzelte und wahrscheinlich jedes Wort dokumentierte, das Marshall und Benedikt miteinander sprachen, durchsuchte Benedikt das Abteil und die Besitztümer des Verstorbenen.

»Sein Name war Danila Andrejewitsch Popow«, berichtete Marshall, während er mit dem Finger behutsam Popows Kleider anstieß, um zu überprüfen, ob etwas herausfiel. »Er stellte sich dem Mann nebenan vor, Stepan. Ich hatte eine Unterhaltung mit Stepan über den Streit, den wir beide in diesem Abteil hörten. Wahrscheinlich keine zehn Minuten, bevor er getötet wurde.«

»Dann gehe ich davon aus, dass die Person, die ihr mit ihm streiten gehört habt, der Mörder war«, stellte Benedikt klar. Er betastete etwas in der Zimmerecke.

»Ich bin geneigt, dir zuzustimmen.« Marshall erhob sich und ließ seinen steifen Nacken kreisen. »Leider konnte ich an der Stimme nichts bemerken. Sie war zu schwach. Die Person gab sich alle Mühe, leise zu sein.«

»Hm.« Benedikt suchte weiter, tief in Gedanken. Marshall umkreiste den Mann erneut, versuchte, die Leiche vom Kopf her zu betrachten anstatt von den Zehen. Er wollte nicht zu nahe heran und in das Blut treten. Es begann zu riechen, verdorben und nach rostigem Eisen. Sie würden den Tatort ein letztes Mal bei Tageslicht untersuchen und dann schlichtweg mit den Konsequenzen leben müssen, wenn sie die Leiche bewegten. Bilder zu schießen half ihnen nicht, da es an Bord des Zugs keine Dunkelkammer gab. Bis sie die Bilder entwickeln konnten, wäre der Fall für sie nicht mehr von Interesse. Sie spielten nur Detektiv, damit der Zug nicht anhielt.

»Mr. Marshall, haben Sie etwas festgestellt?«, rief Lew ihm von der Abteiltür aus zu. Nachdem er seinen Mageninhalt im Waschraum gelassen hatte, kam er begierig ins Abteil zurückgetrippelt und machte ein paar Bilder. Bevor ihm wieder schwindlig werden konnte, hatte Marshall ihn bestimmt von der Leiche wegmanövriert und gegen die geschlossene Tür gedrückt. Wenn es nach ihm ging, wäre Lew nicht im Abteil, doch die Chancen standen gut, dass Vodin die Ermittlung nur erlaubte, weil sein Neffe sich davon praktische Erfahrung als Journalist versprach.

»Ich hoffe, dir ist klar, dass die meisten Journalisten Ermittler nicht am Tatort nach ihren Beobachtungen fragen«, erwiderte Marshall. Er verzog das Gesicht. »Füllfederhalter, geradewegs in seine Kehle gestoßen. Eine kaum sichtbare Auswölbung im Nacken. Dort hat das Metall allerdings nicht seine Haut durchstoßen. Etwas mehr Druck hätte ausgereicht.«

Er fügte nicht hinzu, dass es aussah, als hätte es einen beachtlichen Kampf gegeben, bevor der Mann gestorben war. Sein Mund stand einen Spalt weit offen, erstarrt in seinem Ringen nach Atem. Der Stift war nicht dick genug, um seine Luftröhre vollständig zu blockieren, daher musste er in seinen letzten Momenten schwer gekeucht und gewürgt haben, bevor er verblutet war.

»Vergiss den Kleiderständer nicht«, fügte Benedikt hinzu. Er untersuchte soeben das Bett, schüttelte die Decken aus.

Von den vier Wänden des Abteils befand sich in einer die Tür, in einer das Fenster, stand an einer das Bett. Die vierte wies nur ein paar alte Schrammen auf. Doch davor lag der Kleiderständer in zwei Teilen auf dem Teppich, mittendurch gebrochen.

»Stimmt«, sagte Marshall. »Mr. Popow hat einen Kratzer auf der Stirn. Meine Vermutung …« Er zeigte auf einen der scharfkantigen Haken des Kleiderständers. Sie waren aus Metall. »Entweder wurde er davon getroffen und dann erstochen oder erstochen und dann davon getroffen.«

Lew zog eine Grimasse. Obwohl er erneut erbleichte, notierte er die Anmerkungen.

»Ich sehe nichts weiter im Zimmer.« Benedikt trat von den unordentlichen Laken zurück. Es gab nichts mehr zu durchsuchen. Die Abteile waren winzig. »Lew, bitte deinen Onkel um jedwede Informationen, die er über diesen Mann hat. Alles, was nützlich sein mag.«

Sofort salutierte der Junge, ließ sein Notizbuch zuschnappen und eilte aus dem Abteil. Marshall stupste mit dem Fuß eine Hälfte des Kleiderständers an, drehte den runden Gegenstand, um zu sehen, ob sich auf der anderen Seite etwas Interessantes befand. Da war nichts.

»Das fühlt sich sehr nostalgisch an«, sagte er. »Wir haben uns zusammen so viele Leichen angesehen.«

»Und ich nehme an, schon allein das bildet uns zu Privatermittlern aus«, erwiderte Benedikt trocken.

»Warum nicht? Für jeden Beruf braucht man zuallererst Erfahrung.«

Benedikt verdrehte die Augen, doch der Hauch eines Lächelns umspielte seine Mundwinkel. Obwohl Benedikt es sich zur Aufgabe machte, dafür zu sorgen, dass Marshall nicht aus der Reihe tanzte, wusste Marshall doch genau, wie er zu ihm durchdringen konnte.

»Ich habe tatsächlich etwas gefunden. Ist die Tür zu?«

Der Boden unter ihren Füßen ruckelte. Sie waren lange genug unterwegs, um die unebeneren Gleisabschnitte erreicht zu haben, an Orten, die niemand je sah – abgesehen von Reisenden, wenn ein Zug bei Nacht kreischend darüberfuhr.

Marshall sah zur Tür. »Fest verschlossen.«

Benedikt hielt etwas in der behandschuhten Hand. »Ich wollte nicht, dass Lew das sieht, bevor wir festgestellt haben, worum es sich handelt. Ich habe ein ausgesprochen seltsames Gefühl.«

Mit einem Stirnrunzeln trat Marshall näher heran, sodass er den Gegenstand in dem schlechten blau getönten Licht sehen konnte. Er würde herumfragen und für ihr eigenes Abteil eine Kerze besorgen müssen. Dieses Licht würde ihm Albträume bereiten, wenn er eine Woche lang darunter leben musste.

»Eine Nadel?«, fragte Marshall verwirrt.

Benedikt hielt den dünnen Metallstift in einem anderen Winkel, griff ihn um die Mitte anstelle des Endes. Nun konnte Marshall den groben Schnitt an einer der Spitzen sehen, als wäre sie dort abgebrochen.

»Eine Kanüle einer Spritze.«

»Vielleicht wurde sie von dem vorherigen Bewohner zurückgelassen?«

Benedikt rührte in seinem Tee. Er hatte um einen Zitronenschnitz gebeten, der in der dunklen Flüssigkeit tanzte, mit jeder Umdrehung des Löffels am Tassenrand entlangschwamm. Der Esstisch zwischen ihnen war vollständig mit Krimskrams bedeckt. Popows Brieftasche. Der Inhalt dieser. Die Dokumente über jede Reise, die er mit der Eisenbahn unternommen hatte. Es war beinahe zehn Uhr, die meisten Passagiere waren in ihre eigenen Abteile zurückgekehrt. Der eine oder andere Trödler war noch übrig, aß eine Nachspeise oder las unter dem sanften Licht des Kronleuchters an der Bar ein Buch. Wenn sie jedoch an Benedikts und Marshalls Tisch vorbeigehen mussten, machten sie einen großen Bogen um den notdürftigen Arbeitsplatz.

Oder vielleicht lag das an Lew, der im Gang neben dem Tisch auf und ab ging und vor sich hin murmelte, während er nach Schlagzeilen suchte.

Benedikt wollte dem Jungen seinen Freiraum lassen und wandte sich wieder den Hinweisen vor ihnen zu – allen, abgesehen von der Nadel natürlich.

»Die Zugbegleiter hätten sie weggeräumt oder die Prowodnitsa hätte sie gesehen«, erwiderte er flüsternd. »Sie war nicht gut versteckt. Sie lag auf dem Teppich, bevor ich sie aufgehoben habe.«

Am wahrscheinlichsten erschien ihm, dass die Kanüle bei einem Kampf dorthin geworfen worden war. Doch wie war sie verwendet worden? Wo war die Spritze? Benedikt konnte sich keinen Reim daraus machen. Sie konnten keine Autopsie an der Leiche durchführen lassen, sofern der Zug nicht anhielt. Und der ganze Sinn dieser Tarnung als Privatermittler war, eine Verspätung zu vermeiden und Wladiwostok so bald wie möglich zu erreichen.

»Wir könnten wohl am Morgen bei Licht nach Injektionsstellen suchen«, sagte Marshall gedankenverloren. Er ließ seinen Stuhl nach hinten kippen. Es geschähe ihm recht, wenn die Stuhlbeine plötzlich brachen und er auf dem Boden läge. »Davon abgesehen … was ist mit dem Motiv?«

Lew ging weiter auf und ab. Die alte Frau in der Ecke wirkte immer besorgter und als Lew plötzlich die Arme in die Luft warf und einen Schrei der Offenbarung ausstieß, legte sie eilig ein Lesezeichen in ihr Buch, entfernte sich von ihrem Tisch und eilte aus dem Speisewagen. Da der Junge zu abgelenkt war, um in ihre Richtung zu blicken, streckte Benedikt die Beine unter dem Tisch aus, hakte den Fuß an der Querstrebe von Marshalls Stuhl ein und zog ihn nach vorn, sodass er nicht umfallen konnte. Marshall packte seinen Knöchel, bevor er ihn wegziehen konnte.

»Immerhin haben wir bestätigen können, dass wir seinen richtigen Namen kennen«, erwiderte Benedikt. Mit einem Ruck versuchte er, seinen Knöchel zu befreien. Marshall hielt ihn mit einem spitzbübischen Lächeln fest. Ihre Stimmen ließen nichts von dem Kampf vermuten, den sie unter dem Tisch führten.

»Sofern wir davon ausgehen können, dass seine Ausweispapiere nicht gefälscht sind.«

»Natürlich. Wenn jedoch etwas davon gefälscht ist, haben wir wohl ein viel größeres Problem. Laut seiner Adresse wohnt er in Moskau.«

Marshall ließ seine Finger höher gleiten. Benedikt trat mit seinem anderen Bein zu und unter stummem Protest musste Marshall loslassen.

Lass mich dich lieben, formte er mit dem Mund.

Verhaftung wegen Erregung öffentlichen Ärgernisses, warnte Benedikt ihn im Gegenzug stumm.

»Und doch kommt und geht er oft«, fuhr Marshall ohne zu zögern laut fort und gestikulierte in Richtung der Einträge zu Popows letzten Reisen zwischen Moskau und Wladiwostok. »Ich nehme nicht an, dass es sich dabei einfach um einen Raubüberfall durch jemanden handelt, der seine übliche Reiseroute auswendig gelernt hat.«

Benedikt stieß die lederne Brieftasche an, sodass sie zur anderen Tischkante rutschte. »Wenn dem so wäre, hätte er kein Geld zurückgelassen.«

Der Speisewagen ruckelte. Der Kronleuchter über der Bar klimperte, die Glasperlen klirrten gegeneinander. Es wurde spät. Immerhin blieben ihnen noch sechs Tage. Selbst Lew schien durch seine Wanderung erschöpft zu sein, stand bei der moosgrünen Tapete und murmelte vor sich hin.

»Ich will verdammt sein, wenn wir allein hieraus ein Motiv ableiten können.« Benedikt seufzte, schüttelte den Kopf. »Lass uns schlafen gehen.«

5

Es fühlte sich überraschend gut an, in einem fahrenden Zug zu schlafen. Benedikt wachte während der Nacht nicht einmal auf, weder vom Rumpeln des Motors noch vom Kreischen der Gleise. Erst als der Morgen kam und die Mitreisenden vor dem Abteil vorbeigingen, wurde er wach und hörte Gesprächsfetzen von Beschwerden vor seiner Tür.

Auf einer gewöhnlichen Reise hätte der Zug heute angehalten. Stattdessen mussten Passagiere mit Fahrkarten für die nächstgelegenen Ziele weitere fünf Tage bis nach Wladiwostok fahren.

Es klang nicht so, als wären die Leute glücklich über die Ankündigung. Benedikt scherte sich nicht besonders um das Grummeln der anderen Passagiere, solange sie ans Ziel kamen.

Er befreite sich von Marshalls schwerem Arm, bewegte sich behutsam, um ihn nicht zu wecken. Einen Moment lang wirkte es, als wäre Marshall wach, und er murmelte etwas über Suppe. Benedikt hielt inne und fragte sich, ob er Suppe holen sollte. Doch dann schnarchte Marshall weiter, seine dunklen Haare fielen von seiner Stirn auf das weiche Kissen.

Benedikt unterdrückte ein Lächeln und zog sich schnell im Halbdunkeln an. Die Vorhänge sperrten einen Großteil der Morgensonne aus. Er sah sich nur flüchtig in dem kleinen Wandspiegel, bevor er das Abteil verließ und sich mit der Hand durch die Haare fuhr, um sicherzugehen, dass er kein blondes Nest am Hinterkopf hatte.

Benedikt nickte dem Zugbegleiter zu, der vor der Tür des Toten Wache stand.

»Darf ich eintreten?«

Der Zugbegleiter erkannte Benedikt als den Ermittler, trat zur Seite und entriegelte die Abteiltür. Die Vorhänge weit geöffnet, sodass das helle Morgenlicht hereinströmte, stellte Benedikt eine schnelle zweite Untersuchung an. Er wollte nicht zu lange bei der Leiche verweilen, damit der metallische Geruch nicht in seine Kleider sickerte. Zumindest war noch keine Verwesung zu sehen. In ein oder zwei Tagen würde der Gestank eines Mordes zum Gestank der Fäulnis.

»Nun gut«, murmelte Benedikt. »Mal sehen.«

Er krempelte behutsam die Ärmel des Toten hoch, überprüfte die Gliedmaßen nach einer Einstichstelle. Die Leichenstarre hatte eingesetzt, sodass es außerordentlich schwierig war, Ellbogen und Schultern zu bewegen, doch Benedikt gab sich alle Mühe. Er stupste kalte Haut an, verschob gummiartige Adern und steife Finger.

Zehn Minuten später hatte er nichts Bemerkenswertes gefunden, musste sich geschlagen geben und strich Popows Ärmel wieder glatt. Er ging sogar so weit, sich die Kehle des Toten anzusehen und die Mordwaffe herumzuschieben, besah sich die Haut unter den Flecken getrockneten Bluts, doch es war keine Einstichstelle in Sicht ... außer natürlich dort, wo der Füller eingedrungen war.

Benedikt erhob sich. Rümpfte die Nase in Richtung der Leiche, als hätte der Tod des Mannes ihn persönlich beleidigt. Was irgendwie stimmte. Immerhin sollte dies der ruhige Teil seiner Reise sein.

Mit einem Seufzen verließ Benedikt das Abteil und nickte dem Zugbegleiter zu, ließ ihn wieder seinen Wachposten vor dem Tatort einnehmen. Er war tief in Gedanken, als er zum Speisewagen ging und ihre nächsten Möglichkeiten überdachte.

»Guten Morgen, Mr. Sokow.«

Benedikt schreckte auf, als er sich einen Muffin nahm. Er brauchte einen Moment, um zu erkennen, woher die laute Stimme kam, und dann noch einen, bevor ihm klar wurde, dass er gemeint war.

Vodin saß mit einer Kaffeetasse vor ihm an einem Tisch. Sein Schnurrbart war sehr ordentlich gebürstet.

»Hallo«, antwortete Benedikt monoton. »Können wir heute die Passagiere und Zugbegleiter in der ersten Klasse befragen?«

Eine Zugbegleiterin schob einen Wagen voller Obst herein. Vodin trank einen Schluck Kaffee.

»Kein Freund belangloser Konversation, wie?«

Benedikt runzelte die Stirn. »Wo sind wir hier, in der Oberschicht?«

»Ah, touché.« Vodin wirkte, als amüsierte ihn Benedikts kurz angebundene Art. Doch Benedikt gab sich nicht belustigt. So redete er eben. »Natürlich. Ich werde alle Passagiere und Zugbegleiter der ersten Klasse bitten, zu kooperieren. Wo ist ihr Ermittlungspartner?«

Benedikt biss in seinen Muffin. Er machte sich nicht die Mühe, sich hinzusetzen, da er ohnehin in wenigen Sekunden fertig sein würde. »Er schläft noch.«

»Lange Nacht.«

Benedikts Miene verfinsterte sich noch mehr. »Vermutlich. Wir schickten Lew um die Zeit fort, um die auch wir unsere Arbeit beendeten. Es war allerdings nicht so spät, wie es hätte werden können.«

Vodin leerte seine Kaffeetasse. Er nickte, dann wischte er den Milchschaum von seinem Schnurrbart. »Da wir gerade von meinem Neffen sprechen, ich werde ihn nun wecken gehen. Ich hoffe, er kann bei den Befragungen dabei sein.«

»Natürlich.« Benedikt trat beiseite, als Vodin vorbeiging. »Wir beginnen in etwa einer Stunde.«

»Sehr gut.« Vodin schob seinen schwarzen Hut nach hinten. Aus irgendeinem absurden Grund wirkte er, als könnte er kaum ein Lachen unterdrücken. »In der Zwischenzeit, Mr. Sokow, möchten Sie vielleicht einen Spiegel konsultieren. Oder nicht. Das liegt bei Ihnen. Ich werde meinen Neffen holen.«

Der Bahnpolizist schlenderte davon. Ungeheuer verwirrt lehnte sich Benedikt über den Essenswagen, um in eine spiegelnde Oberfläche zu blicken. Dieses Mal begutachtete er sich gründlich.

»Verdammt, Marshall«, zischte er, griff nach einem kalten Löffel und presste ihn sich an den Hals.

Marshall erwachte von dem Gefühl, dass ihm etwas Kaltes gegen die Stirn geschlagen wurde.

»Ah, *shibal* –«

Er riss die Augen auf, konfus und schlaftrunken. Benedikt, oder ein recht verschwommener Eindruck von Benedikt, stand über ihn gebeugt mit etwas in der Hand, das nach einem metallenen Löffel aussah.

»Au!«, beschwerte Marshall sich.

»Au?«, wiederholte Benedikt. Er zeigte auf seinen Hals.

Marshall blinzelte heftig. Nun konnte er Benedikt klar sehen, von seinen goldenen Haaren bis zu seinen braun-grau-orakelhaften Augen, zu dem leichten Bluterguss an der linken Seite seines Halses, den er hervorgeküsst hatte, kurz bevor sie eingeschlafen waren.

Er grinste. »Ich hatte mich gefragt, wann es dir auffallen würde.«

»Herrgott noch mal.« Benedikt krempelte seine Ärmel hoch. »Ich werde dich umbringen.«

»Neeeiiin, wir versuchen, einen Mörder zu fangen, werd nicht zu einem!«

»Zu spät!«

Benedikt kletterte auf das Bett, den Löffel erhoben. Marshall warf den Kopf zurück und lachte, riss seinen Ehemann nach unten und versuchte zu verhindern, dass er ihn mit einem Löffel erschlug.

6

Hier ist die Liste aller Personen der ersten Klasse. Der kürzere Abschnitt am Ende sind die Zugbegleiter.«

Vodin legte ein Klemmbrett auf den Tisch. Darauf waren nur zwei Seiten – eine Auflistung der etwa zwanzig Passagiere, die auf die vier Wagen verteilt waren. Es gab fünf Zugbegleiter und eine Prowodnitsa, mit Vodin ergab das ein Dienstpersonal von sieben Personen. Während Marshall seinen Apfel verschlang – recht aggressiv, da er den Geschmack zu maximieren versuchte, denn seine Sinne stumpften während Reisen stets etwas ab –, nahm Benedikt das Klemmbrett zur Hand und überflog die Liste, wobei er einen kehligen Laut ausstieß.

»Ich nehme nicht an, dass du irgendwelche Namen von bereits berühmten Verbrechern entdeckt hast?«, fragte Marshall und lehnte sich vor. Sie saßen auf derselben Seite des Tisches, den sie am Abend zuvor als Arbeitsplatz verwendet hatten. Ihre Verdächtigen würden für die Befragung auf der anderen Seite sitzen, einer nach dem anderen.

»Das wäre recht zweckdienlich. Leider ist dem nicht so.«

»Verdammt. Es war einen Versuch wert.«

»Ein heldenhafter Versuch, Mars.«

Marshall sah das genauso. Er biss erneut von seinem Apfel ab und blickte kurz zu den Wagentüren, als Lew sich hindurchschob und zu ihrem Tisch geeilt kam.

»Befragen wir heute jemanden?«, flüsterte er. »Wie Sherlock?«

»Lass mich eine Sache klarstellen.« Benedikt bedeutete dem Jungen, sich zu setzen. »Du beobachtest. Riskier nicht deinen

Kopf. Einer dieser Leute, die heute durch diese Tür kommen, ist ein Mörder.«

Lew nickte sofort, wirkte dabei so ernst wie ein Sargträger. Selbst Marshalls Magen rutschte etwas in Richtung der Kniekehlen. Nervös schluckte er den nächsten Bissen, als Vodin durch die Türen des Speisewagens hinausspähte und der ersten Gruppe wartender Passagiere bedeutete, sich bereitzuhalten. Dies war die Grundlage ihrer Ermittlung. Der Zug war nicht stehen geblieben, damit niemand entkommen konnte. Wer auch immer Danila Andrejewitsch Popow einen Stift durch die Kehle gestoßen hatte, musste sich noch an Bord befinden. Sie mussten nur mit dem Finger auf den Schuldigen zeigen.

»Bereit?«, flüsterte Benedikt.

Marshall warf das Apfelgehäuse in den Mülleimer. »Bereit.«

Die ältere Dame, die Lew am Abend zuvor erschreckt hatte, wurde als Erste hereingewunken. Die Fragen dienten nur dazu, sich ein besseres Bild davon zu machen, wer zum Tatzeitpunkt wo gewesen war. Viele Passagiere wurden hereingeführt und durften innerhalb von Minuten wieder gehen. *Wo waren Sie gestern? Wer war bei Ihnen? Kannten Sie den Verstorbenen? Haben Sie zum Tatzeitpunkt jemanden in der Nähe seines Abteils gesehen?* Bei vielen von ihnen konnten andere ihre Anwesenheit im Speisewagen bezeugen und sobald das festgestellt war, war es ausgesprochen unwahrscheinlich, dass sie etwas mit dem Verbrechen zu tun hatten.

»Stepan Maximowitsch Iwanow«, grüßte Marshall den Mann, der durch die Tür des Speisewagens kam. »Es ist eine Freude, Sie zu sehen.«

»Wenn es nur unter besseren Umständen wäre«, erwiderte Stepan, als er sich schwer auf den Stuhl fallen ließ. Er hatte das Auftreten eines Geschäftsmanns, die Hände hatte er vor sich verschränkt, als wäre er darauf vorbereitet, sich einen Vorschlag anzuhören, anstatt sich einer Befragung unterziehen zu müssen.

»Sie waren zum Tatzeitpunkt in Ihrem Abteil, nicht wahr?«, fragte Benedikt.

»Das war ich.«

»Und Ihr Reisegefährte?« Marshall überflog die Passagierliste. »Kann Mr. Portsmith Ihre Anwesenheit bestätigen?«

»Der schlief recht tief. Er behauptete, er habe Desynchronisierung, weil er gerade von London nach Moskau gereist ist.«

Benedikt schnaubte spöttisch. »Nur zwei Stunden?«

»Er ist alt. Das ist gerechtfertigt.«

»Interessant.«

Während Marshall darauf vertraute, dass er sich auf seinen eigenen Kopf verlassen und sich an die wichtigen Details erinnern konnte, machte Benedikt sich zu jedem Passagier Notizen auf ein paar Blättern, die er sich auf die Beine drückte. Gerade kritzelte er geschwind.

»Mr. Iwanow«, sagte Benedikt, »warum kamen Sie nicht aus Ihrem Abteil, als die Prowodnitsa schrie? Sie hatten nur wenige Minuten zuvor mit meinem Partner gesprochen und befanden sich im Abteil nebenan.«

»Oh, dafür gibt es eine einfache Antwort.« Stepan Maximowitsch zeigte auf seine Ohren. »Ohrstöpsel aus Wachs. Die wurden im Krieg verteilt, um Schüsse zu dämpfen, und seither verwende ich sie zum Schlafen.«

Das schien etwas zu gelegen zu kommen. Doch es war auch nicht besonders verdächtig, zum Schlafen Ohrstöpsel zu tragen.

»Kannten Sie den Verstorbenen?«

»Nein.«

»Fiel Ihnen etwas Ungewöhnliches in Bezug auf ihn auf?«

Stepan schüttelte den Kopf. Dann nickte er in Richtung Marshall. »Abgesehen von dem gedämpften Streit, über den wir sprachen. Ich verstand keines der gewechselten Worte, ansonsten wäre ich Ihnen heute von größerem Nutzen.«

Sie ließen Stepan gehen und riefen den nächsten Passagier herein: sein ihm zugewiesener Reisegefährte. Als Mr. Portsmith hereinkam, bestätigte er die Antworten. Besser gesagt, zuerst erklärte er in gebrochenem Russisch, dass er für die Befragung vollkommen nutzlos war, da er die Sprache nicht spreche, dann sprang er dreist aus dem Sitz, kaum dass er sich gesetzt hatte.

»Mr. Portsmith«, wies Benedikt den Mann an, als er sich erhob. »Wir sprechen einwandfrei Englisch.«

»Ja, verbreiten Sie keine Gerüchte unter den anderen ausländischen Passagieren an Bord, dass wir sie mit Nachsicht behandeln«, fügte Marshall hinzu. »Wir beide sprechen zusammen mindestens ein Dutzend Sprachen.«

Mr. Portsmith blinzelte. Er ließ sich langsam wieder auf seinen Stuhl sinken. »Oh. Oh, na gut.«

Sie führten die Befragung fort. Die meisten waren Russen, doch es gab eine Französin. Einen weiteren Engländer. Drei chinesische Passagiere. Die meisten Verdächtigen konnten ein oder zwei andere nennen, die zur Zeit von Mrs. Kusminas Schrei bei Ihnen gewesen waren. Sie alle behaupteten, den Verstorbenen nicht zu kennen. Auch wenn einige es sich nicht verkneifen konnten, einen spitzen Kommentar darüber zu machen, dass sie während der Befragung ihr Ziel verpassten, waren die Passagiere größtenteils kooperativ, antworteten höflich, bevor sie sie wegschickten und sie in ihre Abteile zurückkehren durften. Das ergab Sinn. Sollte ein Mörder zur Befragung kommen, bevor ein Hinweis gefunden oder ein Verdächtiger identifiziert war, wäre er einfältig, wenn er sich zu weit aus dem Fenster lehnte und die Aufmerksamkeit auf seine Schuld lenkte.

Dann kam der nächste Mann herein und schlug die Wagentüren zu, sodass Marshall vor Schreck beinahe aus der Haut gefahren wäre.

»Das ist lächerlich!« Der laute Knall bei seinem Eintreten reichte ihm offensichtlich noch nicht. Als der Mann zum Tisch herübermarschierte – wobei er so weit ausschritt, dass man glauben könnte, seine graue Hose hätte Feuer gefangen –, schlug er auch noch nach einem der Stühle, sodass er auf die hölzernen Dielen geschleudert wurde. »Mit welchem Recht halten Sie uns hier fest?«

Marshall spähte über Benedikts Schulter auf dessen Notizen. Die Passagierliste identifizierte den Mann als Edouard Koslow. Ein Patronym war nicht angegeben. *Ach herrje,* schrieb Benedikt in Edouard Koslows Spalte und drehte das Blatt, als er Marshalls Blick spürte, sodass Marshall die englischen Worte lesen konnte.

Benedikt klang vollkommen unbeeindruckt von der aggressiven Frage des Passagiers: »Genau genommen haben Sie, als Sie Ihre Fahrkarte kauften, den Geschäftsbedingungen zugestimmt. Und diese beinhalten, dass der Bahnpolizist an Bord über Ihre Reise bestimmen darf.«

Eduard Koslow verzog sogleich höhnisch das Gesicht. »Wer zur Hölle seid also ihr beide? Offensichtlich keine Bahnpolizisten.«

»Wenn der Bahnpolizist uns die Vorgänge anvertraut, dann sind wir Ihre provisorischen Bahnpolizisten.« Marshall stützte die Ellbogen auf den Tisch, verschränkte die Finger und legte das Kinn darauf. »Möchten Sie sich setzen?«

»Das möchte ich nicht. Ich will an meinem Halt aussteigen.«

»Dann würde ich vorschlagen, dass Sie sich setzen und unsere Fragen beantworten«, sagte Benedikt. »Denn je schneller wir den Mörder finden, umso wahrscheinlicher ist es, dass der Zug seinen geplanten Fahrtverlauf wieder aufnimmt. Möchten Sie kooperieren oder möchten Sie sich empfehlen?«

Eduard schien das als das Stichwort für seinen Abgang zu sehen. Mit geblähten Nasenflügeln fuhr er auf dem Absatz herum und trat gegen einen Stuhl, bevor er den Speisewagen verließ.

»Es wäre sicher viel zu offensichtlich, wenn er sich als unser Mörder herausstellen würde«, sagte Marshall.

»Man kann nie wissen.« Benedikt hatte seinen Notizen 不肯合作 hinzugefügt. *Nicht kooperationsbereit.* »Vielleicht ist das Universum nachsichtig mit uns.«

Marshall lehnte sich näher heran. »Warum schreibst du auf Chinesisch?«

Benedikt fing eine neue Zeile an, wechselte die Sprache. 화났어 …

»Ich schreibe in allem außer Russisch«, erwiderte er. »Dadurch sind die Chancen geringer, dass jemand meine Notizen stiehlt und sie versteht.«

»Ja, der Möder liest sicher vage Anmerkungen wie ›ist wütend …‹ und bekommt einen weiteren vernichtenden Wutanfall.«

»Mein koreanischer Wortschatz ist eingerostet, okay?«

Marshall lehnte sich hinüber, schnappte sich den Stift und fügte hinzu: 의자 찼어 😟

Benedikt prustete. »War das traurige Gesicht wirklich nötig?«

»Ja. Der arme Stuhl.«

Die Tür zum Speisewagen glitt erneut auf und offenbarte einen neuen Passagier. In starkem Kontrast zu Eduard steckte das hereinkommende Mädchen zuerst den Kopf durch die Tür, um sie nicht zu unterbrechen. Marshall erkannte sie, obwohl er eine Sekunde brauchte, bis er wusste, woher.

»Vodin hat mich hereingeschickt«, sagte sie.

»Komm, setz dich«, wies Benedikt sie an, holte sich seinen Stift zurück und klopfte damit zweimal gegen Marshalls Knie, um ihn wieder zur Vernunft zu bringen. »Es wird schnell gehen. Du bist …« Er konsultierte die Passagierliste. »Jewa?«

Das Mädchen nickte, trat vor und setzte sich auf den Stuhl. Sie trug ein blassgrünes Kleid mit einem Kragen, der an den Stil in Shanghai erinnerte, obwohl es wohl keine Überraschung war, dass die Mode sich zwischen Städten ausbreitete. Eine silberne Halskette baumelte vor der Spitze, in den Anhänger war der englische Buchstabe J eingraviert.

»Jewa Mikhailowna, zu Ihren Diensten.« Ihre Stimme war leise. Nicht aus Schüchternheit, es schien einfach ihre übliche Lautstärke zu sein.

»Kein Familienname?«, fragte Marshall.

»Das ist heutzutage nicht so ungewöhnlich«, antwortete sie gelassen.

Marshall musste ihr wohl recht geben. Immerhin war sein vollständiger Name auf dieser Zugfahrt *Nur Marshall.*

»Können andere Passagiere deinen Aufenthaltsort zur Tatzeit bestätigen, Jewa Mikhailowna?«, erkundigte sich Benedikt, der sich wahrscheinlich auch eine Notiz zu ihrem fehlenden Nachnamen machte.

»Das kommt darauf an.« Jewa strich sich eine Strähne aus dem Gesicht und drückte sie in ihren tief sitzenden Haarknoten. »Als die Prowodnitsa schrie, war ich allein in meinem Zimmer und trank Tee. Doch ein paar Minuten zuvor, falls es sich dabei um die Tatzeit handelt, sahen Sie beide mich.«

Benedikt sah auf, überrascht über die Behauptung. Er hatte sie wahrscheinlich nicht bemerkt oder sich die Begegnung im Durchgang nicht eingeprägt. Da Marshall beinahe mit ihr zusammengestoßen wäre, bestätigte er den Bericht mit einem leichten Nicken.

»Kanntest du den Verstorbenen?«, fragte Marshall, der die Befragung wiederaufnahm, während Benedikt schrieb.

Jewa schüttelte bestimmt den Kopf.

»Na gut. Letzte Frage und ich nehme an, die ist besonders relevant, da du dich in der Nähe befandst. Hast du zur Tatzeit etwas Verdächtiges bemerkt?«

Einen Moment lang wirkte es, als wollte Jewa erneut den Kopf schütteln. Doch dann hielt sie inne und runzelte konzentriert die Stirn.

»Ich wollte schnell in mein Zimmer zurück, daher habe ich nichts gesehen«, sagte sie langsam. »Aber … etwa fünfzehn Minuten zuvor ging ich vorbei, um mir Essen zu holen. Ich hörte einen Streit und ich denke, dass er aus dem Abteil des Verstorbenen drang.«

Niemand schien gesehen zu haben, wie der Schuldige das Abteil des Verstorbenen betreten hatte, doch jeder hatte den gedämpften Streit gehört.

»Das ist wahrscheinlich«, sagte Marshall. »Vielen Dank für deine Hilfe, Jewa Mikhailowna.«

Jewa blinzelte. »Sie … wollen nicht wissen, worum es bei dem Streit ging?«

Benedikts Stuhl knarzte, als er sich aufsetzte. »Du hast tatsächlich verstanden, was gesagt wurde?«

»Natürlich.« Die Andeutung, es hätte anders sein können, verwirrte Jewa anscheinend. »Es war so laut. Ich habe nicht viel gehört, weil ich es nicht angemessen fand, stehen zu bleiben, doch ich hörte ganz deutlich einen Befehl. Er sagte: ›Wage es nicht. Wage es nicht, mich damit zu stechen.‹«

Marshall und Benedikts Blicke trafen sich und sie wussten, dass sie dasselbe dachten. Sofern Popow nicht so naiv gewesen war, mit einem Mörder zu verhandeln, bevor er ihm die Waffe durch die Kehle stach, war die Wahrscheinlichkeit hoch, dass der Streit dem Verbrechen voranging und er stattdessen über eine Spritze gesprochen hatte.

»Danke, Jewa«, sagte Benedikt. »Könntest du beim Hinausgehen den nächsten Passagier hereinschicken?«

Die Sonne ging unter. Sobald der sich schnell bewegende Himmel nicht mehr rot glühte und die Farbe hinter den Horizont floss wie Wasser aus einem ausgewrungenen Waschlappen, wäre ein weiterer Tag in der Transsibirischen Eisenbahn vergangen.

Marshall blätterte durch die Enzyklopädie in seinem Schoß und summte leise. Sie hatten das Deckenlicht noch nicht angeschaltet, darauf bedacht, die letzten Reste des Sonnenuntergangs in sich aufzunehmen. Während Marshall sich konzentriert Mühe gab, das dicke Buch durchzublättern, das er aus dem Bücherregal in einer Ecke des Speisewagens mitgenommen hatte, die Beine auf dem Bett ausgestreckt und zusammengekauert, sodass er den Seiten möglichst nahe war, saß Benedikt mit seinem Skizzenblock auf dem Boden und lehnte den Kopf an Marshall.

»Ich gehe nicht davon aus, dass das Zeichnen dir eine Eingebung verschafft hat?«, durchschnitt Marshalls Stimme die Stille.

»Das hat es tatsächlich«, erwiderte Benedikt sofort. Er schattierte die Graslandschaft auf seinem Papier und hielt inne, bevor er seinem Feld eine winzige Kuh hinzufügte. »Mir ist klar geworden, dass ich mehr Kühe zeichnen muss. Die sind sehr nett.«

Marshall verdrehte die Augen und knuffte Benedikt sanft auf den Kopf.

»Ich meine, bezüglich unserer Ermittlung, Ben. Wir haben es mit einer tickenden Zeitbombe zu tun.«

»Auch noch eine Zeitbombe? Ich dachte, wir hätten nur eine Leiche.«

»Du bist so lustig.«

»Du lachst über all meine Witze. Wessen Schuld ist das also?«

Marshall schob die Enzyklopädie von seinem Schoß, lehnte sich vor und legte die Hände um Benedikts Hals, als wollte er ihn erwürgen. Es machte keinen Spaß, weil Vodin in wenigen Stunden seinen Bericht wollte, und anstatt Freude darüber zu empfinden, eine Nervensäge zu sein, umschloss Marshall stattdessen mit den Armen Benedikts Schultern und legte seinen Kopf darauf, während seine Gedanken rasten. Er hatte gehofft, die Enzyklopädie enthielte eine wissenschaftliche Methode, um die Anwesenheit von Chemikalien in Leichen feststellen zu können. Obwohl Benedikt gesagt hatte, dass er bei seiner neuerlichen Überprüfung der Leiche an diesem Morgen keine Einstichstelle gefunden hatte, machte Jewas Behauptung über das, was sie gehört hatte, wahrscheinlich, dass eine Spritze verwendet worden war.

Doch das einzig Interessante, das die Enzyklopädie ihm anbieten konnte, waren Fakten über Wolken. Was nett war, doch für seine konkreten Zwecke unwichtig. Wenn sie bereits mit Lourens in Kontakt stünden, könnte der alte Wissenschaftler ihnen vielleicht eine Methode für eine Schlussfolgerung verraten. Doch bis sie mit ihm in Kontakt wären, hätten sie den Mord hoffentlich bereits gelöst.

»Hey.« Benedikt berührte Marshall am Arm, sein Tonfall war ernst. »Beruhige dich. Ich bin doch der Nervöse von uns.«

»Wir können nicht beide die Nervösen sein?«

»Auf keinen Fall. Das sind viel zu viele Nerven in einer Ehe.«

Marshall lachte. Er lehnte den Kopf zur Seite, sodass seine Wange stattdessen an Benedikts warmer Schulter lehnte. Die Hitze seiner Haut drang durch das weiße Baumwollhemd, das Benedikt angezogen hatte. Während ihrer Kindheit hatte er das so oft tun wollen. Seine Handflächen hatten förmlich wehgetan aufgrund seines Verlangens nach Berührung, doch er hatte gewusst, dass er sich zurückhalten musste, dass er es nicht riskieren durfte, die Grenze zu überschreiten. Anstatt sich einen Kuss zu stehlen, war er mit spielerischen Schlägen ausgekommen. Anstatt Benedikts Haare zu berühren, wenn sie schmerzhaft hell im Morgenlicht geleuchtet hatten, war er seinem besten Freund auf den Rücken gesprungen und hatte verlangt, Huckepack getragen zu werden. Marshall Seo war damit aufgewachsen, sich selbst als Witz abzutun. Es war stets einfacher gewesen, vorzugeben, dass er etwas nicht ernst meinte, eine Angelegenheit mit einem Schulterzucken abzutun und Leichtsinn vorzuschützen.

Nun drehte Benedikt den Kopf. »Du bist schrecklich still, Mars.«

Doch selbst wenn der Rest der Welt sich zum Narren halten ließ, Benedikt nahm ihn ernst. Der letzte Stern konnte verglühen und die Ozeane vertrocknen, doch Benedikt wäre da und ließe Marshall protestieren und jammern und murren, bis sein wahres Gesicht zum Vorschein käme.

»Ich denke nur nach. Über dich«, sagte Marshall.

»Gute Gedanken, hoffe ich.«

»Schmutzige, um genau zu sein.«

Benedikt verdrehte die Augen. Bevor er jedoch antworten konnte, ertönte vom Durchgang draußen ein gedämpftes Krachen gefolgt von einem alarmierten Aufschrei. Sowohl Marshall als auch Benedikt waren in Sekundenschnelle auf den Beinen, denn sie wussten, dass es in einem Zug mit einem Tatort, an dem ermittelt wurde, nur eine begrenzte Anzahl von Gründen dafür geben konnte, dass jemand schrie.

Marshall stieß die Abteiltür auf. Instinktiv blickte er nach links, in Richtung des Speisewagens. Dann ertönte ein weiterer Schrei und er war beinahe überrascht, dass er von rechts kam.

»Warte, warte«, warnte Benedikt, bevor er in die Richtung laufen konnte. »Was ist los?«

Eine Frau stolperte aus dem Waschraum am Wagenende.

»D-d-da drin«, stammelte sie. »Ich habe nur das Licht angemacht und …«

Sie war eine der Mitreisenden, die sie keine Stunde zuvor befragt hatten. Marshall erinnerte sich nicht an ihren Namen, doch er schenkte ihr ein beruhigendes Lächeln, als er vorbeieilte und sagte: »Tief durchatmen. Ich sehe mir das an.«

Er betrat den Waschraum. Auf dem Spiegel hatte jemand eine Nachricht hinterlassen. In tropfendem Blut.

STOPPT DIE ERMITTLUNGEN

7

In Ordnung. Nun ja, die guten Nachrichten sind, das ist kein Blut.«

Benedikt fuhr mit dem Finger über einen der kyrillischen Buchstaben und wischte dessen Schweif ab. Er rieb den Schmierfleck an seinen Daumen und fuhr fort: »Farbe auf Ölbasis, würde ich vermuten. Wirkt schwer abwischbar.«

Plötzlich blitzte Licht über seine Schulter. Benedikt fuhr herum und wäre beinahe mit Lew zusammengestoßen, der sich ihm mit gezückter Kamera leise von hinten genähert hatte.

»Ups«, sagte der Junge. »Beachten Sie mich gar nicht. Schieße nur ein paar Bilder.«

»Ja, das sehe ich.« Benedikt trat zur Seite. Mit dem Knie stieß er gegen die Toilettenschüssel aus Porzellan.

Abgesehen von Lew hatte sich eine Gruppe Passagiere im Durchgang versammelt, angelockt vom Schrei der Frau und neugierig wegen des Tumults. Sie war so panisch gewesen, dass sie ein Regal mit Seifen umgestoßen hatte, das nun traurig neben der Toilettenschüssel lag. Während die Schaulustigen näher kamen und hereinzuspähen versuchten, gab sich Marshall alle Mühe, sie von der Tür zu verscheuchen, indem er erklärte, es gäbe nichts Interessantes zu sehen.

Das stimmte offensichtlich nicht. Nicht wenn man Lew hereingelassen hatte, um Fotos zu machen.

»Mars«, rief Benedikt. »Komm rein. Der Rest von Ihnen muss Platz machen, für den Fall, dass die Nachricht hier vergiftet ist.«

Niemand würde Gift in Farbe mischen, das wäre ein recht vergebliches Unterfangen, doch die Warnung erfüllte ihren Zweck. Die Passagiere traten eilig rückwärts, unterhielten sich murmelnd darüber, ob sie in Gefahr waren, und hoben ihre Taschentücher an die Nasen. Nur Mr. Portsmith blieb, wo er war, und streckte den Kopf in den Waschraum. Er hatte Benedikt nicht verstanden, da dieser Russisch gesprochen hatte.

»Was steht da?« Mr. Portsmith nickte zum Spiegel.

»Mr. Portsmith, bitte kehren Sie in Ihr Abteil zurück«, erwiderte Marshall auf Englisch. »Wir müssen hier ermitteln.«

Der alte Mann schnaubte. »Was für eine schrecklich langweilige Reise«, murmelte er. »Ich habe etwa zehn Minuten damit zugebracht, diesem Jewa-Mädchen am Samowar etwas vorzujammern, bevor mir klar wurde, dass sie mich nicht versteht. Auch zu meinem Reisegefährten dringe ich kaum durch. Und nun wollen die einzigen beiden, die des Englischen mächtig sind, nicht einmal eine einfache Frage beantworten.« Er stapfte davon, immer noch vor sich hin schimpfend.

Marshall trat durch die Tür, nachdem sie die Schaulustigen endlich losgeworden waren.

»Warum ausgerechnet im Waschraum?«, wunderte er sich, während er die Umgebung ganz genau überblickte.

Was die Ausstattung eines Zuges betraf, war der Waschraum recht großzügig bemessen. Zumindest konnte Benedikt die Arme ausstrecken, ohne eine der dunkelgrünen Wände zu berühren. Vielleicht lag das daran, dass die Abteile keine eigenen Waschräume hatten, wie es bei anderen Zugbauarten üblich war. Es gab nur einen in jedem Wagen, den die Passagiere sich eine ganze Woche lang teilen mussten. Man konnte sogar eine Schlauchbrause aus der Wand ziehen, auch wenn Benedikt keine Feuchtigkeit am Boden oder Wasser rund um den Abfluss sehen konnte, was darauf hätte schließen lassen, dass sie vor Kurzem benutzt worden war. Eine einzelne Glühbirne baumelte an einer Kette von der Decke. Das Bullauge offenbarte kaum mehr als die Abenddämmerung draußen.

»Andere Teile des Zugs werden recht genau überwacht«, vermutete Benedikt. »Der Waschraum ist der einzige Privatraum, in dem man ungesehen eine Drohung hinterlassen kann.«

Stoppt die Ermittlungen. Das war eine recht vage Drohung. Dort hätte »Ihr seid die Nächsten« stehen können. Oder sogar »Ich werde wieder töten«. Doch stattdessen handelte es sich um eine Anweisung in Bezug auf die Ermittlungen.

Schön und gut, dachte Benedikt. Popow hatte vor seinem Tod mit jemandem gestritten. Es musste ein Motiv für die Tat geben, eine Reaktion auf etwas, das jemand getan hatte, oder auf jemanden, den er verärgert hatte. Sobald man sich um ihn gekümmert hatte, war das Problem erledigt. Es befand sich ein Mörder an Bord, doch dieser Mörder war wahrscheinlich nicht länger eine Bedrohung, sofern ihn nicht jemand zum erneuten Handeln zwang.

Ein weiterer Lichtblitz. Lew lehnte sich über das metallene Waschbecken, nahe an den Spiegel.

»Du leistest ihm Gesellschaft und suchst weiter«, sagte Marshall, als er wieder in den Durchgang hinaustrat. »Ich erstatte Vodin Bericht. Ich denke, diese Nachricht kommt uns zugute.«

»Kommt Ihnen zugute?«, unterbrach Lew ihn aufgeregt. »Inwiefern?«

Benedikt drückte dem Jungen beide Hände auf die Schultern und drehte ihn wieder zum Spiegel. »Mach unverzüglich deine Fotos. Ich werde unruhig, wenn du nur hier herumstehst. Sie kommt uns zugute, weil sie bedeutet, dass wir etwas auf der Spur sind.«

Jetzt ging es nur darum, herauszufinden, was das war. Ihre Befragung hatte keine ausschlaggebende Spur offenbart. Weder Benedikt noch Marshall waren sich der Richtung ihrer Ermittlungen besonders sicher. Sie waren Hochstapler, die im Dunkeln tappten, und jemand schien sich bedroht genug zu fühlen, um sie aufhalten zu wollen.

»Bleibt genau hier«, sagte Marshall. Er marschierte davon und ging in den nächsten Wagen.

Lew wandte sich wieder der Nachricht auf dem Spiegel zu. Der Blendenverschluss seiner Kamera machte ein lautes Geräusch.

Dann, bevor er das nächste Bild schoss, duckte er sich und nahm die Schrift von unten in den Fokus.

»*Mal'chik*«, sagte Benedikt langsam. »Was … machst du da?«

Lew sah von seiner Kamera auf. Er blinzelte unschuldig. »Ich fange diesen kleinen Sprenkel ein.«

An Tagen, an denen Benedikt in ihrer Wohnung in Moskau malte, konnte er gewissenhaft sein wie ein Chirurg und trotzdem würde Marshall in einen Klecks treten, den er unwissentlich in der Küche hinterlassen hatte. Obwohl es immer wieder lustig war, Marshall schreien zu hören, wenn er überraschend in etwas verdächtig Nasses und Kaltes trat.

Benedikt folgte der Spur vom Spiegel nach unten. Beugte sich näher heran.

Am Fuß des Waschbeckens, gleich neben Lews Schuh, befand sich ein verschmierter Fleck roter Farbe auf dem Linoleumboden. Er war noch nicht vollständig getrocknet. Die Farbe schimmerte kaum merklich.

»Lew, nicht bewegen«, mahnte Benedikt ihn.

Der Junge sah wieder von seiner Kamera auf. »Hä?«

»Bleib einfach da stehen und schieß deine Bilder. Ich bin gleich zurück.«

Benedikt hielt den Blick auf den Boden gerichtet. Vorsichtig ging er durch die Tür, dann trat er vor und streckte die Arme zu den tapezierten Wänden aus, wo er sich fest abstützte, als würde er dadurch den Teppich möglichst wenig betreten.

Er fand den nächsten Hauch Farbe gleich vor dem Waschraum, wo das Linoleum auf den marineblauen Teppich traf. Der Fleck wäre beinahe unmöglich zu sehen gewesen, hätte er nicht danach Ausschau gehalten. Die dunkle Farbe verschluckte ihn.

Er überprüfte das nächste Teppichstück, suchte und suchte …

Hinter ihm brach eine Kakophonie aus, als Marshall, Vodin und Mrs. Kusmina durch die Wagentüren kamen. Marshall und Vodin diskutierten heftig darüber, was die Ermittlung noch offenbaren konnte. Währenddessen brachte die Prowodnitsa einen Eimer Wasser und ein Tuch, wahrscheinlich mit der Absicht, den Spiegel im Waschraum zu säubern, nachdem Marshall davon berichtet hatte.

»Hey«, rief Benedikt.

Mrs. Kusmina hielt vor dem Waschraum inne. Auch Marshall und Vodin verstummten mitten in ihrer Debatte und sahen ihn an. In dem einen Wort hatte sich Benedikts Besorgnis bemerkbar gemacht. Oder vielleicht hatte Marshall Benedikts leichte Besorgnis bemerkt und Vodin richtete sich nur nach den offensichtlicheren Hinweisen, die Marshall ihm gab.

Benedikt zeigte auf die Tür neben dem Waschraum. »Wer bewohnt diesen Raum?«

»Den Raum?« Die Prowodnitsa stellte ihren Eimer ab. »Niemand. Er steht leer.«

Das kam unerwartet. Und es ergab keinen Sinn. Denn wenn er leer war, warum befand sich der dritte, kaum sichtbare Farbfleck direkt vor der Tür, als wäre jemand mit zwei langen Schritten aus dem Waschraum direkt durch diese Tür verschwunden?

»Seit Kurzem?«, fragte Benedikt nach. Als er seinen drängenden Tonfall bemerkte, eilte Marshall zu ihm. »Hat jemand das Abteil gewechselt?«

Mrs. Kusmina griff in ihre Tasche und holte ihren Generalschlüssel hervor. »Nein, nein. Auf dieser Reise hat niemand eine Fahrkarte für diesen Raum gekauft. Sehen Sie?« Sie steckte den Schlüssel ins Schloss, drehte ihn um und drückte die Klinke. »Leer.«

Die Tür schwang auf. Sie schaltete das Deckenlicht an.

Zwar befand sich kein Laken auf dem Bett oder Kleidung im Schrank, doch auf dem Tisch stand eine einzelne Dose roter Farbe und daneben lag ein feuchter Pinsel.

Der Zug ruckelte. Einen Moment lang sagte niemand etwas. Dann verlangte Marshall sehr ernst zu wissen: »Besteht die Möglichkeit, dass wir einen blinden Passagier haben?«

Die Prowodnitsa öffnete den Mund, schloss ihn wieder. Fassungslosigkeit verlangsamte ihre Bewegungen. »Ich weiß es nicht. Ich kann mir nicht vorstellen, wie.«

Die Ermittlung wurde nur immer seltsamer. Benedikt fluchte leise, als er den Raum betrat, und besah sich geschwind dessen Inhalt. Das Abteil wirkte beinahe identisch zu den anderen im Wagen. Die Vorhänge waren offen. Die einzelne Schublade unter dem Schrank stand einen Spalt offen.

Instinktiv zog Benedikt sie mit dem Fuß auf. Er sagte nichts. Er ließ Vodin den Raum betreten und darüber schimpfen, dass man die Schlüssel im Auge behalten musste. Der Bahnpolizist stach energisch mit dem Finger auf seine Handfläche ein, während er die Prowodnitsa anwies, das Türschloss zu wechseln. Als Marshall zu ihm sah, erwiderte Benedikt seinen Blick mit einem vielsagenden Nicken in Richtung der Schublade.

Marshall ließ seinen Gang dorthin so natürlich wirken, wie er nur konnte, und sah hinein. Benedikt erkannte genau, wann Marshall es ebenfalls bemerkte: den Hauch von Puder in der unteren linken Ecke. Jeder andere hätte es für Staub gehalten. Doch Benedikt und Marshall waren nicht in einer von Shanghais berüchtigtsten Banden aufgewachsen, um denselben Fehler zu machen.

Jemand hatte hier illegale Drogen aufbewahrt.

Benedikt warf die Decke vor sich, ließ sie auf Marshalls Kopf fallen. Es befanden sich noch ein paar Nachzügler im Speisewagen, die ihre Suppe aßen oder Tee tranken, daher wechselte er zu Chinesisch, um nicht verstanden zu werden.

»Mein allerliebster Schatz, wir sollen wach bleiben.«

Marshall antwortete ihm mit einem Stöhnen und ließ die Decke auf seinem Kopf, während er sich gegen das Fenster lehnte. Ihre Ermittlung schien zurückgespult und neu ausgerichtet worden zu sein. Vodin hatte ihnen weitere vierundzwanzig Stunden gegeben, nachdem er gesehen hatte, dass etwas den Mörder aus der Ruhe gebracht hatte, obwohl nur der Himmel wusste, was das war. Sie mussten dem Bahnpolizisten bald eine brauchbare Hypothese liefern, damit er den Zug zu ihrem Ziel weiterfahren ließ. Wenn sie zu offensichtlich nach Strohhalmen griffen, würde Vodin morgen bei Einbruch der Nacht die Polizei hinzuziehen.

Lew war schlafen gegangen. Marshall und Benedikt hatten ihm versichert, dass die Ermittlung nicht vor dem nächsten Morgen fortgeführt würde. Tatsächlich sollten so wenig Leute wie möglich erfahren, was sie vorhatten.

»Deine liebevollen Worte bieten meinen armen Augen nur eine verschwindend geringe Erleichterung, denn sie fallen zu und sind schwerer als Stein. Schwerer als der schwerste Stoff, den die Menschheit kennt –«

Benedikt riss die Decke von Marshalls Kopf. Er hätte es besser wissen sollen, als sie ihm auch nur überzuwerfen. Natürlich würde Marshall sie als Requisite für sein Melodrama verwenden. Er musste es auf andere Weise versuchen.

»Weißt du«, Benedikt täuschte ein Seufzen vor, während er behutsam die Decke faltete, »wenn du müde bist, kann ich die Observierung allein durchführen. Es kann nicht so schwierig sein, die ganze Nacht lang nach Bewegung Ausschau zu halten, und ich kann mich verteidigen, sollte etwas schiefgehen.«

Marshall riss die Augen auf und setzte sich aufrecht hin. »Ich bin nicht müde. Wer hat das behauptet? Böswillige Verleumdung und Lügen.«

Benedikts Miene veränderte sich sofort, er schlug mit einer Hand nach Marshalls Schulter. »Na gut. Dann zeig mal etwas Schwung.«

Der letzte Passagier verließ den Speisewagen erst lange nach Mitternacht. Eine halbe Stunde später wischte der letzte Zugbegleiter die Tische ab und ging ebenfalls.

Benedikt blätterte seine Zeitung um, nahm die Worte jedoch kaum wahr. Marshall ließ sich gegen Benedikts Arm plumpsen. Sie mussten die Observierung heute Nacht durchführen. Bis Morgen würden sich die Neuigkeiten über das leere Zimmer und den Farbeimer sicher verbreitet haben und der Mörder wüsste von ihrer Entdeckung. Bevor dem Mörder klar werden konnte, dass Marshall und Benedikt von dem leeren Zimmer wussten, würden die zwei Ermittler nach Bewegungen Ausschau halten. Entweder um die Anwesenheit eines blinden Passagiers zu bestätigen oder die Möglichkeit auszuschließen und herauszufinden, ob jemand an Bord sich Zugang verschafft hatte. Und sollte es tatsächlich einen blinden Passagier geben, würde dieser sich nicht länger als ein paar Stunden am Stück verstecken, vor allem, wenn er nicht wusste, dass Benedikt und Marshall in der Nähe warteten.

In etwa zehn Minuten würden sie die Lichter ausmachen, die Tür zum nächsten Wagen offen halten und in der Dunkelheit warten. Sollte der Mörder den Raum erneut aufsuchen, würden sie ihn sehen.

Benedikt blätterte mit der linken Hand um, hielt für Marshall den rechten Arm still. Der Kronleuchter über der Bar flackerte, als spürte er, dass es bald Zeit für ihn wäre, auszugehen.

»Denkst du, die Spritze war für dieselbe Substanz, die auch in der Schublade aufbewahrt worden war?«, fragte Marshall plötzlich. »Jemand könnte sie sowohl als Pulver als auch in flüssiger Form mit sich herumtragen.«

»Daran habe ich auch schon gedacht«, erwiderte Benedikt. »Vielleicht war Popow in einen Drogenhandel verwickelt, der schiefging.«

Marshall stieß einen nachdenklichen Laut aus. »Er wirkte eher wie ein Geschäftsmann und nicht wie ein Krimineller.«

»Man kann nie wissen.«

»Wahrscheinlich nicht.«

Marshall klang nicht überzeugt. Zugegebenermaßen glaubte Benedikt selbst nicht wirklich an seine Theorie. Sie hatten nicht genug, mit dem sie arbeiten konnten. Es gab eine Leiche und eine Spritze am Tatort. Eine Drohung auf dem Spiegel und eine Spur, die zu einem leeren Raum führte, der vor Kurzem illegale

Substanzen enthalten hatte. Benedikt hatte das Gefühl, zwei Puzzlestücke in Händen zu halten, die perfekt ineinandergreifen sollten, nur um feststellen zu müssen, dass die Kanten abgenutzt und verfärbt waren. Wohin waren die Drogen verschwunden? Warum fehlte der Kanüle der Rest der Spritze?

Benedikt seufzte. Als er das hörte, legte Marshall ihm nachdrücklich den Arm um die Schulter. Bei dieser Geste breitete sich in seinem ganzen Körper Wärme aus. Ein warmer Kreislauf, der seinen ganzen Körper einnahm.

»Bist du bereit, im Dunkeln zu sitzen?«, fragte Benedikt.

Marshall stöhnte auf.

»Ben?«

»Ja, Mars?«

»Was, wenn der Mörder ein Geist ist?«

»Hast du etwas geschnupft?«

»Nein, denk darüber nach. Wenn Monster existieren, was hält die Untoten davon ab, aufzuerstehen und für uns unsichtbar umherzugeistern?«

»Ben?«

»Mhm?«

»Durch Wände zu gehen ist eine Möglichkeit, die wir ernsthaft in Betracht ziehen müssen. Wenn manche Leute in Sekundenschnelle ihre Wunden heilen können und anderen unmenschliche Stärke verliehen wird, warum können Geister sich dann nicht unsichtbar machen und –«

»Ben?«

»Wenn du eine weitere Geistertheorie hast, schlage ich dich.«

»Auf erotische Art und Weise?«

»Auf mörderische Weise, Mars.«

»Vielleicht hätte ich dich als möglichen Mörder vernehmen sollen.«

»Mars?«

»Ja, *nae sarang*?«

»Wann würde ich dich jemals auf erotische Weise schlagen?«

»Das hört sich für mich auch nicht besonders gut an. Falls dein Cousin fragt, tu so, als hätte ich nie darüber geredet. Aber letzten Monat hat Juliette am Telefon gesagt, dass er wirklich darauf steht, wenn –«

Irgendwann musste Benedikt eingedöst sein, denn er schreckte auf und wurde von Lichtern begrüßt, die durch das Fenster blitzten. Sie fuhren an einer Kleinstadt vorbei. Wenige Sekunden später lag deren beleuchtete Silhouette hinter ihnen und der Speisewagen wurde wieder von unscharfer Schwärze verschleiert. Die Farbe war anders als vor ein paar Stunden. Es war nicht mehr die schwere, bequeme Decke, unter der die meisten Menschen schliefen. Sie rötete sich mit dem Hauch des noch eine Stunde entfernten Sonnenaufgangs.

Etwas stimmte nicht. Benedikt blickte zur Seite und sah nur einen leeren Stuhl, wo zuvor noch Marshall gewesen war.

Er zog die schlimmsten Schlüsse.

»Mars?«

Er hatte seine Pistole unter dem Sitz versteckt. Nun stürzte Benedikt sich darauf und entsicherte sie, während er nach vorn zielte. Ein Dutzend Szenarien schossen ihm durch den Kopf: Der blinde Passagier, der auftauchte, während Benedikt schlief. Wie er Marshall einen Sack über den Kopf zog, um seine Schreie zu dämpfen. Ihm vielleicht etwas injizierte, um ihn auszuschalten. Ihm die Kehle durchschnitt, bevor er seine Leiche fortschleppte, um sicherzustellen, dass er keinen Mucks machte. Benedikt hatte weder Blut noch Anzeichen für einen Kampf gesehen, doch als er durch den Speisewagen schlich, die dunklen Ecken inspizierte und seine Pistole in alle Richtungen schwenkte, brauchte er keine handfesten Beweise, um die Bilder in seinem Kopf heraufzubeschwören.

Sein Herzschlag donnerte ihm in den Ohren. Irgendwie schaffte er es trotzdem, das Rascheln einer Bewegung am Ende des nächsten Wagens wahrzunehmen, wo sich die Abteile befanden.

Er trat über die Schwelle. Die Tür wurde von einer dicken Enzyklopädie offen gehalten – derselben, die Marshall gelesen hatte.

Er konnte nichts erkennen. Im Durchgang gab es keine natürliche Lichtquelle. Benedikt musste sich darauf verlassen, dass seine Augen sich schnell an die Lichtverhältnisse gewöhnten, dass das bisschen Mondschein, das aus dem Speisewagen herüberströmte, ihm den Teppich unter seinen Füßen zeigte und die Türen, an denen er vorbeikam. Er schob sich an seiner eigenen Tür vorbei. Dann an dem Raum, in dem sich die Leiche befand.

Das Geräusch kam vom Waschraum. Jemand war darin.

Benedikt stürzte vor, den Finger auf dem Abzug.

»Oha, langsam –«

Marshall fuhr zurück und hob die Hände.

»Um Gottes willen.« Benedikt ließ die Pistole sinken, sicherte sie wieder, bevor er sie wegsteckte. »Du hast mich zu Tode erschreckt, Mars!«

»Ich musste nur zur Toilette!«, sagte Marshall. In dem schwachen Licht starrte er ihn mit weit aufgerissenen Augen bestürzt an. »Ich wollte dich nicht wecken!«

»Du –«

Benedikt streckte die Arme nach ihm aus und legte sie fest um Marshall, bevor er protestieren konnte. Marshall protestierte nicht, er erwiderte die Umarmung einfach nur, wenn auch verwirrt darüber, warum Benedikt sich so aufregte. Ihm war nicht klar gewesen, wie viel Adrenalin durch seine Adern floss, bis seine Panik nachzulassen begann, bis das Brüllen in seinen Ohren schwächer wurde und sein Herz sein halsbrecherisches Tempo aufzugeben und sich an Marshalls Herzschlag anzupassen versuchte.

»Du weckst mich«, sagte Benedikt und zog sich ein Stück zurück. »Wenn ein Mörder frei herumläuft und du du bist und ich ich, dann weckst du mich.«

»Es tut mir leid«, hauchte Marshall, dem klar zu werden schien, was die Panik verursacht hatte. Nach allem, was sie durchgemacht hatten, ging Benedikt instinktiv vom Schlimmsten aus. Benedikt hatte ihn schon einmal verloren. Und seine Welt war so trostlos und leidgetränkt gewesen, dass er es nicht aushielt, das noch mal durchmachen zu müssen. »Es tut mir leid, Ben. Ich habe nicht nachgedacht.«

Benedikt versuchte, sich zusammenzureißen. Lehnte sich wieder vor, bis er seine Stirn gegen Marshalls drücken konnte, atmete und atmete, überwältigt von dem Trost und der Ruhe, die ihm Marshalls Nähe stets einflößten.

»Ist schon gut«, flüsterte er langsam. »Alles ist gut, solange ich dich habe.«

In weniger als einer Stunde würde die Sonne aufgehen. Ihre Observierung hatte nichts hervorgebracht, daher ergab es wenig Sinn, sie bis zum bitteren Ende fortzuführen. Bald würden Passagiere aufstehen und ihren Morgen beginnen und es wäre nicht angebracht, wenn sie die Ermittler müde und ratlos herumlaufen sähen.

Marshall schien zu demselben Schluss zu kommen und löste sich langsam von ihm. Bevor Benedikt einen Schritt nach hinten machen konnte, konzentriert darauf, die letzten Reste seines Leids zu unterdrücken und vorzugeben, es hätte nie seine hässliche Fratze gezeigt, hielt Marshall ihn fest, umschloss Benedikts Gesicht mit den Händen.

»Hey«, sagte er leise. Sein Blick fokussierte sich ganz auf Benedikt, er wollte, dass seine Worte gehört wurden. »Ich liebe dich, okay? Ich werde dich niemals verlassen. Das werde ich dir so oft sagen, wie du es hören musst. Sag einfach Bescheid, wenn du es hören musst.«

Benedikt hielt den Atem an. »Ich weiß. Das weiß ich.« Er hielt inne. Ruderte zurück. »Und damit will ich sagen, dass ich dich auch liebe.«

Marshalls Mundwinkel zuckten. Er lachte kaum hörbar, dann küsste er ihn, als besiegelte er damit das Versprechen, das er soeben gegeben hatte.

»Wir brauchen Schlaf«, beschloss Marshall. »Komm. Wenn wir wieder aufstehen, ist ein neuer Tag.«

8

Über Nacht hatten sie eine neue Zeitzone erreicht, daher war Marshall verwirrt, als er sich aufrichtete und auf seine Armbanduhr auf dem Nachttisch blickte. Die Stellung der Zeiger passte nicht zu der hoch stehenden Sonne, die durch das Fenster strömte. Die Stunden rückten voran und seine Uhr konnte nicht mithalten.

Benedikt schob den Vorhang auf. Sobald er bemerkte, dass Marshall sich regte, warf er ihm etwas zu und gab Marshall kaum eine Sekunde Zeit, das auf ihn zufliegende Objekt zu erkennen, bevor der den Apfel mit schlaftrunkenen Reflexen auffing.

»Du wirfst gern mit Früchten nach mir, weißt du das?«, merkte Marshall an.

»Ich füttere dich und du beschwerst dich?«

»Ich beschwere mich nicht. Ich rüge dich liebevoll.«

Benedikt schnaubte und griff in den Schrank. Er schüttelte ein Handtuch aus. »Ich habe Vodin gebeten, die Schuhe aller in der ersten Klasse zu überprüfen, für den Fall, dass jemand die Farbe nicht abgewischt hat.«

Marshall befreite sich von den Laken. Gott, er hasste es, aufzustehen. Wenn sein Körper zum Stillstand gekommen war, dann wollte er auch, dass das so blieb.

»Macht er das jetzt gerade?«

»Macht er. Vielleicht erstattet er dir Bericht. In der Zwischenzeit wasche ich mich, bevor ich anfange, wie eine Leiche zu riechen.«

Benedikt tätschelte Marshall im Vorbeigehen sanft den Kopf und verließ das Abteil in Richtung Waschraum. Manchmal war er auf diese Art charmant, sagte nicht viel, aber kommunizierte mit Berührungen. Marshall hatte inzwischen gelernt, dass Benedikt so seine Zuneigung zeigte, obwohl er nicht glaubte, dass Benedikt das selbst bereits erkannt hatte. Ein harmloser Schlag auf den Kopf kam nach Benedikts Ansicht einem Zungenkuss gleich.

»Auf geht's«, murmelte Marshall, rollte vom Etagenbett und ließ sich auf den Boden fallen. Die harte Landung ließ ihn auf einen Schlag wach werden, verschaffte ihm endlich genug Energie, um aufzustehen und das Gefühl in seine Arme zurückzuschütteln. Der Apfel lag neben seinem Kissen. Er nahm ihn und biss hinein. Er biss das Stück nicht ab, sondern behielt den Apfel im Mund, sodass er die Hände frei hatte, um sich anzuziehen.

Zehn Minuten später, die Haare sorgfältig zurückgekämmt und schick gekleidet, verließ Marshall das Abteil und ging in den Speisewagen. Er war beinahe leer, nur an drei Tischen saßen Passagiere, die in rätselhaftem Fleisch und Sauerkrautsalat herumstocherten. Vielleicht schliefen alle anderen noch, hatten sich noch nicht an die neue Uhrzeit gewöhnt. Oder vielleicht versteckten sie sich in ihren Zimmern, um dem an Bord lauernden Mörder aus dem Weg zu gehen oder nicht selbst für diesen gehalten zu werden.

Eine Zugbegleiterin bot ihm ein Getränk an, stellte das Glas auf einen Untersetzer. Ein enormer Eisblock nahm die Hälfte des Glases ein.

»Mr. Marshall, erübrigen Sie mir einen Moment Ihrer Zeit?«

Als Marshall sich umdrehte, durchschritt Vodin den Speisewagen. Lew klebte an seinen Fersen, machte zwei schnelle Schritte für jeden Schritt seines Onkels. Der Junge wirkte heiter und wach, doch das Morgenlicht war dem Bahnpolizisten gegenüber nicht gnädig, zeigte seine müden Augen und die Falten in seinem Kragen. Als Vodin sich der Bar näherte und den Ellbogen auf die glatte Granitoberfläche stützte, verbesserte sich sein Aussehen etwas, als der Kronleuchter sein Gesicht golden färbte.

»Wenn möglich, sollte es mir eine Freude sein, um einen Moment Ihrer Zeit zu bitten«, erwiderte Marshall. Er wandte sich

Lew zu und schenkte ihm einen lässigen Zwei-Finger-Salut. Lew erwiderte die Geste enthusiastisch. »Wie steht es mit den Untersuchungsergebnissen?«

»Leider hat niemand Farbe an den Schuhen«, erwiderte Vodin. »Wir baten die Passagiere, die Ermittlungen freiwillig zu unterstützen. Daher können Sie sich vorstellen: Sollte jemand mit mehr als einem Paar Schuhe zugestiegen sein, wäre es recht einfach, das betroffene Paar zu verstecken. Des Anstands wegen gehe ich nicht davon aus, dass wir bereits so verzweifelt sind, dass wir in die Räume aller Passagiere eindringen, um sie zu durchsuchen.«

Nein, das wäre reine Zeitverschwendung bei den vielen Zimmern in der ersten Klasse. Es wäre effektiver, zuerst den Kreis der Verdächtigen einzuengen, bevor sie die Abteile durchsuchten, doch so weit waren sie noch nicht.

Marshall verzog keine Miene. Er wollte nicht, dass der Bahnpolizist glaubte, sie hätten Schwierigkeiten mit ihren Ermittlungen. Genau genommen wollte er nicht bestätigen, was Vodin bereits dachte.

Vodin klopfte sich Staub vom Ärmel. Als Marshall schwieg und seinen nächsten Vorschlag überdachte, fuhr der Bahnpolizist fort: »Omsk steht als Nächstes auf dem Plan. Der nächste Halt unseres normalen Fahrplans. Die Polizei dort wird Hilfsmittel haben, um Fingerabdrücke zu nehmen –«

»Nein, nein, sobald wir anhalten, verlieren wir den Täter«, unterbrach Marshall ihn. »Wissen Sie nicht, wie leicht es ist, zu entkommen? Sie haben ein paar schwache Zugbegleiter, die Wache stehen, nicht Milizsoldaten. Das können Sie nicht machen.«

Der Zugbegleiter hinter der Bar runzelte die Stirn. »Hey.«

Marshall verzog das Gesicht. »Entschuldigung. Nichts für ungut. Sie sind sicher allerliebst, aber Sie müssen zugeben«, er lehnte sich über die Bar und stach mit dem Finger auf den dünnen Arm des Zugbegleiters ein, »Sie könnten aus einem Handgemenge mit einem Mörder wohl kaum erfolgreich hervorgehen.«

Eine Frau, die an der Bar saß, gluckste. Der Zugbegleiter sah finster drein, widersprach ihm jedoch nicht weiter, putzte das Glas in seiner Hand und murmelte etwas Unverständliches über die Möglichkeit versteckter Talente.

»Officer, wir müssen Schriftproben sammeln«, fuhr Marshall fort. Wenn ein Teil der Ermittlungen keine Ergebnisse zu liefern schien, musste er Vodin in andere Richtungen lenken, ihm den Eindruck vermitteln, dass etwas zu finden war. Auch wenn Marshall sehr erfreut wäre, wenn diese Richtungen tatsächlich Ergebnisse lieferten, ging es ihm in erster Linie darum, dass der Zug weiterfuhr, sodass sie Wladiwostok so nahe kamen wie irgend möglich.

»Schriftproben?«, wiederholte Vodin.

»Um sie mit der Drohung auf dem Spiegel zu vergleichen«, erklärte Lew, bevor Marshall etwas sagen konnte, und klang dabei, als wäre das die offensichtlichste Sache der Welt. »Das ist die erste Regel der Ermittlung. Wir könnten eingrenzen, wer sie geschrieben hat.«

Der Junge reckte das Kinn. Er sah zu Marshall, suchte Zustimmung, und Marshall streckte sofort beide Daumen in die Luft. Lew strahlte.

»Ich verstehe.« Vodin stieß sich von der Bar ab. Er klopfte auf den Tresen, dachte nach, dann nickte er. »Nun gut. Lew, du kannst ihnen helfen. Lass uns die Papiere aus meinem Abteil holen.«

Vodin scheuchte Lew voraus, wobei er Marshall über die Schulter seines Neffen einen bedeutsamen Blick zuwarf. Es schien eine Warnung zu sein, dass er schnell arbeiten musste – zumindest neue Erkenntnisse zu berichten hatte, wenn Vodin mit den Schriftproben der Passagiere zurückkäme. Die Tür schloss sich hinter ihm. Der Speisewagen nahm seine übliche Betriebsamkeit wieder auf.

»Noch etwas zu trinken?«, fragte der Zugbegleiter. Er klang ein bisschen hochnäsiger nach Marshalls Kommentar über seine schwachen Muskeln.

Marshall schüttelte den Kopf. Er hob sein Glas, das er erst zur Hälfte geleert hatte. »Ich werde mich setzen. Wenn es allerdings noch mehr von diesen Pasteten gibt, bringen Sie mir eine.«

Er konnte sich einen Platz aussuchen und setzte sich an einen Tisch in der Ecke, gleich neben den Bücherregalen. Das Dekor des Speisewagens vermittelte den Eindruck eines alten Herrensitzes und die nicht angezündeten Armleuchter auf den Fensterbrettern betonten diese Atmosphäre noch. Gerade als Marshall sich dem nächststehenden zuwandte und sich fragte, ob das Wachs echt war oder nur so aussah, räusperte sich jemand hinter ihm. Er schreckte zurück, gab aber vor, sich nur gestreckt zu haben.

»Darf ich mich zu Ihnen setzen?«, fragte Stepan Maximowitsch Iwanow. Seine Augen waren wie üblich weit aufgerissen.

Marshall wies auf den freien Stuhl. »Zu Gesellschaft sage ich niemals Nein.«

»Ah, Sie sind ein besserer Mann als ich.« Stepan machte es sich bequem, sank auf den Stuhl, bevor er seine Kaffeetasse auf den Tisch stellte. Ein paar Tropfen flossen über den Rand. Er schnitt eine Grimasse, wischte die Flüssigkeit dann aber ohne weitere Anstalten mit dem Daumen von der Untertasse.

Er fuhr fort: »So, Privatermittlungen. Wie sind Sie zu diesem Fachgebiet gekommen?«

Gute Frage. Marshall fragte sich das selbst manchmal. Er könnte wohl die Ereignisse wiedergeben, die ihn hierhergeführt hatten. Doch er konnte sich nicht vorstellen, dass seine Anfänge als uneheliches Kind, das mit seiner koreanischen Mutter in China auf dem Land lebte, nach ihrem Tod den White Flowers beitrat und einen Platz an der Seite der regierenden Montagow-Familie einnahm, eine angemessene Geschichte abgab. Offiziell war er ein Bandenmitglied gewesen, das Aufträge ausführte. Inoffiziell war er zum Teil Unruhestifter, zum Teil Detektiv, zum Teil Berater gewesen, je nachdem, was der Tag bereitgehalten und welche neuen Schwierigkeiten sich in einem Untergrundimperium aufgetan hatten. Er hatte oft genug Gelegenheit gehabt, seine Fähigkeiten als Privatermittler weiterzuentwickeln.

»Wie es immer anfängt«, umging Marshall die Frage. »Eine morbide Neugier als Kind.«

Stepan klopfte mit dem Löffel gegen seine Kaffeetasse. Er federte einmal in seinem Sitz auf und ab, als ob er kichern würde. »Liegen diese Tage weit hinter Ihnen? Sie wirken kaum alt genug, um zu arbeiten.«

»Sehr witzig. Mir wurde gesagt, ich hätte ein jugendliches Feuer.«

Nach den ersten Jahren, in denen er auf sich allein gestellt gewesen war und versucht hatte, seinem Leben einen geordneten Ablauf zu geben, der nicht zu seinem Verschwinden beitrug, hatte Marshall sich an eine Welt gewöhnt, in der dies die Norm war. Shanghai war zu jedem Zeitpunkt seines Lebens eine pulsierende, florierende Welt voller Möglichkeiten. Erben wurden darauf vorbereitet, mit achtzehn Jahren kriminelle Netzwerke zu übernehmen. Kinder überbrachten Nachrichten ins Feindesgebiet, da sie schneller waren und flinker Kugeln ausweichen konnten.

»Das hat viele Vorteile.« Stepan nippte an seinem Kaffee. Er verzog das Gesicht, beschwerte sich stumm über den bitteren Geschmack. »Man wird alt und plötzlich kann man Probleme nicht mehr mit einem hübschen Lächeln aus der Welt schaffen.«

Marshall schnaubte. »Ich denke nicht, dass ein hübsches Lächeln bei dem gegenwärtigen Problem eine große Hilfe sein wird.«

Stepan stieß einen zustimmenden Laut aus. Er lehnte sich in seinem Stuhl zurück. Legte ein Bein über das andere. Seine ständig überrascht blickenden Augen wurden einen Hauch schmaler, nachdenklich.

»Läuft es nicht gut?«

»Oh«, Marshall ruderte zurück, um nicht zu viel zu verraten, »es läuft, wie es soll. Doch wäre es nicht einfacher, wenn es Abkürzungen gäbe?«

»Ich kann mir vorstellen, dass Sie große Informationsmengen einsehen müssen. Allein im Hinblick auf die Arbeit des Verstorbenen muss so viel beachtet werden, ganz abgesehen von seinem Privatleben.«

Marshall verstand das volle Ausmaß der Feststellung erst, als er bereits zustimmend nickte. Zwei Sekunden später hielt er mitten in seinem Nicken inne und legte stattdessen den Kopf schief. »Pokows Arbeit? Ich bin mir nicht sicher, ob ich verstehe, was Sie damit meinen?«

»Oh?«

In dieser einen Silbe lag etwas Interessantes, denn Stepan klang verwirrt. Doch als Marshall seinen Blick einfing, war darin keinerlei Verwirrung. Entweder neigten seine großen eulenartigen Augen dazu, stumpf zu werden, oder er hatte das absichtlich gesagt, damit Marshall auf die Befragung einging.

Warum?

»Mir war nicht bewusst, dass Sie nicht Bescheid wissen«, stellte Stepan klar. Das war eine Lüge, beschloss Marshall sofort. Der Mann betonte die Silben seines Satzes vollkommen falsch, als er sich schockiert gab.

»Der Verstorbene befand sich nicht lange an Bord. Er hatte kaum Zeit, Informationen über seine Arbeit zu verbreiten«, sagte Marshall. »Auch hatte niemand an Bord vor der Reise seine Bekanntschaft gemacht.«

»Der Verstorbene war nicht besonders lange hier, doch trotz allem einige Zeit.« Stepan konzentrierte sich plötzlich nicht mehr auf Marshall, sondern auf etwas hinter ihm, suchte links und rechts. Marshall wusste nicht, was der mittelalte Mann sich ansah, bis er aufstand und zu dem Bücherregal ging. Er fing an, mit der Hand auf die Reihe Enzyklopädien zu klopfen, bevor er sich stattdessen den Büchern mit weißem Rücken zuwandte, die ein Regalbrett weiter unten standen. »Ich führte eine Unterhaltung mit ihm, kurz nachdem wir an Bord gekommen waren. Er sagte mir, er arbeite mit Pharmazeutika.«

Zehntausend unterschiedliche Gedanken schossen Marshall durch den Kopf. *Pharmazeutika.* Etwas fügte sich zusammen. Ganz am Rande seiner Wahrnehmung – doch da war etwas.

»Warum erwähnten Sie das nicht während Ihrer Befragung?«, fragte Marshall. »Das scheint eine entscheidende Information zu sein.«

»Ich dachte, diese Information wäre bereits aus seinen Besitztümern hervorgegangen.« Stepan zog einen der Bände aus dem Regal und trug ihn zum Tisch. Als Marshall sich den Einband besah, erkannte er, dass es sich um ein Telefon- und Adressbuch handelte, das sich trotz seiner haarfeinen Seiten unter seinem eigenen Gewicht bog. ADRESSBUCH VON MOSKAU stand darauf. »Er muss hier drin aufgelistet sein, da bin ich mir sicher. Und bezichtigen Sie mich nicht, Informationen zurückgehalten zu haben, wenn ich sie für Sie finde.«

»Das würde mir nicht einmal im Traum einfallen«, sagte Marshall. Misstrauen lag ihm schwer im Magen, doch das ergab keinen Sinn. Nichts an Stepans Vorschlag schien darauf ausgelegt, die Ermittlung von der richtigen Fährte abzubringen. Marshall hatte noch nicht einmal eine Fährte. Und doch hatte Stepan es aus einem bestimmten Zweck erwähnt.

»Nun gut. Entschuldigen Sie mich jetzt bitte, ich muss Schlaf nachholen.« Stepan klopfte auf das Adressbuch. »Das infernale Sonnenlicht hat mich heute Morgen viel zu früh geweckt. Viel Glück, Detective.«

Gerade als Stepan den Speisewagen verlassen wollte, kam Benedikt herein. Der Mann griff sich zur Begrüßung an den Hut und Benedikt schenkte ihm ein ausdrucksloses Nicken. Die Tür schloss sich. Marshall bedeutete Benedikt wild gestikulierend, sofort zu ihm zu kommen.

»Wo brennt's?«, fragte Benedikt, als er sich auf den Stuhl gleiten ließ, den Stepan soeben verlassen hatte.

Marshall begann, das Adressbuch durchzublättern. Es bestand zu drei Vierteln aus Einträgen zu Privatpersonen mit einem Abschnitt für Firmen und Organisationen am Ende.

»Komm näher.«

Benedikt runzelte die Stirn. Er zog seinen Stuhl zu ihm hinüber, betrachtete die Seiten nun konzentrierter. Seine Haare waren noch nass, die Enden klebten ihm im Nacken. »Was ist los?«

»Nichts. Ich habe noch nichts gefunden.« Marshall hielt inne, nahm sich einen Moment Zeit, in Gedanken das russische Alphabet durchzugehen. Pharmazeutika stünden eher am Ende. Er blätterte weiter. »Ich mag nur deinen Geruch.«

»Und doch bin ich derjenige, dem mörderische Neigungen vorgeworfen werden.« Trotz seiner Worte wirkte Benedikt recht zufrieden. Unauffällig senkte er die Nase und schnupperte an seinem weißen Hemdkragen, als wäre er sich nicht sicher, wonach er roch. Die Seife im Zug war schrecklich. Er hatte seine eigene mitgebracht, die er auch in Moskau benutzte. Meersalz und Pinienholz. An den Kanten verkohlt, als wäre sie mit warmem Rauch bestäubt.

»Stepan Maximowitsch erzählte mir gerade, dass unser Toter mit Pharmazeutika arbeitete.«

Benedikt tupfte sich mit dem Handrücken einen Wassertropfen von der Schläfe, bevor dieser aus seinen Haaren fallen konnte. »Und das weiß er woher?«

»Angeblich von einer kurzen Unterhaltung nach der Abfahrt. Ich kann mir nicht vorstellen, wieso sie ausgerechnet dieses Thema anschnitten, doch es wäre auch seltsam, darüber zu lügen.«

»Merkwürdig, dass er es während seiner Befragung nicht erwähnt hat.«

Marshall schlug mit der flachen Hand auf den Tisch. »Genau das habe ich auch gesagt!«

»Außer«, Benedikt verfolgte den Gedanken langsam weiter, »er wusste bereits davon, bevor er an Bord kam, und versucht, die Ermittlung voranzutreiben, ohne sich verdächtig zu machen.«

Das Adressbuch war nun auf einer Seite aufgeschlagen, die Firmen auflistete, die mit Pharmazeutika zu tun hatten, beginnend bei Forschungseinrichtungen. Es gab Labor Zehn und Quecksilber Legierungsforschung und …

»Denkst du, Stepan Maximowitsch weiß mehr, als er uns erzählt?«, fragte Marshall. Er schob das Adressbuch in Benedikts Richtung, zeigte ihm einen der Einträge. Es waren zwei Adressen nebeneinander, eine Haupteinrichtung in Moskau und eine zweite in Wladiwostok. Über dem Eintrag stand ein einzelner Firmenname, dem beide Einrichtungen angehörten.

POPOWS PHARMAZIE

»Unser Opfer war also der Gründer einer pharmazeutischen Forschungseinrichtung.«

Marshall schüttelte das Adressbuch heftig. »Wir müssen alle erneut befragen.«

9

Haben Sie Medikamente bei sich?«

Niemand, der sich zur Befragung hinsetzte, wusste eine Antwort darauf. Genau genommen blinzelten sie, versuchten den Zusammenhang zu verstehen, dann antworteten sie zögerlich. Benedikt hoffte, dass das zeigte, dass sie überrascht genug waren, um nicht zu lügen.

»Schlaftabletten, denke ich«, sagte Portsmith.

»Ich habe hohen Blutdruck.« Mrs. Kusmina massierte ihre Schläfen, während sie sprach. »Wollen Sie eine Liste all meiner Medikamente?«

»Vitamine«, antwortete Jewa Mikhailowna. »Mein Ehemann sagte, ich solle meine Knochen stärken.«

»Nein.« Stepan wahrte einen unschuldigen Gesichtsausdruck. »Nur die gelegentliche Schmerztablette.«

Als die Nacht hereinbrach, hatten sie der Passagierliste eine Fülle an Notizen hinzugefügt, nachdem sie jede Person in der ersten Klasse befragt hatten, abgesehen von einer: Eduard Koslow. Er war in seinem Abteil geblieben, hatte sich geweigert, herauszukommen.

Benedikt sah auf, als Marshall mit zwei Tellern an den Tisch zurückkehrte. Er hatte die Zugbegleiter um ein schnelles Abendessen gebeten, damit sie während der Ermittlung nicht zusammenbrachen.

»Was ist das?«

»Sei nicht wählerisch«, erwiderte Marshall. Benedikt entging nicht, dass er seiner Frage auswich.

»Kalbfleisch?«, riet Benedikt, nun noch argwöhnischer. Er nahm sich eine Gabel und stupste das Fleisch an. Obwohl es in brauner Bratensoße ertränkt war, wirkte das ganze Gericht farblos. Ein Teil des Fleisches fiel ab, als er mit der Gabel dagegenstieß, es war trocken und hart.

»Iss, Ben.«

»Muss ich? Welcher der Zugbegleiter arbeitet auch als Koch, denn ich würde gern ein Wörtchen mit ihm –«

Marshall schob ihm ein Stück in den Mund und brachte ihn damit zum Schweigen. Das Essen schmeckte nicht besser, als es aussah. Doch Nahrung war Nahrung, daher kaute Benedikt ergeben und versuchte, keine Miene zu verziehen.

»Was haben wir herausgefunden?«, fragte Marshall und lehnte sich über die Passagierliste. »Es schockiert mich, dass Vodin so eine lange Liste von Arzneimitteln hat.«

»Ich glaube, er wurde vor Kurzem operiert«, sagte Benedikt.

Marshall legte den Kopf schief. Er hatte die Art von Gesicht, das seine Verwirrung lautstark verkündete, selbst wenn er kein Wort sagte. Nichts konnte sich in der Neigung seiner Brauen verstecken, wenn er die Stirn furchte, noch in der Art, wie seine Unterlippe ein kleines Stück vorstand, wenn er versuchte, etwas zusammenzufügen, und es nicht ganz passen wollte.

»Er schont seine linke Schulter.« Das war Benedikt am ersten Tag aufgefallen, als Vodin sich mit dem Körper gegen die Tür gelehnt hatte, um sie aufzustoßen, doch dann stattdessen die Hand ausgestreckt hatte. »Und doch ist der Handschlag mit seiner rechten Hand fest. Das würde Sinn ergeben mit den Medikamenten, die er nimmt.«

»Wooooow.« Marshall zog den Ausruf in die Länge. Als er das Kinn in die Hand stützte, blitzten seine dunklen Augen, sein Lächeln war strahlend. »Du klingst wie ein echter Detektiv.«

Benedikt wies mit der Gabel auf ihn. Wenn er Marshall nicht davor warnte, ständig zu dramatisch zu sein, würde Benedikt früher oder später selbstverliebt. Obwohl sein Gabelschwenken eine eindeutige Warnung war, streckte Marshall nur die Zunge heraus, um die Bratensoße vom Besteck zu lecken.

»Du hast unsere Dienste gerade deshalb angeboten, weil wir die Qualifikationen dazu haben.«

»Das ist wohl wahr. Wie fändest du es, dass wir uns hiernach tatsächlich als Privatermittler verdingen? Wir könnten damit mehr Geld verdienen als mit dem Lehren.«

»Mars«, sagte Benedikt dumpf. »Du würdest es hassen.«

»Ich liebe es, den Tag zu retten.«

»Du hättest nicht die nötige Geduld.«

Marshall fühlte sich ertappt. »Dann lehren wir wohl Kinder.« Er aß einen Bissen seiner eigenen Mahlzeit, kaute gedankenverloren, dann schluckte er und sagte: »Weißt du, was mir gerade noch aufgefallen ist … wenn Vodin eine schwache linke Schulter hat, dann wissen wir auch mit Sicherheit, dass er an all dem Ganzen unschuldig ist.«

Benedikt zog eine Augenbraue hoch.

»Warum sagst du das? Wir haben zwar keinen Grund, Vodin für den Täter zu halten, aber wir können ihn trotzdem nicht als Verdächtigen ausschließen.« Er wischte Marshall einen Tropfen Soße vom Kinn. So ein unordentlicher Esser. »Wir sollten sogar die Prowodnitsa verdächtigen. Immerhin war sie die Erste, zu der Popow unhöflich war.«

Das war laut Romanen die erste Regel für das Lösen eines Mordfalls, nicht wahr? Der Täter war nie jemand, den der Detektiv verdächtigte. Die finale Antwort sollte sich stets in letzter Minute ergeben, sobald eine Art aufschlussreiche Erkenntnis gefunden wurde. Selbst wenn es keinen Sinn ergab, dass der diensthabende Bahnpolizist etwas mit dem Mord zu tun hatte, konnten sie niemanden ausschließen.

Doch dann sagte Marshall: »Wir können ihn definitiv ausschließen.« Er legte seine Gabel ab und nahm sich stattdessen das stumpfe Messer. Er drehte es in der Hand. Die Klinge bewegte sich mit einer beeindruckenden Leichtigkeit über seine Finger und stoppte, als er eine Faust machte. »Erinnerst du dich an den Schnitt auf Popows Stirn?«

»Natürlich.«

Marshall ließ Benedikt sein Besteck langsam weglegen, dann mimte er einen Angriff mit dem Messer. Er machte noch immer eine Faust um das Messer, doch anstatt mit der stumpfen Klinge zuzustoßen, benutzte er das andere Ende, zeichnete mit dem Unterarm einen Bogen nach außen. Das Metall kratzte über Benedikts Haut, zog eine kalte Linie von seiner Schläfe bis in die Mitte seiner Stirn.

»Der Schnitt war am breitesten an seiner rechten Schläfe und dünner, wo er nach innen verlief. Er wurde so getroffen: ein Schlag mit der Rückhand durch den Kleiderständer, geführt mit der linken Hand.«

Benedikt runzelte die Stirn. Er griff nach Marshalls Hand, löste das stumpfe Messer aus seinem Griff und legte es stattdessen in seine rechte, seine dominante Hand.

»Ich sehe nicht, warum es sich nicht so abgespielt haben soll.« Benedikt, der seine Hände um Marshalls gelegt hatte, führte die Klinge zu seiner Schläfe und zog den Bogen nach innen.

»Du bist so albern«, sagte Marshall amüsiert. »Weil es ein Kleiderständer war, Ben. Wenn jemand ihn mit der rechten Hand hielt, bräuchte es diese ungelenke Bewegung nicht. Sieh dir an, wie weit ich mein Handgelenk beuge, um den Winkel zu erreichen. Man würde einfach«, Marshall schüttelte seine Hand frei, dann stupste er mit dem stumpfen Messer gegen Benedikts Stirn, »das tun. Fester Schlag.«

Das ergab Sinn. Es war eine beeindruckende Schlussfolgerung, die das Zeug zu echter Detektivarbeit hatte. Benedikt nickte anerkennend. Marshall würde die Geste als etwas erkennen, das dasselbe Kaliber hatte wie sein lang gezogenes *Wooooow.*

»Sollten wir also nach einem Linkshänder suchen?«

»Nicht unbedingt. Wenn Menschen in Panik geraten, greifen sie mit beiden Händen nach Waffen. Ich denke, das schließt nur alle aus, die mit ihrer Linken nicht fest zuschlagen können.«

Benedikt griff wieder zu seiner Gabel, aß einen Bissen des furchtbaren Fleisches. »Das … grenzt den Kreis nicht gerade ein, oder?«

Die Nacht legte sich schwer um den Zug. Sie waren seit drei Tagen unterwegs und ihre Umgebung hatte sich in Gebirgsketten und schneebedeckte Flussbetten verwandelt. Tagsüber hatten sie den Ural hinter sich gelassen. Das Terrain war seither rauer geworden, doch es war wiederzuerkennen. Je weiter sie sich nach Sibirien begaben, umso karger würde die Landschaft. Nach dem Baikalsee lägen sogar die Zwischenhalte der Transsibirischen Eisenbahn weiter auseinander. Wenn sie nur so lange durchhalten könnten, stünden ihre Chancen besser, es bis nach Wladiwostok zu schaffen.

Als hätte jemand Benedikts Gedanken gehört, drang aus dem nächsten Wagen ein lärmender Tumult herein. Dieses Mal klang es jedoch, als würde jemand feiern. Benedikt stand langsam auf, neugierig auf den Grund für diesen Lärm.

Er machte einen Schritt in Richtung Tür. Der Zug ruckelte unter seinen Füßen. Bildete er sich das nur ein, oder wurden sie langsamer?

»Wir halten an!«, krähte ein Passagier, der den Kopf in den Speisewagen steckte.

Benedikt fuhr herum. Marshalls entsetzte Miene spiegelte seine eigene wieder.

»Auf keinen Fall«, verkündete er und eilte davon.

»Wir tanken nur. Sie haben nichts zu befürchten.«

Vodin bedeutete Benedikt mit einer Handbewegung, einen Schritt zurückzutreten, und bedachte seine aggressive Haltung mit einem besorgten Blick. Sie hatten den Bahnpolizisten förmlich überfallen, sobald er durch die Tür gekommen war. Benedikt schnaubte leise und atmete dann tief ein, sodass er seine Stimme deutlich senken konnte.

Marshall bemerkte seine Anspannung und drückte seinen Ellbogen. Sie standen im Durchgang des letzten Erste-Klasse-Wagens, gleich neben der bewachten Tür in die zweite Klasse. Auf der Suche nach Vodin war Benedikt durch die Wagen gestürmt, nur um von dem Zugbegleiter gestoppt zu werden, der Wache stand und ihm sagte, dass Vodin zu den Beamten weiter hinten sprach. Da die Beamten nicht nach vorn kommen konnten, erhielt nur Vodin die Nachrichten des Lokführers vorn in der Lokomotive.

»Aber die Türen müssen geschlossen bleiben«, betonte Benedikt. »Sobald der Zug anhält, ergibt sich eine Fluchtmöglichkeit.«

Wie aufs Stichwort kam der Zug am Bahnhof Nowosibirsk-Glawny zum Halten. Dampf pfiff in die Nacht hinaus. Da eine der Abteiltüren offen stand – der Passagier schlief im Bett, ohne sich von der Unterhaltung im Durchgang stören zu lassen –, konnte Benedikt den Bahnhof durch das Abteilfenster sehen. Ein paar Straßenlaternen erhellten die nächtliche Szenerie. Die türkisgrünen Wände waren ein imposanter Anblick, leuchteten hell gegen die Schneehügel, die an ihnen aufgetürmt waren.

Es fühlte sich plötzlich seltsam an, dass der Boden unter seinen Füßen stillstand. Er hatte sich an die stete Bewegung gewöhnt. Die ruhende Welt wirkte unnatürlich, eine Abweichung von der vorgesehenen Routine.

»Keine Sorge. Die Leute am Bahnhof kümmern sich um das Tanken, also muss niemand aussteigen. Wir bleiben nicht länger als zwanzig Minuten in Nowosibirsk. Wie ich sagte, es besteht kein Grund zur Sorge.« Vodin sah sich um. »Wo ist Lew?«

»Hier!«

Der Junge kam aus einem anderen Abteil gestürmt, ein liniertes Stück Papier in der Hand. »Ich denke, das ist die letzte Handschriftenprobe. Wir hatten ein nettes Gespräch über Füller.«

»Hattest du?« Vodin spähte auf das Blatt Papier hinab und nickte anerkennend. »Sei so lieb und nimm mir meine Umhängetasche ab, ja? Meine Schulter wird recht schwach.«

Lew hob seinem Onkel eilig die Tasche vom linken Arm. Benedikt wechselte einen Blick mit Marshall. Er hatte mit seiner Vermutung richtig gelegen.

»Darin befinden sich alle Schriftproben«, sagte Vodin. »Der Einzige, der uns keine geben wollte, war … Lew, wie hieß er noch gleich?«

»Eduard Koslow«, erklärte Lew eifrig.

»Richtig. Er wollte uns auch nicht seine Schuhe zeigen. Vorhin reagierte er nicht, als wir klopften.«

»Vielleicht haben wir mehr Glück«, schlug Marshall vor. »Welches Abteil bewohnt er?«

Lew trat neben ihn. »Ich kann Sie hinbringen. Ich erinnere mich daran.«

»Ja, mach das, Lew.« Vodin bedeutete dem Zugbegleiter bereits, zur Seite zu treten, damit er in die Wagen der zweiten Klasse zurückkehren konnte. »Ich habe in der zweiten Klasse noch einiges zu klären, aber beschäftigt euch ruhig. Ich treffe Sie erneut, wenn der Zug wieder in Bewegung ist.«

Er ging aus dem Wagen. Lew kam sofort in Bewegung, rief: »Folgen Sie mir!«, und stürmte in die andere Richtung davon.

»In Zügen haben wir immer nur Pech«, murmelte Benedikt, sodass nur Marshall seine Worte hören konnte.

»Das stimmt nicht. Unsere letzte Reise nach Zhouzhuang verlief ohne jegliche Probleme.«

»Unsere letzte Reise, zu Romas Geburtstag?« Benedikt war sich nicht sicher, ob Marshall es ernst meinte oder ihn auf den Arm nahm. »1929? Als die Ostchinesische Eisenbahn vor dem Ziel angehalten wurde? Weil die Rote Armee mit den Chinesen kämpfte?«

Marshall verzog das Gesicht. »Das war ein kleines Scharmützel. Wir wurden ohne Probleme nach Harbin umgeleitet.«

»Die Sowjets nahmen beinahe alle Chinesen fest, die sich noch im Zug befanden! Wir waren so nahe dran, dir eine Tüte über den Kopf zu ziehen, um dich zu verstecken, falls sie nach deinen Papieren fragen sollten!« Benedikt legte beide Hände auf Marshalls soeben erwähnten Kopf und schob ihn schneller voran. »Wir müssen alle umziehen, bevor die chinesisch-sowjetischen Beziehungen ganz in die Brüche gehen und Reisen nicht mehr möglich sind. Ansonsten bekomme ich einen Herzfehler.«

»Ich koche uns zu viele gesunde Mahlzeiten, als dass du einen Herzfehler bekommen könntest.«

Benedikt legte seine linke Hand auf Marshalls Mund, brachte ihn zum Schweigen, während sie in den dritten Wagen gingen. »Unsinn. Ich könnte ein medizinisches Wunder sein.«

»Es ist die hier«, verkündete Lew vor ihnen. Er wartete auf Benedikt und Marshall, wippte mitten im Durchgang geduldig auf den Zehen. Der Boden unter ihnen blieb reglos, doch eine leichte Vibration bebte durch den Teppich – das Schwappen des Benzins, das in die Motoren gepumpt wurde.

Benedikt setzte wieder eine professionelle Miene auf und zog seine Hand von Marshalls Mund, als sie vor Eduard Koslows Abteil stehen blieben. Er richtete sich auf. »Ist Mr. Koslow da drinnen?«

»Ich glaube, ich höre etwas.« Lew drückte ein Ohr an die Tür. Er lauschte einen Moment lang, wirkte anfangs nur neugierig, doch dann zeigte sich kurz Verwirrung auf seinem Gesicht. »Eigentlich höre ich eine Menge Geraschel.«

»Mr. Koslow, wenn wir um einen Moment Ihrer Zeit bitten dürften.« Marshall lehnte sich vor, um an die Abteiltür zu klopfen. Während er einen freundlichen Tonfall beibehielt und um Zusammenarbeit bat, ahmte Benedikt Lews Haltung nach und lehnte sich näher heran, um festzustellen, was genau er hörte.

Es war nicht nur Rascheln. Es klang, als würde das Fenster aufgeschoben.

»Oh, scheiße.« Benedikt warf sich ohne Vorwarnung mit der Schulter gegen die Tür, wodurch er Lew und Marshall erschreckte. »Zurück, zurück!«

Er versuchte es noch mal fester. Die Tür flog auf.

Sie sahen gerade noch, wie Eduard Koslow, eine Aktentasche umklammernd, aus dem Abteilfenster kletterte. Eine Sekunde später glitt er an der Seite des Zugs hinab und in die Nacht hinaus.

10

Warte! Benedikt!«

Zu spät. Bevor Marshall eine weitere Warnung rufen konnte, hatte Benedikt die Verfolgung aufgenommen, stieß sich mit einem Fuß seitlich am Etagenbett ab und kletterte auf das Fensterbrett. Blitzschnell drückte er sich ebenfalls hinaus und sprang Koslow hinterher.

»Warum?«, jammerte Marshall. Doch er trödelte nicht. Während Lew schockiert herumstand, besah sich Marshall Eduard Koslows Abteil. Auf dem Nachttisch lag ein Schlüssel. Auf dem Tisch ein Werbeflugblatt, auf das dicke schwarze Zahlen geschrieben waren, als hätte jemand versucht, ein Konto auszugleichen. Marshall hatte keine Zeit, sich das genauer anzusehen, doch auf den ersten Blick dachte er sich, dass die schwungvollen Schnörkel an die Buchstaben auf dem Spiegel erinnerten.

»Lew, hör mir gut zu.« Marshall nahm das Flugblatt und hielt es dem Jungen hin. »Finde deinen Onkel. Er soll dem Lokführer ein Zeichen geben, damit der auf uns wartet. Wir kommen wieder an Bord.«

Damit rannte auch Marshall zum Fenster, zog sich auf den Sims und sprang hinaus. Die Landung war nicht gerade gnädig zu seinen Knöcheln, doch das war nichts, von dem er sich nicht schnell wieder erholen konnte. Er durchsuchte die Nacht und erblickte zwei Gestalten. Der Zug hatte etwas hinter dem Bahnsteig gehalten. Koslow schien zum Bahnhof zu laufen, wodurch er sich parallel zu den Wagen bewegte.

Denk nach. Schnell.

Marshall sprintete los. Ihm fiel nichts ein. War der Bahnhof um diese Zeit überhaupt geöffnet? Würden andere Züge eintreffen oder war der Betrieb über Nacht eingestellt?

»Mars!«, schrie Benedikt von vorn.

Marshall erschrak. Wie hatte Benedikt gewusst, dass er ihm hinterherrannte? Er befand sich ein ganzes Stück von ihm entfernt.

»Halte dich bereit!«

»Bereit?«, brüllte er zurück. »Wofü–«

Blitzschnell warf Benedikt etwas und Koslow stolperte, ließ seine Aktentasche fallen. Benedikt holte zu ihm auf, sprang, um ihn festzuhalten, wälzte sich mit ihm im Schmutz. Koslow schlug nach nach ihm. Benedikt duckte sich schnell und riss seinen Arm zurück.

Marshall durchsuchte seine Taschen.

Wo ist die Waffe? Habe ich sie heute Morgen eingesteckt? O warte, da ist sie –

Kurz bevor Koslow sich unter Benedikt herauswinden konnte, erreichte Marshall die beiden, die Pistole erhoben. Koslow signalisierte ihm mit behutsamen Gesten, dass er sich nicht bewegen würde, den Blick starr auf die Waffe vor seinen Augen gerichtet. Eine einzelne Lampe, seitlich am Bahnhofsgebäude, beleuchtete ihre Umgebung. Sie reichte aus, um den Gesichtsausdruck des festgehaltenen Schuldigen zu erkennen, doch nicht genug, um die Schneehaufen von den Schlammpfützen drei Schritte weiter zu unterscheiden.

»Gott verdammt, es ist kalt.« Marshalls Atem war beinahe undurchsichtig, jedes Wort eine Wolke. Nowosibirsk neigte im Winter zu Minusgraden, doch dass es früher am Tag geschneit hatte, gab der Luft eine eisige Note. Ohne Mantel hier draußen zu sein, fühlte sich viel schlimmer an als nötig. Glücklicherweise wehte kein Wind.

»Antworten Sie schnell«, sagte Benedikt, der Koslow noch immer festhielt. »Woher kannten Sie Danila Andrejewitsch Popow und welchen Grund hatten Sie, ihn zu töten?«

»Verdammt noch mal«, sagte Eduard Koslow. Zu Marshalls Überraschung ergab er sich, die gefletschten Zähne verschwanden und seine Schultern sanken herab. Benedikt blinzelte heftig, wirkte unsicher darüber, ob er ihn noch länger festhalten sollte.

»Ich habe ihn nicht getötet. Ich habe keine Ahnung, wer er ist. Ich wollte nur in Swerdlowsk aussteigen und jetzt wird man mich dafür bestrafen, ohne vernünftigen Grund zu spät zu kommen.«

Er ... was?

»Die Nachricht«, stellte Marshall eine Vermutung an. »Das waren Sie. Die ganze Ermittlung kommt Ihren Plänen in die Quere.«

Eduard Koslow nickte. »Ich bin kein Mörder. Ich bin nur ein Handelsreisender, der sich keine siebentägige Reise leisten kann, wenn er nur zwei Tage an Bord des Zugs sein sollte.«

Nun ergab es Sinn. Die illegalen Substanzen in dem leeren Raum. Er hätte wetten können, dass Koslow sie in sein eigenes Abteil gebracht hatte, als er bemerkt hatte, dass Durchsuchungen angestellt wurden, und er befürchtet hatte, Vodin könnte über etwas stolpern.

Er blickte schnell zur Seite, dorthin, wo Koslows Aktentasche gefallen war. Wenn sie sie öffneten und einen Blick hineinwarfen, wäre sie sicher bis zum Rand mit derselben Substanz gefüllt.

»Herrgott.« Benedikt ließ ihn abrupt los. »Bandenangelegenheiten?«

Koslow zögerte mit seiner Antwort. »Nun ...«

Das war ein Ja.

»Dann stammt die Spritze von Ihnen?«

Dieses Mal rührte Koslows Zögern von Verwirrung her. Mit gerunzelter Stirn setzte er sich geschwind auf. »Welche Spritze?«

Benedikt sah Marshall von der Seite her an. Marshall antwortete mit einer Grimasse.

Die illegalen Drogen an Bord hatten nichts zu tun mit Popows Arbeit mit Pharmazeutika. Die Kanüle, die sie in seinem Zimmer gefunden hatten, stand nicht mit dem Schmuggel in Verbindung, der ein Abteil weiter zur Zeit des Mordes stattgefunden hatte.

»Sie können gehen, Mr. Koslow«, beschloss Benedikt. »Wir glauben Ihnen. Gehen Sie dorthin, wo man Sie braucht, bevor Sie noch mehr bestraft werden.«

Koslow wirkte, als könnte er seinen Ohren nicht trauen. »Ich kann … gehen?«

»Wir können behaupten, dass Sie davongerannt sind und wir Sie nicht einholen konnten.« Marshall zuckte mit den Schultern. Er und Benedikt wussten, was es hieß, zu einem größeren Netzwerk zu gehören und von den Leuten weiter oben nach Lust und Laune herumgescheucht zu werden. Sie konnten es jemandem nicht zur Last legen, dass er sich seinen Lebensunterhalt verdienen musste. Das Blut an ihren Händen war dick und reichlich, was ihre kriminellen Machenschaften anbelangte. Immerhin war Koslow nicht für das eigentliche Verbrechen verantwortlich, das sie untersuchten.

Koslow nickte, hob seine Aktentasche auf und trat ein paar Schritte rückwärts, ohne sich umzudrehen, nur für den Fall, dass dies ein Trick war. Währenddessen heulte der Zug einen weiteren Dampfschwall in die Nacht hinaus und dann waren Benedikt und Marshall zu abgelenkt, um Koslows Abgang zu beobachten. Denn die Räder ächzten plötzlich auf den Schienen, bewegten den Zug vorwärts.

»Oh, nein, nein, nein!«, rief Marshall. »Er fährt?«

Ein kleiner Kopf wurde aus einem Fenster des Speisewagens in der ersten Klasse gestreckt, weit entfernt von Benedikts und Marshalls gegenwärtigem Standort. Obwohl er kaum mehr war als eine vage Silhouette, da die Lampen um das Bahnhofsgebäude herum verteilt waren, erkannten sie die Stimme problemlos als Lews.

»Mr. Sokow! Mr. Marshall! Ich kann den Lokführer nicht erreichen! Rennen Sie zum hintersten Güterwaggon! Ich kann dafür sorgen, dass wir am nächsten Bahnhof anhalten!«

Der Zug wurde bereits schneller. Benedikt und Marshall stürmten los. Marshall fluchte leise und Benedikt suchte den letzten Waggon mit Blicken ab, um einen Weg hinein zu finden.

»Ben, wir werden es nicht schaffen.«

»Doch das werden wir. Ich sehe den Riegel. Wir müssen ihn nur öffnen.«

Sie näherten sich dem letzten Waggon, rannten in einer Geschwindigkeit, die sie mit dem Zug gleich aufbleiben ließ. Doch in wenigen Sekunden würde der Zug beschleunigen und sie im Staub zurücklassen. Es schien unmöglich, so schnell zu handeln.

»Pistole!«

Marshall warf Benedikt seine Waffe zu. Er fing sie elegant auf, dann schoss er auf den Riegel. Silberne Funken stoben auf die Gleise herab und Metall schlug gegen Metall. Die Güterwaggons unterschieden sich sehr von den Passagierwagen, waren kaum mehr als eine sehr große Schiebetür, die beinahe an ein Scheunentor erinnerte. Es gab keine Leiter hinauf. Als Benedikt daher mit der Faust gegen das Tor schlug und das schwere Metall ein Stück aufschob, warf er zuerst die Pistole hinein, dann kam er den kreischenden Rädern so nahe er es wagte, bevor er sich auf den Waggon zog.

Der Zug beschleunigte. Marshall blieb zurück.

»Mars! Komm!«

»Warte, ich weiß nicht, wie ich mich hochziehen soll.«

Benedikt packte das Tor seitlich, dann streckte er den Arm aus, lehnte seinen Körper zur Hälfte in die Nacht hinaus. Einen Moment lang schien es, als könnte er Marshall nicht erreichen, dass der Zug ihm zu weit voraus war und die Distanz zu groß. Doch sobald Marshall die Hand ausstreckte, bekam Benedikt sein Handgelenk zu packen und zog ihn hinein, keine Sekunde zu früh. Beide fielen auf den Boden des Waggons.

»Das war verdammt knapp«, keuchte Benedikt in die Dunkelheit.

Marshall lag noch immer auf ihm, doch keiner von beiden machte sich die Mühe, sich zu rühren. Sie waren zu sehr damit beschäftigt, wieder zu Atem zu kommen. Der dunkle Güterwaggon war mit Kisten vollgestopft, der Kartonecke nach zu schließen, die Marshall gegen die Schulter stieß. Der Zug nahm wieder volle Fahrtgeschwindigkeit auf. Er ruckelte kurz auf den Schienen. Die Tür war von selbst zugeglitten und hielt die arktischen Temperaturen draußen.

Marshall packte Benedikts Gesicht, klatschte ihm ein Dutzend schmatzender Küsse überallhin.

»Du bist mein Held«, verkündete er. »Hast mich einfach hochgezogen wie ein starker Retter.«

Benedikt lachte prustend. Obwohl Marshall ihn ohne Licht nicht richtig sehen konnte, spürte er, wie Benedikt ihn fester packte, ihre Gliedmaßen noch immer ineinander verschlungen.

»Ich würde den Zug mit bloßen Händen umlenken, bevor ich dich zurücklasse«, sagte er sachlich.

»Wie romantisch.«

»Ich weiß.« Benedikt schob sein Kinn näher heran, gab ihm einen richtigen Kuss. Der Boden war staubig, der Motor heulte wie ein Wolf, doch Marshall lehnte sich ohne Zurückhaltung in die Umarmung, nahm sich die paar Sekunden, in denen sie so tun konnten, als wäre der Rest der Welt verschwunden. Benedikt küsste, wie er malte: mit überwältigender, hektischer Inspiration, bevor er langsamer wurde, um die Details zu finden.

Sie lösten sich zögerlich voneinander. Neben ihnen knallte die Tür, der zerbrochene Riegel schwang gegen die Außenseite, erzeugte einen eigenen Rhythmus.

»Der nächste Halt ist Krasnojarsk«, sagte Marshall, die ungefähre Karte der Transsibirischen Eisenbahn in seinem Kopf konsultierend. »Es könnte einen ganzen Tag dauern, bis wir ankommen und aus dieser Frachtbox entlassen werden.«

Benedikt seufzte. Mit einem hörbarem Geräusch lehnte er den Kopf zurück und da er noch immer auf dem Boden lag, klang es, als knallte er recht schmerzhaft gegen die Wand hinter ihm.

»Dann fang an zu strampeln«, sagte Benedikt. »Denn wir sind wieder ganz am Anfang.«

11

Erst nach Einbruch der Nacht, eine ganze Tagesreise im Schneckentempo später, wurde der Zug wieder langsamer. Fünf Minuten später kam er zum Stehen.

»Sind Sie beide da drinnen am Leben?«

Die Tür wurde dröhnend aufgeschoben. Benedikt setzte sich auf, stupste den dösenden Marshall an. Die Bahnhofsumgebung wurde nur von Mondlicht erhellt, als Vodin sich in den Güterwaggon zog und um sich spähte, als hätte er etwas anderes zu finden erwartet als zwei zwischen Kisten gezwängte, staubbedeckte Pseudo-Ermittler.

»Fraglich«, erwiderte Benedikt trocken. »Haben wir Krasnojarsk erreicht?«

»Jawohl.« Vodin verschränkte die Arme. Er klang leicht außer Atem von seinem strammen Marsch herüber von der ersten Klasse. Er musste hinausgeeilt sein, sobald er Zug gehalten hatte, denn seither waren keine dreißig Sekunden vergangen. »Haben wir einen Flüchtigen gefasst?«

Benedikt verzog das Gesicht und beendete damit das Vor und Zurück aus Fragen. Er stand auf, wischte sich den Staub von der Hose, um seiner Aufmachung zumindest einen Anschein von Seriösität zu geben. Marshall blieb dagegen liegen, wo er war, den Kragen aufgeknöpft und das Hemd schmuddelig.

»Eduard Koslow lief davon, doch er ist nicht in den Fall involviert, mit dem wir uns beschäftigen.« Laut ausgesprochen klang das nicht so überzeugend, wie Benedikt gehofft hatte. Er fuhr fort:

»Oder besser gesagt, er ist für die Drohung auf dem Spiegel verantwortlich, da unsere Ermittlungen seinem Drogenschmuggel in die Quere kamen, doch er rammte Popow keinen Stift in die Kehle.«

Vodin dachte über die Schlussfolgerung nach. Er öffnete den Mund.

»Also, ja«, kam Marshall Vodin vom Boden aus zuvor. »Wir brauchen die Schriftproben nicht länger.«

Ohne den laufenden Motor war der Zug alarmierend still. Jede Pause in der Unterhaltung betonte das Rascheln des Windes draußen oder das Geräusch eines Kiesels, der über den Boden getreten wurde.

»Verbessern Sie mich, wenn ich falsch liege, aber Sie sagen, dass Sie den Mord nicht länger untersuchen können?«, fragte Vodin langsam.

Sie hatten ihr Bestes gegeben. Benedikt und Marshall hatten die wildesten Ideen durchgespielt, den ganzen Tag in dem Güterwaggon über jedes mögliche Motiv nachgedacht, das jemand für den Mord an Popow haben könnte. Es war einfach genug, sich Möglichkeiten auszudenken, doch ohne Beweise war jedes Motiv nichts weiter als Fiktion.

»Das würde ich so nicht sagen«, verteidigte sich Marshall. »Uns muss etwas entgehen oder –«

Vodin schüttelte den Kopf. »Es ist verantwortungslos, den Zug weiterfahren zu lassen, ohne eine Antwort zu haben. Ich verstehe das Risiko eines entkommenden Schuldigen, aber ich muss die Polizei dazuholen.«

»Aber –«

»Ich habe bereits Kontakt mit ihnen aufgenommen«, fuhr Vodin fort, ohne Benedikt seine Einwände vorbringen zu lassen. »Um diese Zeit können sie leider keine Einheit schicken, daher haben sie den Ruf an Irkutsk weitergeleitet. Wir werden halten. Die Polizei dort ist gut.«

Doch egal, wie gut sie war, ein Zug konnte nicht lange an einem Bahnhof stehen bleiben, die Passagiere mussten also abgefertigt werden und sich entfernen dürfen. Sie würden danach ihr Bestes tun, die Passagierliste durchzugehen, doch ein schuldiger Mörder wäre bis dahin längst in der Stadt verschwunden. Irkutsk war groß und unübersichtlich. Es war einst ein Verbannungsort für Adlige gewesen, die sich gegen den Zaren aufgelehnt hatten. Die Straßen dort verhinderten eine einfache Suche. Alles von den von Hand gebauten Häusern bis zu den Brücken war dazu geschaffen, dass jemand leicht verschwinden konnte.

»Wie spät ist es?«, fragte Benedikt müde. Es schien, als könnte nichts, was sie sagten, die Meinung des Bahnpolizisten ändern.

Vodin fischte seine Taschenuhr aus seiner Weste und warf einen Blick darauf. »Fast Mitternacht. Kehren Sie in Ihr Abteil zurück und ruhen Sie sich aus. Wir werden morgen Nachmittag in Irkutsk ankommen.«

Sobald Benedikt am nächsten Tag aufwachte, begann er, ihre Sachen zu packen. Das war nicht das Ende der Welt. Selbst wenn dieser spezielle Schnellzug in Irkutsk endete, mochte es noch einen Kurzstreckenzug nach Wladiwostok geben. Sie könnten sich einen Wagen nehmen, die verbleibende Zeit dazu nutzen, weiter landeinwärts zu fahren.

Das Problem war, dass Irkutsk am südlichen Ende des Baikalsees lag, doch an der westlichen Seite, daher müssten sie zuerst darum herumfahren, bevor sie weiter nach Osten reisen konnten. Benedikt fragte sich, ob sie stattdessen durch die Mongolei reisen könnten. Doch dann müssten sie sich Wladiwostok von der Mandschurei her nähern und aufgrund der japanischen Invasion dort wäre es schrecklich gefährlich, über Land zu reisen.

Er seufzte schwer.

Die Socken kamen in die Ecke. Die Hemden in die Mitte, um die Waffe gewickelt.

»Es ist wirklich schön draußen. Eine Schande, dass wir nicht in diesem Teil des Landes leben können.«

Marshall stand am Fenster. Von Zeit zu Zeit wies er auf kleine Seen hin, an denen sie vorbeifuhren, während die Landschaft immer mehr eisblaue Farbtöne annahm, je näher sie dem Baikalsee kamen.

»Ich dachte, du liest das Adressbuch«, sagte Benedikt, als er am Boden seines Koffers Platz machte. Während er damit beschäftigt gewesen war, alles einzupacken, hatte Marshall den ganzen Morgen über den Adressbüchern gestanden. Er hatte sie in ihr Abteil gebracht, hatte jeden der fünf Bände aus dem Bücherregal im Speisewagen herübergeschleppt und sie auf ihr Bett geworfen. Es gab einen für jedes Jahr, der neuste von 1932, erst diesen Monat herausgegeben, und er hatte sie stumm überflogen. Ein schweigsamer Marshall war ein furchterregender Marshall. Unter normalen Umständen hätte Benedikt sich Sorgen darüber gemacht, worüber er brütete, doch er hatte den Verdacht, dass dies Marshalls letzter Versuch war, eine Spur zu finden, und er wusste, dass er ihn nicht bei etwaigen Erkenntnissen stören durfte.

»Ich starre in die große Weite hinaus, um nachzudenken?«

»Worüber hast du nachgedacht?«

Marshall fuhr auf dem Absatz herum. Er schien nun bereit zu sein, seine Erkenntnisse zu teilen. »Sieh dir das an.«

Er ließ sich auf das Bett fallen und schlug die Ausgabe von 1932 im Abschnitt über Pharmaunternehmen auf, wo Popows Firma aufgelistet war. Dann wurde Marshall etwas langsamer, blätterte ein paar Seiten weiter zu einem anderen Abschnitt über Chemiker.

»Mir fiel das vorhin zufällig ins Auge. Nenn es göttliche Eingebung. Oder vielleicht arbeitet mein Gehirn einfach unterbewusst und bleibt an etwas hängen, das mir bereits bekannt vorkommt.«

Benedikt lehnte sich näher heran. Zuerst hatte er keine Ahnung, wovon Marshall sprach. Es wirkte wie irgendeine alte Seite, ein Durcheinander an Wörtern, Telefonnummern und Adressen. Dann sah er den Eintrag in der Ecke mit einer Adresse in Moskau und einer alternativen Adresse in Wladiwostok für Anfragen bezüglich des zweiten Standorts und erkannte, was er da sah.

»Das ist … unser Ziel«, sagte er langsam. Ohne zu verstehen. »Das ist Lourens' Adresse. Die, die Roma uns gegeben hat.«

»Und doch ist sie als die Niederlassung von jemandem namens Egor Gleb gelistet.« Marshall tippte darauf. »Was, wie ich anmerken möchte, der unechteste Name ist, den ich je gehört habe. Jetzt warte, es wird noch bizarrer.«

Marshall legte das Adressbuch von 1932 beiseite, behielt die Seite dabei offen. Er hob das von 1931 auf. »Ich dachte mir, ich sollte die Gegenprobe machen. Es ist etwas schwierig, dieselbe Adresse in den anderen Büchern zu finden, weil die Seiten sich ändern. Aber da Adressbücher nach Namen geordnet sind, habe ich jeden Abschnitt nach Egor Gleb durchsucht. 1931 ist er Chemiker. Und 1930. Dasselbe in 1929.« Ein Buch nach dem anderen schlug Marshall auf und fand die Einträge auf unterschiedlichen Seiten. »Aber 1928 …«, Marshall öffnete das letzte Buch, »… fand ich keinen Eintrag zu Egor Gleb unter den Chemikern. Ich schlug den vorherigen Abschnitt auf, weil ich sehen wollte, ob Popows Pharmaunternehmen in dem Jahr ebenfalls aufgelistet war.«

Benedikt spähte auf die Seite hinab, auf der Marshall angehalten hatte. »War es?«

»Ja.« Marshall zeigte auf einen der anderen Einträge. »Aber Egor ist hier. Unter Pharmazeutiker anstelle einer Niederlassung. Und seine Moskauer Adresse ist dieselbe wie in den anderen Jahren. Aber«, er legte das neuste Adressbuch über die Ausgabe von vor fünf Jahren, die Seiten übereinander, »wenn Egor Gleb der Lourens Van Dijk ist, den wir kennen, dann ist seine Adresse in Wladiwostok von 1928 Popows gegenwärtiger Arbeitsort.«

Nichts davon ergab Sinn. Als sie die anderen Passagiere an Bord verhört hatten, hatten sie nach einer Verbindung zwischen einem Verdächtigen und dem Verstorbenen gesucht. Stattdessen stellte sich heraus, dass die Verbindung zu dem Toten … Benedikt und Marshall waren.

»Erzählen wir Vodin davon?«, fragte Marshall. *»›Überraschung, Officer. Falls Sie Beweise dafür finden, dass Lourens im letzten Jahr Kontakt mit uns hatte, sind wir wahrscheinlich die Mörder‹?«*

Marshall hatte recht. Diese Entdeckung passte nicht in ihre Ermittlung. Es brachte nur alles auf bizarre Weise ins Trudeln.

»Dann vergessen wir es«, entschied Benedikt bestimmt. Er schloss alle Adressbücher, eines nach dem anderen. »Pack deinen Koffer. Wir sollten schnell sein, sobald wir in Irkutsk halten. Wir könnten Lourens immer noch rechtzeitig finden.«

Marshall nickte zustimmend. Während er sich abwandte, um seine Kleider einzusammeln und die verschiedenen Dinge aufzuräumen, die er durch das Abteil geworfen hatte, beschloss Benedikt, die Adressbücher in den Speisewagen zurückzubringen. Sie waren zu schwer, als dass er mehr als drei auf einmal hätte tragen können, daher brachte er die ersten drei weg und kehrte dann für den Rest zurück.

Als er die verbleibenden beiden im Arm hielt und wieder aus dem Abteil ging, stieß er mit jemandem im Durchgang zusammen und gestikulierte wild, bevor er das Gleichgewicht wiederfand. Die Adressbücher fielen zu Boden. Wie auch Benedikts Armbanduhr. Die arme Gegnerin, mit der er es aufgenommen hatte, hatte nicht das Glück, auf den Beinen zu bleiben, und lag auf dem Teppich.

»Ich muss mich entschuldigen«, brachte Benedikt heraus und half Jewa Mikhailowna eilig auf. »Ich habe dich nicht gesehen.«

»Oh, nein, nein.« Sie schob sich eine blonde Locke aus den Augen. Anders als die anderen Male, die er sie im Zug gesehen hatte, waren ihre Haare heute lockig und fielen ihr über den Rücken. Der Anblick löste ein vages Gefühl des Wiedererkennens in Benedikt aus, auch wenn er nicht sagen konnte, warum. Sie erinnerte ihn an jemanden. Doch als er festzustellen versuchte, woher die Ähnlichkeit stammte, konfrontierte sein Verstand ihn mit dem üblichen Bild von Jewa mit zurückgekämmten, glatten Haaren.

»Ich habe die Angewohnheit, den Kopf einzuziehen, wenn ich gehe«, fuhr Jewa fort. Sie sah aus, als wäre sie gerade aufgewacht. Ihre Halskette baumelte über einen Kragen, der sich beinahe in lose Fäden auflöste. »Das führt dazu, dass ich oft mit anderen zusammenstoße.«

»Trotzdem.« Benedikt zog sie auf die Beine. »Nimm meine Entschuldigung an.«

»Angenommen und vergeben. Lassen Sie mich damit helfen.«

Als Benedikt sich bückte, um die zwei Adressbücher einzusammeln, hob Jewa seine Armbanduhr auf. Ihm war nicht klar, was sie in der Hand hielt, bis er sich die Adressbücher auf die Arme geladen und sich wieder aufgerichtet hatte. Doch er hatte die Hände voll und konnte Jewa nicht aufhalten, als sie seine Uhr neugierig umdrehte.

Benedikt rutschte das Herz in die Kniekehlen. Sie starrte auf die Gravur auf der Rückseite der Uhr.

Монтагов

»Montagow«, las sie laut vor. Verwirrung huschte über ihr Gesicht. Bevor Benedikt auch nur hoffen konnte, dass ihr der Name nichts sagte, fragte sie bereits: »Wie die in Shanghai?«

»Ich habe noch nie von ihnen gehört«, log Benedikt sofort. Er hoffte, dass seine Miene ihn nicht verriet. »Ich habe meine Uhr von einem Straßenhändler. In Moskau.«

Jewa schwieg einen Moment lang, starrte weiterhin die Gravur an. Es gab keinen Grund, etwas anderes zu vermuten, oder? Nichts verriet, dass die Uhr tatsächlich ein altes Erbstück war.

»Es gibt sie nicht mehr, es ist also gut möglich. Die Leute sagen, die Montagows seien alle tot.«

Benedikts Puls schlug noch immer Alarm in seiner Brust. Er verarbeitete ihre Worte langsam.

»Die Leute sagen?«, wiederholte er. »Das klingt, als würdest du ihnen nicht glauben.«

Entweder bemerkte Jewa seine Panik nicht oder Benedikt war ein besserer Schauspieler, als er dachte. Sie hielt ihm seine Uhr hin, doch als sie sah, dass seine Arme voll waren, bedeutete sie ihm, dass sie sie an seinem Handgelenk befestigen würde. Benedikt brachte seinen Arm in Position.

»Oh, ich weiß nichts über die Familie im Ganzen«, sagte Jewa gelassen. Sie drehte die Armbanduhr um. »Ich habe nur einen von ihnen je getroffen, der definitiv noch lebt. Vielleicht gehörte ihm die Uhr einst. Ich wünsche ihm und seiner Frau das größte Glück.«

Das Band schloss sich mit einem Klicken. Jewa klopfte ihm zufrieden auf den Arm.

»Danke.« Benedikt klang selbst in seinen eigenen Ohren verwirrt. Jewa schien sich nichts dabei zu denken und lächelte nur, bevor sie dorthin weiterging, wohin auch immer sie zuvor unterwegs gewesen war.

Sobald sie durch die Tür verschwunden war, eilte Benedikt ins Abteil zurück, legte die beiden Adressbücher auf den Boden und ließ von seinem Plan ab, sie in den Speisewagen zurückzubringen.

»Worum ging es gerade?«, fragte Marshall. Er stand über seinem Koffer, die Hände auf den Hüften, während er seinen Fortschritt beäugte. »Ich habe Gesprächsfetzen gehört.«

»Ich hatte gerade die seltsamste Begegnung mit Jewa Mikhailowna«, antwortete Benedikt. »Ich … glaube, sie wollte sagen, dass sie einst Roma getroffen hat.«

Marshall sah mit einem Stirnrunzeln auf. »In Shanghai?«

Das hielt Benedikt für unwahrscheinlich. Nicht, nachdem sie seine Frau erwähnt hatte, denn Roma hatte seine Todfeindin aus der rivalisierenden Bande erst am Abend vor ihrer beider vorgetäuschter Tod geheiratet.

Als Benedikt schwieg, konzentrierte sich Marshall darauf, zu packen, und sagte: »Weißt du, du und Jewa seht euch in einem gewissen Licht ähnlich.«

Vielleicht erschufen die blonden Haare den Effekt. Benedikt stand noch immer an der Tür, grübelte. Als eine ganze Minute vergangen war, sah Marshall wieder auf, schüttelte den Koffer, um mehr Platz zu schaffen.

»Ben«, sprach er ihn an. »Du bereitest mir etwas Sorgen.«

Schließlich sprach Benedikt seine Gedanken aus: »Ist es nicht ein bisschen seltsam, dass Jewa ein *J* auf ihrer Halskette trägt, wenn dieser Buchstabe im russischen Alphabet gar nicht vorkommt?«

Marshall sah verwirrt drein. »Ich bin verwirrt.«

»Jewa«, sagte Benedikt laut, wobei er immer noch vor allem mit sich selbst sprach. »Geschrieben Е-в-а. Mr. Portsmith sagte, dass sie kein Englisch spricht. Wie stehen also die Chancen, dass sie ihren Namen so repräsentieren würde?«

»Ich glaube, du bist da etwas auf der Spur, Ben. Soll ich weiter unbedeutende Anmerkungen machen, bis du eine große Erkenntnis hast? Das funktioniert für gewöhnlich. Vielleicht versucht sie, Englisch zu lernen. Vielleicht spricht sie stattdessen Französisch. Vielleicht hat ihr Ehemann sie ihr geschenkt. Vielleicht –«

»O mein *Gott.*«

Marshall erschrak aufgrund von Benedikts plötzlichem Ausruf. Er erschrak noch mehr, als Benedikt auf ihn zustürzte und ihn bei den Schultern packte. »O mein Gott, Mars, ich weiß, was es bedeutet. Komm mit. Schnell.«

Benedikt durchsuchte ihr unordentliches Abteil nach der Passagierliste, die durch ihre Notizen beinahe unleserlich geworden war. Er fand die gesuchte Abteilnummer, dann schleppte er Marshall förmlich hinaus in den Durchgang und in den nächsten Wagen.

»Hier entlang, hier entlang.«

Benedikt fand das Abteil. Drinnen summte jemand, hörte erst auf, als er mit zitternden Händen anklopfte.

Marshall hatte recht. Er und Jewa sahen sich etwas ähnlich.

Wir haben dieses Mädchen getroffen, das Alisa auf beinahe unheimliche Weise ähnlich sah. Romas Stimme wehte aus der Vergangenheit über das statische Rauschen des Telefons hinweg heran. *Ich denke, damit wollte das Universum mir sagen, dass ich ihr helfen soll.*

»Dein Name ist nicht Jewa Mikhailowna«, sagte Benedikt, als sie die Tür öffnete. »Du heißt Mila Ju.«

12

Sie kamen dem Bahnhof Irkutsk schnell näher. Der Zug würde bald halten.

»Lew!«, rief Marshall, als er den Jungen entdeckte, der dabei war, seine Taschen in den Eingang seines Abteils zu zerren, damit sie bereitstanden, sollten sie schnell von Bord gehen müssen. »Lew, wo ist dein Onkel?«

Lew zog eine Schnute. »Er ist in der zweiten Klasse und versichert allen, dass sie bald von Bord gehen können. Er sagte mir, ich solle nicht zuhören, wenn Sie mich dazu überreden wollen, ihn zu suchen.«

»Es ist unglaublich wichtig.« Marshall schaffte es endlich, die Taschen aufrecht hinzustellen, schnappte wegen der Anstrengung förmlich nach Luft. Er musste zum Zeitvertreib mit dem Joggen anfangen, wenn all das vorbei war. Früher hatte er rivalisierende Bandenmitglieder durch die halbe Stadt jagen können, während er Kugeln auswich. Heutzutage konnte er nicht einmal einen Koffer heben, ohne in Schweiß auszubrechen.

»Er warnte mich auch vor dem, was Sie sagen würden. *Das ist wichtiger als irgendetwas sonst. Das ist eine neue Spur in den Ermittlungen. Das ist der größte Fund* –«

»Das ist eine neue Antwort«, unterbrach Marshall ihn und wedelte mit den Händen, um die anderen Sätze, die Lew nachgeplappert hatte, abzutun. »Weißt du was, vergiss, dass dein Onkel Antworten bekommen soll. Du solltest das hören, damit du darüber schreiben kannst. Mein Partner holt gerade das letzte Puzzlestück.«

Damit hatte der Junge offensichtlich nicht gerechnet. Jetzt eilte er näher heran, legte eifrig die Hände um seine Kamera. »Wirklich?«

»Das wird der Artikel des Jahrhunderts, versprochen«, sagte Marshall. »Du könntest sogar eine Auszeichnung gewinnen. *Zugmord entgleist mit unerwartetem Ausgang*. Da. Ich habe mir eine Schlagzeile für dich ausgedacht.«

Lew machte große Augen. Der Köder war gelegt. Marshall musste nur noch die Leine einholen.

»Kein Journalist hat je etwas Derartiges geschrieben. Hol deinen Onkel, Lew, bevor alle gezwungen sind, von Bord zu gehen und wir auf unsere Auflösung verzichten müssen.«

Ohne ein weiteres Wort schoss Lew in die andere Richtung davon. Marshall grinste in sich hinein.

Benedikt führte alle in den Speisewagen. Irkutsks schneebedeckte Landschaft reflektierte gleisende Lichtstrahlen vor den großen Fenstern, umgab den Zug mit Weiß, als er zum Stehen kam.

»Zehn Minuten, um mehr bitte ich nicht«, sagte er zu Vodin, schob den Zugpolizisten am Arm voraus. Vielleicht überschritt er seine Kompetenzen ein kleines bisschen, doch sie waren der Auflösung so nahe. Er hatte nur Vodin und Lew in den Speisewagen holen wollen, um Vodin Bericht zu erstatten und damit Lew seine Fotos und seinen Artikel bekam. Doch andere Passagiere hörten den Tumult im Durchgang und verließen ihre Abteile, um ebenfalls die Auflösung der Ermittlung zu hören.

Benedikt nahm an, dass an einem Publikum nichts auszusetzen war. Er winkte Marshall, der hinter der Menge stand, und dieser grinste strahlend, bedeutete ihm, dass alles in Ordnung war und er die Versammlung unter Kontrolle hatte.

»Die Polizei wartet –«

»Und sie kann bald an Bord kommen«, sagte Benedikt. »Sie entscheiden, wann die Türen sich öffnen, nicht wahr? Sie werden verstehen, dass Sie einen Moment brauchen, um alles in Ordnung zu bringen. Egal, was passiert, nachdem ich alles erklärt habe, können sie an Bord kommen. Ich bitte Sie nur, mir zuerst zuzuhören. Wir haben den Großteil dieser Reise damit zugebracht, Ermittlungen anzustellen. Jetzt brauchen wir nur zehn Minuten. Bitte.«

Glücklicherweise schien er Vodin überzeugt zu haben. Immerhin genug, dass er sich nicht mehr widersetzte. Benedikt ließ den Beamten los und wandte sich wieder Marshall zu, der mit den letzten neugierigen Passagieren durch die Tür kam.

»Hast du ihn?«, fragte Marshall.

Benedikt neigte den Kopf zur Seite. Er hatte einen Kleiderständer aus einem der anderen Abteile geholt, nachdem er die Prowodnitsa überredet hatte, ihn hineinzulassen. Dieser stand nun bei der Bar, vor dem wartenden Zugbegleiter, der verwirrt die wachsende Menge betrachtete.

»Ich habe ihn. Fangen wir an.«

Lew ging mit Stift und Block in Händen nach vorn. Er stellte sich auf die Zehenspitzen, um nicht von den sich herumschiebenden Passagieren verschluckt zu werden.

»Sehr geehrte Mitreisende«, begann Marshall. Im Speisewagen kehrte Stille ein. »Wir werden keine Zeit mit einer höflichen Vorstellungsrunde verschwenden. Sie haben während unserer Ermittlungen zum Tod von Danila Andrejewitsch Popow diese Woche mindestens einmal mit uns gesprochen. Vielen Dank für Ihre Geduld.«

Marshall hatte die Art von theatralischer Stimme, die jedermanns Aufmerksamkeit auf sich zog. Als er fertig war, sah er Benedikt an, der den Kleiderständer etwas nach vorn zog und übernahm.

»Sollten Sie noch keinen Klatsch über die grausigen Details gehört haben: Danila Andrejewitsch Popows Kehle wurde mit einem Stift durchstochen«, sagte er geradeheraus. »Er war ein beschäftigter Mann. Gründer einer Firma für Pharmazeutika mit Sitz sowohl in Moskau als auch in Wladiwostok. Er reiste oft durch Sibirien.«

»Gentlemen«, unterbrach Vodin ihn. »Ich warte darauf, von dem Täter zu hören.«

»Dazu kommen wir gleich«, versicherte Marshall ihm.

»Eigentlich, genau in diesem Moment.« Benedikt zog die Aktentasche, die sie Popows Besitz entnommen hatten, unter einem der Tische hervor. Er holte die Briefe heraus, die darin gebündelt waren und die sie zu Beginn wegen Irrelevanz größtenteils zur Seite gelegt hatten. »Einige Passagiere hörten, wie Mr. Popow mit jemandem stritt, doch sie hörten nur seine Stimme. Es gab Hinweise darauf, dass geantwortet wurde, doch niemand konnte die Worte verstehen. Niemand konnte sagen, ob sich ein Mann oder eine Frau im Abteil aufgehalten hatte. Es gab keine Hinweise.«

»Und das ergibt keinen Sinn, nicht wahr?«, fuhr Marshall fort, während Benedikt die Briefe glattstrich. »Wir wissen, wie dünn die Wände sind. Wie ist es möglich, auf solche Weise einen Streit zu führen?«

»Die Antwort«, sagte Benedikt, »ist, dass es sich nicht um einen Streit handelte, sondern dass Mr. Popow ein Selbstgespräch führte. Er schrieb Briefe und regte sich schrecklich auf. Er schrie seine Argumente, dann murmelte er ausgedachte Antworten seiner Geschäftspartner, während er schrieb. Sie können diese Zeilen lesen und seinen Gedankengang nachvollziehen.«

Marshall schob Lew die Dokumente zu. Er hob die Kamera, die um seinen Hals baumelte, und schoss ein Bild.

»Zunächst«, Benedikt trat zu dem Kleiderständer, »konnten wir lange nicht feststellen, warum der Kleiderständer am Tatort entzweigebrochen war. Man verschwendet damit mehrere Sekunden, wenn es sich um eine Entscheidung im Affekt handelt. Es ergibt keinen Sinn, wenn es eine logische Entscheidung war. Warum nicht mit dem ganzen Ding zuschlagen? Wäre das keine schrecklichere Waffe, da sie schwerer ist?

»Die Antwort …« Benedikt hob den Kleiderständer hoch und brach ihn blitzschnell über dem Knie entzwei. Der Teil seines

Beins, der mit dem Möbelstück in Kontakt gekommen war, pochte schmerzhaft, doch im Speisewagen ertönte Keuchen und er wusste, dass er sich verständlich gemacht hatte. »Er war nicht zerbrochen worden, um als Waffe zu dienen. Man hatte ihn in einem Wutausbruch zerbrochen.«

»Und wo würde man ihn, ohne nachzudenken, ablegen?«, fragte Marshall nach.

»Ich würde ihn verärgert nahe der Wand hinwerfen«, erwiderte Benedikt, als gingen sie ein Skript durch. Er ließ die zwei Teile nahe nebeneinander fallen, um Popows kleines Abteil nachzustellen. Er überzeugte sich, dass die obere Hälfte genau richtig lag, so wie es am Tatort ausgesehen hatte. Der Boden des Zugs war uneben. Die obere Hälfte des Kleiderständers blieb aufgrund ihrer unregelmäßigen Form liegen. Die untere Hälfte begann zu rollen, zog einen Halbkreis. »Dann würde ich mich wieder setzen, um weiterzuschreiben.«

Benedikt nahm an einem der Esstische Platz. Er gab vor, einen Stift zu halten. »Ich konzentriere mich. Wütend darüber, was in meiner Firma vor sich geht, denke ich kaum an etwas anderes als die Worte vor mir.«

»Dann klopft es an die Tür.« Marshall pochte mit den Knöcheln gegen einen der anderen Tische. »Es ist die Prowodnitsa, die routinemäßig nach dem Rechten sieht.«

»Also drehe ich meinen Stift um, damit keine Tinte herabtropft, solange ich nicht schreibe.« Benedikt bedeutete Marshall, ihm einen echten Füller zuzuwerfen, damit auch dieser Aspekt sichtbar gemacht wurde. Doch Marshall spreizte stumm die Finger, um zu sagen, dass er keinen hatte. Lew hatte genau aufgepasst, denn er eilte sogleich vor und bot seinen eigenen an.

»Danke, Lew«, flüsterte Benedikt. Er drehte die Feder nach oben. Umklammerte sie mit der Faust. »Ich werde gleich zu meiner Arbeit zurückkehren. Es ist nicht nötig, ihn wegzulegen.« Er stand auf. Benedikt sah absichtlich nicht nach unten, obwohl ein Teil des zerbrochenen Kleiderständers unmittelbar vor seinen Füßen lag. »Doch sobald ich losgehe …« Er hielt inne, sein Fuß schwebte über der unteren Hälfte des Kleiderständers. »Stolpere ich und falle.« Im Zeitraffer trat er über den Kleiderständer. Er fiel auf ein Knie. »Ich stoße gegen dieses vorstehende Stück«, die obere Hälfte des Kleiderständers sah nun bedrohlich aus, der Haken glänzte gefährlich, »und ziehe mir den Schnitt an der Stirn zu. Dann gerät der Rest meines Körpers aus dem Gleichgewicht.«

Benedikt legte den Arm auf den Teppichboden, den Ellbogen im Neunzig-Grad-Winkel, sodass seine Faust zu Boden gepresst wurde und die scharfe Spitze des Füllers gerade nach oben zeigte. Im Speisewagen war kein Geräusch zu hören. Selbst der Zugbegleiter hinter der Bar hatte aufgehört, Getränke vorzubereiten. Er und die Passagiere schenkten Benedikt ihre ungeteilte Aufmerksamkeit.

»Sie können sich vorstellen, worauf ich hinauswill«, schloss er. »Ich werde den letzten Akt nicht vorführen.«

Benedikt stand wieder auf und gab Lew den Füller zurück. Die Kinnlade des Jungen hing leicht herab, er starrte ihn verblüfft an.

Einige Augenblicke sagte niemand ein Wort. Dann fragte Vodin mit beinahe heiserer Stimme: »Wollen Sie damit sagen, dass es ein Unfall war?«

»Das ergibt Sinn. Sie wissen, dass dem so ist«, erwiderte Marshall gelassen. »Es gibt einen Grund dafür, dass wir kein Motiv finden konnten. Warum jede Spur irgendwo anders hinführte. Es gab nie einen Mord.«

Die Passagiere begannen zu murmeln. Anfangs in kaum hörbarer Lautstärke, dann lauter und lauter. Das ging so weit, dass Vodin sie mit Gesten zum Schweigen bringen musste.

Benedikt ballte die Hände. Er spürte, dass Marshall näher kam, dann nach vorn griff, um seine Finger zu entspannen, bevor jemand etwas sehen konnte. *Zeig es nicht offen.* Er konnte beinahe hören, wie Marshall ihn daran erinnerte.

»Ich werd–«, sagte Vodin endlich. Er beäugte den zweiten zerbrochenen Kleiderständer, kratzte sich am Kopf. »Ich werde der Polizei davon berichten und sehen, was sie denkt.«

13

Lews Bitte um ein Foto von ihnen lehnten sie ab. Behaupteten, Privatermittler bräuchten Anonymität, ansonsten würden ihre Feinde sie aufspüren, da sie der Gerechtigkeit Genüge getan hatten. Der Junge schien die Erklärung zu akzeptieren, denn er nickte, dann bat er sie um eine Adresse, an die er eine Kopie seines Artikels schicken konnte, sobald er es geschafft hatte, ihn drucken zu lassen. Marshall nannte ihm bereitwillig eine Adresse und sagte, er freue sich darauf, die Geschichte zu lesen.

Die Polizei kam an Bord. Entfernte Popows Leiche, dann wedelten sie sich mit den Händen vor der Nase herum, als sie das Abteil verließen, sagten Vodin, der Teppich brauche eine gründliche Reinigung, sobald der Zug weiterfahre. Doch sie ließen ihn die Reise fortsetzen. Es war nicht nötig, ihn aus dem Verkehr zu ziehen, da es noch Passagiere gab, die an ihren Zielort gelangen wollten. Alle, die an einem der vorherigen Bahnhöfe hatten aussteigen wollen, konnten in Irkutsk von Bord gehen und von dort die Rückreise antreten. Die Polizei war zufrieden mit der Erklärung, die ihnen Vodin mithilfe der an Bord befindlichen Privatermittler geliefert hatte.

Der Wagen fühlte sich viel leerer an, als der Zug wieder anfuhr. Marshall war sich nicht sicher, ob es daran lag, dass es leiser geworden war, nun da nicht mehr jedes Abteil ausgebucht war, oder ob er sich das nach diesem mitreißenden Unterfangen nur einbildete.

Die Nacht brach an. Als Marshall an der Abteiltür stand, um zuzusehen, wie der Zug in Werchne-Udinsk hielt, fühlte es sich beinahe seltsam an, dass er wie gewöhnlich seine Route fuhr und die Türen sich öffneten, um den abendlichen Nebel eindringen zu lassen. Die Rufe der Verkäufer und Kioskbesitzer wehten ebenfalls herein, priesen einen Imbiss für Reisende an, die vom Essen im Speisewagen genug hatten.

Zwei Türen weiter trat jemand aus seinem Abteil. Stepan Maximowitsch Iwanow stand wie Marshall im Durchgang herum.

»Ich habe gehört, dass alles gut ist«, begrüßte er ihn.

»So kann man es auch ausdrücken«, erwiderte Marshall. Hinter ihm, im Abteil, schien Benedikt die Ohren zu spitzen, lauschte der Unterhaltung, während er stumm seine Hände eincremte. Er hatte sich die Handflächen zerkratzt, als er den Kleiderständer zerbrochen hatte.

»Es tut mir leid, dass ich die Geschehnisse verpasst habe. Wie ich hörte, war es eine rechte Schau.« Stepan klang ehrlich. In seinem Tonfall lag kein Hinweis auf Spott. Und doch …

Marshall gab sich keine Mühe, seine nächsten Worte abzumildern: »Ich muss Sie fragen: Sie kannten Popow schon vor dieser Zugfahrt, nicht wahr?

Stille senkte sich über den Flur. Benedikt drehte sich um, schlich leise näher an Marshall heran, sah aus, als bereitete er sich darauf vor, dass diese Frage eine hässliche Wendung nehmen könnte. Doch zwei Türen weiter lachte Stepan plötzlich auf. Er klang nach jemandem, den man bei einem Kavaliersdelikt ertappt hatte, als hätte er sich an der Keksdose bedient oder wäre bei Rot über die Tramgleise gefahren.

»War das wirklich so offensichtlich? Ich habe mir solche Mühe gegeben und habe ernsthaft versucht, nicht auf irgendeine Art und Weise verdächtig zu wirken.«

»Die einfachste Art, nicht unnötig verdächtig zu wirken, wäre gewesen, uns die Wahrheit zu sagen«, meldete Benedikt sich dazwischen und streckte ebenfalls den Kopf in den Flur hinaus.

»Während Sie beide überall nach einem Motiv suchten? Nein, danke. Ich wusste um meine eigene Unschuld. Ich musste nicht losziehen und mir selbst in den Fuß schießen. Außerdem habe ich Sie auf die richtige Fährte gebracht, oder etwa nicht?«

Marshall grummelte etwas und verschränkte die Arme. »Sie hätten uns früher helfen können.«

»Entschuldigen Sie vielmals.« Stepan wirkte ehrlich reumütig, als er die Hand in seine dünner werdenden Haare schob und sie glattstrich, bevor er einen Hut nahm und aufsetzte. »Gerechterweise muss man sagen, dass ich ihn nicht gut kannte. Sein Arbeitsplatz in Moskau liegt gleich die Straße hinunter und in meinem Gebäude hörte ich immer Gemurre darüber, dass sein Büro nachts die Lichter anließ. Es war wirklich Zufall, dass ich dem Namen ein Gesicht zuordnen konnte, sobald ich an Bord war.«

»Trotzdem ...«, murmelte Marshall. Doch er hatte dem nichts hinzuzufügen. Als er Benedikt ansah, erntete er ein knappes Kopfschütteln, mit dem der ihm bedeutete, dass sie es auch sein lassen konnten. Es klang wie die Wahrheit.

Benedikt nickte Stepan zu. »Eine sichere Weiterfahrt, Mr. Iwanow.«

Stepan tippte sich an den Hut. »Ihnen auch. Entschuldigen Sie mich bitte, Gentlemen. Ich will mir etwas zu essen suchen.«

Er ging in Richtung Speisewagen davon. Als sie allein im Durchgang waren, wechselten Marshall und Benedikt einen Blick, dann schwankten sie beide gleichzeitig, als der Zug sich wieder in Bewegung setzte, mit geschlossenen Türen und sich drehenden Rädern. Um diese Zeit bereiteten sich die meisten der verbliebenen Passagiere entweder darauf vor, ins Bett zu gehen oder den Waschraum zu benutzen. Zuvor hatte Benedikt vorgeschlagen, darauf zu warten, dass die Aktivität im Zug sich legte, bevor sie ihren nächsten Schritt unternahmen. Marshall hatte ihm zugestimmt. Er hatte sich ausruhen müssen, nachdem die Polizei den Wagen verlassen hatte.

Nun war die Zeit gekommen. Mit einem Blick zur Seite stellte Benedikt stumm eine Frage und Marshall nickte. Zusammen traten sie hinaus und gingen in den nächsten Wagen. Abermals klopften sie an Milas Tür.

Sie streckte den Kopf heraus, sah nach rechts und links. Wenig überraschend war sie nicht zugegen gewesen, als sie Vodin von ihren Erkenntnissen berichtet hatten.

»Also«, begann Marshall, »da wir Sie nun gedeckt haben, würde es Ihnen etwas ausmachen, uns alles zu erklären?«

Es hatte erst klick gemacht, als Benedikt an sein Telefongespräch mit Juliette zurückgedacht hatte – als er zu verstehen versucht hatte, was sie von zwei Kindern erzählt hatte.

»Also, dieser Julun-Junge … hattest du seinen Nachnamen erwähnt?«

»Nein, nein«, korrigierte ihn Juliette. »Das ist sein vollständiger Name. Ju Lun. Er hat etwas zu schnell gesprochen, als er sich vorstellte, und wir haben es uns wohl ebenfalls angewöhnt.«

Das *J*, das von einer Halskette baumelte. Lourens' Verbindung zu dem Verstorbenen. Jeder Teil dieser Ermittlung war direkt vor seiner Nase gewesen, doch vor ihrer Unterhaltung über die Armbanduhr hätte er sie nicht zusammensetzen können.

»Ich werde Ihnen alles erklären«, sagte Mila, als sie die Abteiltür hinter ihnen schloss. Sie schluckte nervös. »Aber … warum haben Sie mich gedeckt?«

»Wenn du von Anfang an erzählst, sollte ich das wohl ebenfalls tun«, sagte Benedikt. Er streckte ihr die Hand entgegen. »Mein Name ist Benedikt Montagow.«

Mila hauchte ein sichtbares *Oh.* Sofort veränderte sich ihre Haltung. Misstrauen wurde zu Verständnis, Anspannung zu Vertrauen. Sie schüttelte ihm die Hand. »Also wissen Sie von den Experimenten.«

»Ich weiß, dass du aus Wladiwostok entkommen bist, nachdem Lourens die Einrichtung verlassen hat, die sich um dich kümmerte. Ich weiß, dass man dich testete, dass du jetzt aber frei bist.«

»Nun.« Mila lächelte angespannt. Sie verschränkte die Arme, ging ein paar Schritte durch das Abteil, sah aus dem Fenster. Die Vorhänge waren geöffnet, ihr schweres Karomuster flatterte mit der Bewegung des Zugs. »Ich wurde von ihrer Kontrolle befreit. Jedoch nicht von ihren Versuchen, mich zurückzuholen. Womöglich versuchten die Männer, die die Einrichtung leiteten, es nur noch mehr, nun, da ich mir nicht mehr die Kehle herausreiße und der Mann nicht mehr ist, der dafür verantwortlich war.«

»Diese Männer …«, sagte Marshall. »Popows Männer, nicht wahr?«

Mila nickte. »Er und sein Rat«, sagte sie leise. »Sie hörten, dass die Experimente aus meinem Körper gelöscht worden waren, doch sie wollten weiterhin ein Testobjekt. Die Einrichtung fühlte sich stets verantwortlich für die Mädchen, die sie von der Straße geholt hatten.«

Benedikt verzog das Gesicht. Er schwieg, ließ Mila fortfahren.

»In den letzten vier Monaten haben sie drei verschiedene Gruppen geschickt. Sobald ich eine überlistet hatte, war die nächste bereits auf dem Weg.« Sie drückte sich die Handfläche auf die Augen. »So konnte ich nicht leben. Ich war glücklicher als je zuvor, doch musste jeden Tag fürchten, dass man mir den Boden unter den Füßen wegzog. Ich wusste nicht, ob sie eines Tages ihre Versuche aufgeben und mich stattdessen aus einem Hinterhalt erschießen würden, damit mich auch niemand sonst bekam, wenn sie mich nicht haben konnten. Ich wusste nicht, ob sie vielleicht ihre Taktik wechseln und stattdessen Julun verfolgen würden, um mich mit ihm zurückzulocken.«

Mila atmete tief ein. Einen Moment lang stand sie still, hielt die Luft an. Als der Zug unter ihnen ruckelte, atmete sie endlich aus und schüttelte all die Frustration in ihrem Tonfall ab, ließ die Schultern sinken und reckte das Kinn.

»Es war nicht in den Nachrichten, weil ich vorsichtig war«, sagte sie. »Popows Rat besteht aus sechs Mitgliedern, ihn eingeschlossen. Vier wohnen in Moskau. Einer ist verschwunden, er muss erst noch gemeldet werden. Einer hat sich eine mysteriöse Krankheit eingefangen, durch die mit der Zeit jeder Muskel in seinem Körper verkümmert. Einer konnte sein Auto nicht richtig abbremsen und nun ist er vom Hals abwärts gelähmt. Und Popow selbst … nun, ich weiß nicht, ob ihm klar war, dass etwas in der Luft lag, doch er ging an Bord dieses Zugs, bevor ich ihn erwischen konnte. Also folgte ich ihm.«

»Wir haben allen erzählt, dass er mit sich selbst stritt«, sagte Benedikt. »Ehre, wem Ehre gebührt. Du hast keine Spuren hinterlassen.«

Mila wirkte ein wenig stolz auf sich selbst. »Ich bin nicht gekommen, um mit ihm zu streiten. Er brüllte und brüllte, doch er musste nur wissen, für welche Sünden er sich zu verantworten hatte. Er musste wissen, welchen irreparablen Schaden er mir zugefügt hatte, und ihm musste klar werden, dass er starb, weil er glaubte, er könnte das einer anderen Person antun.«

»Du zeigtest ihm eine Spritze.« Marshall klopfte seine Tasche ab. Sie hatten die Kanüle immer noch, da sie sie Vodin gegenüber nie erwähnt hatten.

»Er war erzürnt und warf sie von sich«, bestätigte Mila. »Das war nicht wichtig. Letzten Endes ist er ein schwacher Mann, der andere dafür bezahlt, nach seiner Pfeife zu tanzen. Er ist ein Nichts. Als ich in seinem Abteil mit ihm allein war, musste ich nur seinen Füller nehmen und ihm diesen in die Kehle rammen.«

Aus rein rationaler Sicht passte alles gut zusammen. Wenn Mila eine echte Waffe verwendet hätte, wäre es unmöglich gewesen, das Ganze wie einen Unfall aussehen zu lassen.

»Und dann schlugst du ihn mit dem Kleiderständer, damit er zu Boden ging«, fügte Benedikt hinzu. Warnend zeigte er mit dem Finger auf sie. »Weißt du, das war die eine Ungereimtheit, die ich beinahe nicht hätte erklären können. Wenn jemand genauer hinsieht, wird ihm klar, dass der Schnitt auf seiner Stirn in die andere Richtung verläuft. Er kann ihn sich unmöglich zugezogen haben, als er über den Kleiderständer fiel.«

Mila zog die Schultern hoch, bedeckte die Ohren, sodass sie beinahe verlegen wirkte. »Entschuldigung.«

Benedikt hätte beinahe laut aufgelacht. Da stand sie und entschuldigte sich dafür, dass sie es ihm schwer gemacht hatte, ihren

Mord zu verschleiern. Es wurde still im Abteil. Dann lehnte Mila sich gegen die Wand, spielte an den Vorhängen herum.«

»Werden Sie mich der Polizei übergeben?«

»Warum sollten wir das?«, fragte Marshall.

Ein Schulterzucken. »Weil es das moralisch Richtige ist?«

»Miljena«, antwortete Benedikt schlichtweg. »Wir haben wahrscheinlich schon Leute getötet, bevor du geboren warst. Wir sind wahrhaftig die falschen Leute, von denen man einen moralischen Kompass erwarten kann.«

Plötzlich schnaubte Mila. »Wie alt sind Sie?«

Marshall verschränkte die Arme vor der Brust. »Vierundzwanzig«, antwortete er für sie beide. »Praktisch antik.«

»Ich bin achtzehn«, sagte Mila, während sie das Zucken ihrer Mundwinkel unterdrückte. »Es fällt mir schwer, mir einen waffenschwingenden Sechsjährigen vorzustellen.«

»Stell es dir ruhig vor«, sagte Benedikt. »Das war unsere Kindheit.«

Obwohl er Witze riss, tat ihm das Mädchen schrecklich leid. So jung zu sein und bereits so sehr gelitten zu haben. So jung zu sein und ihre Sicherheit selbst in die Hand zu nehmen, indem sie Selbstjustiz übte.

Er sah kurz zu Marshall hinüber. Marshall blickte ihn bereits an, leisen Kummer in seinen dunklen Augen.

»Was planst du, als Nächstes zu tun?«, fragte Marshall. »Gehst du nach Hause?«

»Nein, noch nicht.« Mila zögerte einen Moment. Sie musste beschlossen haben, dass Benedikt und Marshall ohnehin schon zu viel wussten, denn sie fuhr fort: »Es befinden sich noch zwei Ratsmitglieder in Wladiwostok. Sobald sie aus dem Weg geräumt sind, werde ich nach Hause gehen. Ich vermisse Julun sehr.«

Plötzlich riss Marshall die Augen auf. »Warte, du hast nicht vor, Lourens zu töten, oder?«

»Nein, natürlich nicht.« Mila klang beleidigt darüber, dass er das auch nur vermuten würde.

»Lourens war niemals Teil des Rats. Er stellte sich bei jeder sich bietenden Gelegenheit gegen Mr. Pjotr. Roma sagte sogar, dass Lourens das Heilmittel erfunden hatte, doch Mr. Pjotr nahm es ihm weg.« Sie seufzte, schlang ihre Arme um sich. »Ich frage mich, wo er jetzt ist.«

Marshall hob eine Augenbraue, um Benedikt zu fragen, ob sie ihr Wissen teilen sollten. Unauffällig schüttelte Benedikt den Kopf, kommunizierte, dass es keinen Grund gab, Mila mit den Details ihrer Mission zu belästigen, sobald sie in Wladiwostok auseinandergingen.

»Nun gut. Noch zwei Morde in Wladiwostok. Das bedeutet, dass du bis zum Ende mit uns fährst«, sagte Marshall.

Benedikt schlug ihm fest gegen den Arm. Marshall zuckte protestierend zusammen, formte mit den Lippen: *Was?*

Warum drückst du das so aus?, bedeuteten Benedikts aufgerissene Augen. Laut sagte er: »Und wir sind da, wenn du etwas brauchst. Bis dann … lassen wir dich wohl in Ruhe.«

»Danke.« Bei Marshalls Anmerkung hatte Mila leise geschnaubt, doch sie hatte noch immer die Arme um sich geschlungen, als nähme sie all ihre Kräfte zusammen, um aufrecht stehen zu bleiben. »Für alles. Wirklich.«

Benedikt nickte. Wortlos gingen er und Marshall hinaus, da es wohl nichts mehr zu sagen gab, nachdem sie ihre Antworten bekommen hatten.

Sie sprachen nicht einmal, als sie wieder in ihrem eigenen Abteil waren, völlig ausgelaugt von den Ereignissen des Tages. Marshall warf seine Jacke von sich. Benedikt fiel auf den Stuhl. Weniger als eine Minute verging, bevor er wieder aufstand.

»Einen Moment. Mir ist gerade etwas klar geworden.«

Benedikt kehrte zu Milas Abteil zurück. Als sie bei seinem Klopfen die Tür öffnete, reichte er ihr seine Pistole mit dem Lauf voran.

»Wladiwostok schafft es ohnehin kaum in die Nachrichten«, sagte er. »Benutz einfach eine Waffe, anstatt mysteriöse Tode auszuhecken. Das ist schneller und weniger Arbeit, versprochen.«

Wladiwostok kam in Sicht wie ein Trugbild in der Ferne.

»Ich kann nicht glauben, dass wir sieben Tage in einem Zug verbracht haben«, merkte Marshall an. »Es fühlt sich an, als wäre die Zeit wie im Flug vergangen.«

»Nur weil wir kein einziges Mal zur Ruhe gekommen sind«, erwiderte Benedikt. Sie waren in ihre Mäntel gehüllt, bereit, sich der Kälte der Elemente zu stellen. »Hast du alles?«

»Ja.« Marshall stieß Benedikts Schulter mit der seinen an. Die Frau hinter ihnen räusperte sich warnend, als er sie anrempelte. »Ich habe alles gleich hier.«

Benedikt verdrehte die Augen. Er verbiss sich ein Lachen.

Die Türen öffneten sich. Draußen kreischte eine Pfeife. »Endstation! Wladiwostok, Endstation! Alles aussteigen!«

Sie bewegten sich mit der Menge, schoben sich in der Masse aus Wintermänteln und Pelzstolas voran. Benedikt verließ zuerst die Metallstufen, seine Stiefel betraten festen Boden. Marshall war dicht hinter ihm, zerrte mit Hingabe seine Tasche hinter sich her und hätte beinahe die Passagiere hinter sich getroffen, als er einen Arm ausbreitete, um die frische Luft willkommen zu heißen. Aus dem Augenwinkel bemerkte Benedikt eine Bewegung. Als winkte ihm jemand zu. Als er sich umdrehte, sah er, wie Mila die Stufen des nächsten Wagens hinabstieg. Benedikt winkte zurück, nickte bestimmt in ihre Richtung, um ihr Glück zu wünschen. Sie nickte zurück, dann schenkte sie ihm ein kurzes Lächeln und eilte davon, ihren Koffer fest an die Brust gedrückt, verschwand in Windeseile mit der Menge.

»Aufgepasst, aufgepasst!«, brüllte ein Zugbegleiter, als Benedikt und Marshall weiter den Bahnsteig hinabgehen wollten. »Der Zug nach Harbin wurde eine Stunde vorgezogen! Ich wiederhole: Der Zug nach Harbin wurde eine Stunde vorgezogen.«

Benedikt erstarrte. »Das sind wir.«

Marshall blieb ebenfalls stehen. »Das … ist schlecht, oder?«

»Kommt darauf an.« Benedikt sah auf seine Armbanduhr. Er blickte in die Ferne, auf den Bahnhof mit seinen pittoresken Wänden in Eierschalenweiß, spürte die salzige Brise des nahen Ozeans in die Stadt rollen. »Wir wären früher als erwartet in Zhouzhuang. Aber nur, wenn wir zuerst Lourens finden und den früheren Zug schaffen.«

»Dann sollten wir uns beeilen.« Marshall stürmte voraus. »Ich suche eine Karte. Wir müssen die Hauptstraße ausfindig machen.«

»Du gehst in den Bahnhof, um dich zurechtzufinden. Ich suche uns ein Auto«, beschloss Benedikt. »Triff mich am Vorderausgang.«

»Ausgezeichnet.« Bevor Marshall davonsprintete, fuhr er herum, sodass er rückwärtsging und Benedikt ansah, während er sprach. »Wir sind gut hierin. Ich glaube, wir sollten eine Detektei gründen.«

»Auf keinen Fall.«

»Vielleicht eine Agentur für vermisste Personen. Ich bin nicht wählerisch.«

»Mars! Konzentrier dich!«

Mit einem Heulen, das an einen Schlachtruf erinnerte, rannte Marshall zum Bahnhof, ganz in einen Mantel gehüllte Begeisterung. »Wir wären nicht aufzuhalten!«

Benedikt schnaubte schmunzelnd und ging in Richtung der Straße. Die Wintersonne blitzte hinter den Wolken hervor, brachte den Schnee zum Leuchten. Die nächsten Stunden würden nur Chaos, doch während er mit einem Ziel im Sinn losstürmte und Marshall genauso schnell davoneilte, zweifelte er nicht daran, dass sie es schaffen würden. Solange er Marshall an seiner Seite hatte, würden sie beide sich allem stellen, was ihnen im Weg wäre.

Zusammen waren sie unaufhaltsam.